HAYMON taschenbuch 196

MIX
Papier aus verantwortungsvollen Quellen
FSC® C083411
FSC www.fsc.org

Auflage:
4 3 2 1
2018 2017 2016 2015

HAYMON tb **196**

Originalausgabe

www.haymonverlag.at

ISBN 978-3-7099-7823-8

Umschlag- und Buchgestaltung nach Entwürfen
von hœretzeder grafische gestaltung, Scheffau/Tirol
Umschlag: Eisele Grafik · Design, München
Satz: Da-TeX Gerd Blumenstein, Leipzig
Autorenfoto: Jakob Isselstein
Coverfoto: bigstock.com/asaf eliason

Gedruckt auf umweltfreundlichem,
chlor- und säurefrei gebleichtem Papier.

Reinhard Kleindl

Baumgartner und die Brandstifter

Kriminalroman

Reinhard Kleindl

Baumgartner und die Brandstifter

„Alle glücklichen Familien gleichen einander. Jede unglückliche Familie ist auf ihre eigene Weise unglücklich.“

Leo Tolstoi

Samstag, 11 Uhr 10

Normalerweise achtete Alfons Riedl nie auf die offene Landschaft zwischen Spielfeld und Wildon.

In diesem Abschnitt nickte er oft ein vom beruhigenden Schütteln und Rattern des Zuges. Im Zug schlief er so gut wie sonst nirgends, oft nur zwanzig Minuten, aber es war ein leichter, erholsamer Schlaf, der ihm guttat.

Alfons Riedl kannte die Bahnstrecken um Graz gut. Er war jede von ihnen etliche Male gefahren und schlief inzwischen immer an denselben Stellen ein, wenn der Zug über das Land fuhr. Das Land war ihm egal, dort gab es nichts zu sehen. Es waren die Stadtränder, die ihn interessierten. Die Schrebergärten, die verwahrlosten Hinterhöfe. Wo man so schön hinter die Fassaden blicken konnte und sah, wie die Welt wirklich aussah.

Diese Sicht der Dinge hatte er sich als Bankdirektor angeeignet. Die Fähigkeit, hinter die Fassade zu blicken. Er war vielen Männern in feinen Jacketts gegenübergesessen, die Geld von der Bank gewollt hatten, für dieses oder jenes. Manche von ihnen hatten fünfzigtausend Euro Spielschulden, andere eine auf den ersten Blick krude Geschäftsidee, die sich schon nach drei Jahren in pures Gold verwandelte. Zwei Typen, kaum voneinander zu unterscheiden. Er hatte es lernen müssen, hatte Meisterschaft darin entwickelt.

Seither war er die Fassaden leid, die Werbungen, die bunten Plakate, das Halbwissen aus den Zeitungen. So hatte er nach seiner Pensionierung, als ihm allein in seiner Wohnung langweilig geworden war, das Zugfahren entdeckt.

Jeden Samstag fuhr er hinaus, seit nun fast fünf Jahren, heute wieder einmal nach Süden: In der Früh nach

Maribor, dort am Ufer der Drau einen Kaffee trinken, und danach wieder zurück nach Graz; auch in einer Hitzewelle wie dieser, wo kaum noch jemand freiwillig vor die Tür ging. Er hatte sich extra eine leichte, weiße Leinenhose gekauft, wie sie ältere italienische Männer manchmal trugen. Um den Kaffee ging es nicht, den hätte er auch woanders trinken können. Der Kaffee war nur die Ausrede für die Zugfahrt.

Eigentlich waren seine Augenlider schon schwer und fielen immer wieder zu. Dass er dennoch genauer hinsah, lag nur an dem Mann, der quer über ein Feld ging. Riedl fragte sich, welchen Grund es dafür gab. Der Zug fuhr hier sehr langsam, und weil der Bahndamm erhöht war, hatte Riedl einen guten Blick auf die Landschaft. Der Mann war kein Bauer, sondern gekleidet wie ein Städter, in Jeans und einem karierten Hemd. Er war definitiv kein Jogger und schien keine Eile zu haben – warum er über das Feld ging und nicht herum, war nicht ersichtlich. Entschlossen setzte er einen Fuß vor den anderen, mit unergründlichem Gesicht.

Der Rauch hatte eigentlich gar nichts mit dem Gehenden zu tun, das erkannte Riedl gleich. Der Mann ging in eine Richtung, die dazu überhaupt nicht passte. Es war einfach nur ein Zufall, doch so war er wach genug gewesen, auch den Rauch zu bemerken: eine Säule, die in den Himmel wuchs, braun und grau und manchmal fast schwarz. Langsam näherte sich der Zug, und nun konnte er auch die Quelle des Rauchs erkennen: ein Bauernhaus. Flammen waren keine zu sehen, aber überraschend viel Qualm. Er stieg schnell auf und verlor sich erst in großer Höhe.

Riedl sah, wie in der Ferne ein Feuerwehrauto auftauchte. Es fuhr über das offene Land und näherte sich mit Blaulicht dem Haus, winzig unter dem wolkenlosen Himmel. Eine Sirene war im Zugabteil nicht zu hören. Aus Riedls Perspektive schien es fast gemächlich zu fahren. Ob das an der Entfernung lag oder an der Fahrtrichtung des Zuges, konnte er nicht sagen. Jedenfalls sah der Wagen, klein und lautlos, wie ein Spielzeug aus. Der Szene fehlte jeglicher Ernst.

Nun drang der Rauch bereits aus mehreren Fenstern; aus einem schlugen plötzlich Flammen. Menschen sah er keine. Die Feuerwehr kommt ein paar Minuten zu spät, dachte er. Der Schaden wird beträchtlich sein.

Es war sicher niemand zu Hause, dachte er. Samstags waren die Bauern auf den Märkten.

Da wurde ihm von einem Moment auf den anderen bang, und er wandte den Blick ab. Während dieser Fahrt konnte er nicht mehr einschlafen und kam müde in Graz an.

Als er am nächsten Tag die Zeitung vom Gang in die Wohnung holte, wartete er nicht einmal, bis der Kaffee fertig durchgelaufen war, sondern blätterte sie gleich durch, bis er die Meldung über den Brand gefunden hatte.

Den Mann auf dem Feld hatte er zu diesem Zeitpunkt längst vergessen.

11 Uhr 30

Michael Egger war ein glücklicher Mann.

Er stand allein vor der Kirche, etwas abseits von den anderen, an den Stamm einer Buche gelehnt und starrte vor sich hin. Das grüne Gilet seines Steireranzugs rieb an der Rinde und wurde schmutzig, doch das war ihm egal, ebenso wie die Schweißflecken unter den Achseln des weißen Hemdes. Der Schatten tat ihm gut, alles andere kümmerte ihn nicht. Egger sah zu, wie sein Sohn mit der Braut für den Fotografen posierte. Die junge Frau dirigierte den schwarz gekleideten Mann mit der Kamera, der ganz erbärmlich schwitzte und dabei nichts von seiner Professionalität einbüßte. Max dagegen wirkte wieder einmal etwas verloren und wagte nicht, sie zu stören. Die Hochzeitsgesellschaft, junge Verwandte in Dirndlkleidern und kurzen Lederhosen, nahm es wahr und man machte sich darüber lustig.

Egger seufzte bei sich. Der Hof war in guten Händen. Eine neue Generation war bereit, die Herausforderung anzunehmen.

Das war nicht immer so klar gewesen. Es hatte dunkle Jahre gegeben, Zeiten großer Zweifel. All das war nun vorbei. Sie konnten es hinter sich lassen, nach vorne blicken.

„Na, Großbauer, wie geht's dir? Stehst da allein in der Ecke!"

Friederike schmiegte sich an ihn. Er hatte sie nicht kommen gehört. Sie schien rührselig zu werden, ließ sich anstecken vom Glück ihres Sohnes. Egger legte seinen Arm um sie und lächelte nur.

„Bist du stolz?", fragte sie.

„Stolzer kann man nicht sein", antwortete er.

„Und du freust dich?"

Er sah sie an. „Was glaubst du denn?"

„Ich frage ja nur", rechtfertigte sie sich, „stehst da ganz allein und grübelst. Ich will nur wissen, ob alles in Ordnung ist."

„Schade, dass die Oma nicht da sein kann", sagte er.

„Ja, das ist es. Aber der Doktor wird es schon wissen. Das lange Sitzen in der Kirche, das wär nichts gewesen für sie."

„Sie hat immer wieder den Teufel an die Wand gemalt, dass alles schlechter wird. Es hätte ihr gutgetan."

Friederike schien nachdenklich.

„Und wenn wir noch einen Sprung zu ihr fahren vor dem Essen? Schicken wir die anderen einfach voraus."

Egger lachte und sah seine Frau an.

„Ihr habt wochenlang jede Kleinigkeit geplant und euch den Kopf zerbrochen, wie ihr es machen wollt. Seitenweise Listen habt ihr geschrieben, alles auf die Minute genau. Und jetzt auf einmal willst du das Protokoll ändern?"

Friederike boxte ihn vorwurfsvoll in die Seite.

„Nur ganz kurz, für die Oma", sagte sie. „Sie würde sich freuen, oder?"

„Und wie."

„Es ist eine gute Idee, oder?"

„Eine großartige Idee", sagte er.

„Gut, dann werd ich mal die Brautleute fragen", sagte sie und küsste ihn auf die Wange.

Egger blieb unter seinem Baum stehen und sah zu, wie die beiden Frauen die Details besprachen. Sein Sohn stand daneben, schien nicht gefragt zu werden. Schließlich winkte ihn Friederike herbei, und er musste schweren Herzens seinen Schattenplatz aufgeben.

Man erklärte der Hochzeitsgesellschaft, dass alle schon zum Gasthaus fahren konnten. Die Brautleute würden nachkommen.

Eine Stunde später saßen knapp hundert hungrige Hochzeitsgäste an einer liebevoll gedeckten Tafel mit fächerförmig gefalteten Servietten und warteten. Manche bestellten gerade das zweite Bier, andere wurden unruhig. Man zögerte mit dem Essen. Noch immer keine Spur von den Brautleuten.

Es war die Tante, Eggers Schwester, die den Anruf bekam. Sie sagte kaum etwas, nickte nur, doch die Veränderung in ihrem Gesicht ließ alle verstummen.

„Ja, ist gut. Ich sag es ihnen."

Sie legte auf, holte tief Luft und sagte den anderen, dass die Brautleute nicht mehr kommen würden. Dass etwas passiert war.

12 Uhr 50

Gregor Wolf hatte Schnupfen. Bei dieser Hitze, was für eine Ironie.

Am Dienstag hatte er noch befürchtet, Mittwoch nicht zur Arbeit kommen zu können. Es begann immer mit wunden Schleimhäuten in der Nase und einer allgemeinen Trägheit. Erst ein paar Tage später folgte das Schnäuzen, und manchmal kam Fieber dazu. Meist konnte er schon bei den ersten Symptomen sagen, wie schlimm es werden würde.

Letztes Wochenende waren sie nach der Radtour noch etwas trinken gegangen. Draußen vor dem Lokal war nichts mehr frei gewesen, deshalb hatten sie sich in den klimatisierten Innenraum gesetzt. Das war ein Fehler gewesen, er hatte es gleich bemerkt. Diesmal war er sich sicher gewesen, dass Fieber kommen würde. Doch er hatte gleich Aspirin genommen und sich am Montagabend bei der Apotheke etwas für die Nase geholt. Er wollte nicht einsehen, dass er gerade jetzt krank werden sollte, wo es beruflich so gut lief. So einfach ließ er sich seine gute Laune nicht verderben.

Als er diesen Vormittag ins Landeskriminalamt gekommen war, hatte er vorsorglich eine große Packung Taschentücher in seiner Aktentasche mit dabei gehabt und gleich den kleinen roten Wasserkocher aufgefüllt. Er war fest entschlossen, das durchzustehen.

Wolf war allein in der Kanzlei. Er setzte sich an seinen Schreibtisch und warf einen Blick auf das gelbe Post-it vom Vortag. Es enthielt eine Liste von unerledigten Dingen, gestern Abend hatte er beschlossen, früher Schluss zu machen – eine von vielen kleinen Annehmlichkeiten, wenn man selbst der Chef war. Das Arbeiten am Samstag machte ihm nichts aus. Krank, wie er war, konnte er sowieso keinen Sport machen. Die anderen hatten ihn zu einer weiteren Radtour bei dem schönen Wetter überreden wollen, doch er war klug genug gewesen, ihnen abzusagen. So hatte er gestern früh ins Bett gehen können und konnte heute in Ruhe die vielen Kleinigkeiten erledigen.

Er warf einen Blick auf den Wasserkocher, der schon leise gurgelte, und beschloss, mit Punkt fünf auf seiner Liste zu beginnen. Der Bericht für den Staatsanwalt über die Handgreiflichkeit im türkischen Restaurant Kervan am Griesplatz war schon lang überfällig. Als er sich gerade mit dem Tee an den Schreibtisch setzte, kam der Anruf. Nicht auf dem Festnetztelefon der Kanzlei, sondern auf seinem Mobiltelefon. Er sah, dass die Nummer vom Journaldienst auf dem Display aufleuchtete, stellte die Tasse schnell ab und nahm das Gespräch an.

Die Dame berichtete ihm knapp, was passiert war. Er erklärte, dass er heute sowieso arbeite. Stefan Wilszek sei auch schon auf dem Weg, meinte sie, dann beendeten sie das Gespräch.

Wolf stand auf und nahm abermals das Mobiltelefon in die Hand. Er rief Caroline Meier an und schilderte ihr die Lage. Sie bot an, auch zu kommen, doch er erklärte ihr, dass sie gern zu Hause bleiben konnte.

„Bist du sicher?“, fragte sie. Hinter ihr hörte er Stimmengewirr. Er versprach, sich abends noch einmal zu melden. Womöglich mussten sie morgen, Sonntag, eine Besprechung ansetzen. Danach rief er Rainer Swoboda an und bat ihn, auch zu dem Bauernhof zu kommen. „Warum fragst du nicht Caroline?“, wollte Swoboda wissen, der keinerlei Interesse zu haben schien, sein Wochenende zu opfern. „Sie kann heute nicht“, erklärte Wolf. „Und ich brauche vielleicht Hilfe.“

Er ließ Swoboda nicht mehr zu Wort kommen und legte auf. Er stand auf, füllte das restliche heiße Wasser aus dem Kocher in eine Thermoskanne und hängte einen Teebeutel hinein, bevor er sie zuschraubte und unter den Arm klemmte. Er trank seine Tasse in einem Zug leer und stellte sie auf Baumgartners Schreibtisch, wo noch zwei weitere ungewaschene Tassen standen.

13 Uhr 30

Als Gregor Wolf die Autotür öffnete, roch er trotz der geschwollenen Nase gleich, dass es gebrannt hatte. Er dachte unwillkürlich an die Ostern in seiner Kindheit, die Feuer, den Schinken.

Wolf befand sich auf einem Hof, der aus drei Gebäuden bestand: einem Wirtschaftsgebäude mit großen Garagentoren, einem mit gewelltem Eternit verkleideten Bau, der offenbar einmal ein Stall gewesen war, und einem zweistöckigen Wohnhaus mit Balkonen aus dunkel gebeiztem Holz, aus dessen von großen Rußflecken umgebenen Fenstern dünner, grauer Rauch aufstieg. Der Dachstuhl war in der Mitte eingestürzt. Vor dem Haus lag dampfendes, verkohltes Gerümpel. Er erkannte ein Tischbein, ein Telefonkabel und die Reste eines gepolsterten Sitzmöbels. Der geschwärzte Bezug war an manchen Stellen aufgeplatzt, und weißes Futter quoll heraus. Abgesehen davon sah der Hof ungewöhnlich aufgeräumt aus. Der Rasen vor dem Haus war frisch gemäht, und in einem alten hölzernen Karren standen Blumenkisten mit frischen, roten Blüten. Ein Löschwagen der Feuerwehr stand vor dem Haus, die Feuerwehrleute rollten gerade die Schläuche ein. Der Brand war gelöscht.

Neben dem großen Feuerwehrauto parkten ein Rettungsauto und ein Streifenwagen, beide mit eingeschaltetem Blaulicht. Die Sanitäter standen neben ihrem Fahrzeug, zwei hatten die Hände verschränkt, einer rauchte. Hier gab es nichts mehr für sie zu tun. Etwas abseits vom Haus parkten ein alter Mercedes und weiter hinten noch zwei Pkw.

Einer der beiden Beamten stand neben einem kräftigen Mann im Steireranzug, der irgendwie gebückt aussah, und schrieb etwas auf. Der andere ging gerade zum Streifenwagen, als er Wolf entdeckte und ihm zunickte. Sie kannten sich nicht, aber er schien den Dienstwagen des Landeskriminalamts erkannt zu haben. Er kam auf Wolf zu, und sie gaben sich die Hand.

„Planner."

„Wolf. Ist das Opfer –"

„Kunigunde Egger."

Wolf nickte. „Ist sie –"

„Noch im Haus, ja", ergänzte Planner.

„Mein Kollege von der Tatortgruppe ist schon drin, nehme ich an?"

„Ja, er ist mit den Brandermittlern reingegangen. Sieht nicht schön aus, wenn Sie es genau wissen wollen."

Wolf nickte abermals.

„Bitte schicken Sie mir einen von den Brandermittlern her. Ich würde gern hineingehen."

„Ist gut", sagte der Beamte und wandte sich ab.

Gregor Wolf ging zu dem anderen Polizisten. Er vermutete, dass der Mann im grau-grünen Anzug ein Angehöriger des Opfers war.

„Grüß Gott", sagte Wolf und stellte sich vor. Sie gaben sich die Hand.

„Michael Egger", sagte der fremde Mann müde. „Ich bin der Sohn."

„Tut mir leid", antwortete Wolf. Egger nickte. Er wirkte ungewöhnlich gefasst, dachte Wolf. Nicht traurig, eher erschöpft, als wäre jegliche Kraft aus ihm gewichen. Ähnliches hatte er schon erlebt. Die Leute reagierten sehr unterschiedlich auf solche Katastrophen. Manche verloren sämtliche Hemmungen, ließen sich gehen, doch andere litten still und wurden dabei überraschend aktiv. Leute wie Egger schienen sich ihre Trauer für private Stunden aufzusparen.

„Ist es in Ordnung, wenn ich Ihnen ein paar Fragen stelle?"

Egger nickte abermals. „Gleich?", fragte er.

„In ein paar Minuten", sagte Wolf. „Ich möchte mir vorher noch das Haus ansehen."

Ein weiteres Auto näherte sich dem Bauernhof – Rainer Swoboda. Ihre Begrüßung war unterkühlt. Wolf sah hinüber zur Eingangstür des Wohnhauses, wo bereits Planner mit einer großen, schlanken Frau in einem weißen Anzug der Spurensicherung wartete. Wolf erkannte Pia Leistner von der Brandermittlungsgruppe. Sie begrüßten sich, ohne sich die Hand zu geben, damit Leistners weiße Handschuhe nicht schmutzig wurden. Wolf und Swoboda betraten das Haus und gingen durch einen engen Korridor, in dem noch das Löschwasser stand und wo es paradoxerweise kühler war als draußen. Die Holzdecke war völlig verkohlt und auch die Tapete geschwärzt. Der scharfe, teerige Geruch brannte Wolf in der Nase. Sie hielten auf eine offene Tür zu, die schief in den Angeln hing. Wolf bemerkte sofort, dass sich der Geruch verändert hatte: wie Fleisch, das auf einem Grill verbrannt war. Wolf schloss kurz die Augen, streifte die angebotenen weißen Fußschoner über und trat einen Schritt in den Raum.

Drinnen war es hell. Wolf sah zum Fenster, dessen Scheibe zerbrochen war. Der Geruch hing dennoch dick im Raum, von einigen Möbeln stieg immer noch dünner Rauch auf. In der Mitte stand ein Bett und darin lag, kaum noch erkennbar, eine menschliche Gestalt, gleich schwarz wie die Bettwäsche, die lichterloh gebrannt haben musste. Daneben das Metallgestell eines Rollstuhls.

Plötzlich tauchte Wilszek auf, der neben dem Bett gekniet war und sich gerade aufrichtete.

„Wolf, auch schon da? Du bist zu früh, das wird diesmal dauern."

Er wirkte erfrischt, der Urlaub hatte ihm offenbar gutgetan.

Wolf atmete flach. „Irgendetwas Interessantes?"

Wilszek breitete die Arme aus.

„Ungewöhnliches, meinst du? Kann ich nicht sagen. Das musst du Pia und ihr Team fragen. Solange sie nicht fertig ist, bin ich hier nur zu Gast. Ich bin froh, dass sie mich auch drüberschauen lässt."

Er drehte sich zu der verbrannten Leiche um, mit Bedauern, wie es schien.

„Sie hat es nicht aus dem Bett geschafft. Ich denke, als sie den Rauch bemerkt hat, war es schon zu spät.

Das kann sehr schnell gehen, hat Pia gesagt. Wir dürfen hoffen, dass sie das Bewusstsein verloren hat, bevor die Flammen auf das Bett übergegriffen haben."

„Das will ich genau wissen."

„Ich weiß. Steger wird dir das sagen können. Aber jetzt gehst du besser. Es gibt sowieso nicht viel zu sehen, und die Kollegen von den Brandermittlern sind nicht so entspannt wie ich, wenn andauernd Leute aus- und eingehen."

„Schon gut. Eventuell machen wir morgen eine Besprechung, ich geb dir noch Bescheid."

Wilszek seufzte.

„Habe ich schon befürchtet."

Wolf sah sich nach Swoboda um und stellte fest, dass dieser ihm nicht gefolgt war. Er nickte Wilszek zu und ging hinaus. Als er Swoboda sah, überlegte er, ihn zurechtzuweisen, doch er ließ es bleiben. Es war nicht nötig, nicht in diesem Fall.

Hier lag offensichtlich kein Verbrechen vor. Sie würden natürlich routinemäßig alle Alternativen ausschließen, aber er stellte sich auf keine großen Überraschungen ein.

„Sieh zu, dass du morgen auf Abruf bereit bist", sagte er zu Swoboda und ging zu Egger. Er wollte ihm erklären, dass er nun Zeit hatte.

„Ich will sie sehen", sagte Egger.

Wolf sah ihn an. Er wollte eine Bemerkung über den Zustand der Leiche machen, doch er hielt sich zurück. „Das geht nicht", sagte er nur.

„Das ist mein Haus", entgegnete Egger. „Da drin liegt meine Mutter. Ich gehe da jetzt hinein."

Wolf dachte an das Gespräch, das er später noch mit ihm führen musste.

„Herr Egger, tun Sie sich das nicht an."

Wolf bemerkte, wie Egger zu dem Mercedes hinübersah. Da entdeckte er, dass jemand auf dem Beifahrersitz saß: eine Frau im Dirndlkleid, die starr geradeaus sah.

„Ihre Mutter ist verstorben, Herr Egger. Es tut mir leid. Überlassen Sie das uns. Sie müssen sich jetzt um Ihre Familie kümmern. Sparen Sie sich Ihre Kräfte."

„Wir haben heute Hochzeit gefeiert", sagte Egger. „Mein Sohn."

Da verstand Wolf, warum sie so festlich gekleidet waren, und kurz schnürte es ihm den Hals zu.

„Ich gehe hinein", erklärte Egger abermals. „Sagen Sie denen, sie sollen mich in mein Haus lassen."

Egger wandte sich ab und ging in Richtung Tür.

„Warten Sie kurz", rief Wolf ihm nach. Er holte sein Mobiltelefon hervor und rief Wilszek an. Wolf erklärte ihm die Situation und bat ihn, Egger hineinzuführen. Wilszek klang nicht begeistert, doch der Ton von Wolfs Bitte hatte ihn verstummen lassen. Kurz darauf erschien er an der Tür und holte Egger ab.

Wenige Minuten später erschien Egger wieder. Seine Augen waren gerötet, aber er schien aufrechter zu stehen als vorher.

„Danke", sagte er.

Als Wolf Michael Egger kurz darauf bei seinem Dienstwagen befragte und dabei Tee aus dem Deckel seiner Thermoskanne schlürfte, wirkte dieser abwesend.

„Sie müssen sich doch erinnern, wann Sie losgefahren sind heute in der Früh. Acht? Neun?"

„Ich glaube acht."

„Glauben Sie?"

„Meine Frau kann Ihnen das sagen. Oder meine Schwiegertochter."

Wolf schluckte seinen Ärger hinunter. Der Mann konnte sich überhaupt nicht konzentrieren. Er hatte kleine Augen, als würde er gleich einschlafen. Am besten wäre es wahrscheinlich, wenn er ihn gehen ließ und in den nächsten Tagen aufs Landeskriminalamt holte.

Wolf überlegte.

„Könnte jemand einen Grund gehabt haben, das Haus anzuzünden?“, fragte er nach einer Weile.

Zuerst reagierte Egger überhaupt nicht, bevor er auf einmal hellwach zu sein schien.

„Anzünden? Glauben Sie wirklich –“

„Bitte denken Sie nach. Fällt Ihnen jemand ein?“, setzte Wolf nach.

Eggers Unterlippe begann zu zittern. Er schüttelte den Kopf.

„Es ist unwahrscheinlich“, beruhigte ihn Wolf, als er fand, dass es genug war. „Derzeit deutet nichts darauf hin.“

„Ich möchte jetzt zu meiner Familie“, sagte Egger.

In diesem Haus werdet ihr in nächster Zeit jedenfalls nicht wohnen, dachte Wolf.

„Danke, wir sind fertig für heute. Ich glaube, es wird reichen, wenn wir uns am Montag unterhalten.“

Er sprach ihm noch einmal sein Beileid aus.

14 Uhr 20

Wolf war nachdenklich, als er auf der A9 nach Norden fuhr, schwitzend, weil er nicht wagte, die Klimaanlage einzuschalten.

Bereitwillig ließ er seinen Gedanken freien Lauf, um sich von dem Bild der schwarzen Leiche abzulenken, das immer wieder vor seinen Augen auftauchte.

Er war zufrieden mit sich selbst. Die letzten Wochen waren gut gewesen. Seit er die Leitung der Mordgruppe übernommen hatte, war es ihm gelungen, Ordnung hineinzubringen. Sie hatten einiges aufgearbeitet, was liegen geblieben war. Er hatte das Gefühl, dass die Abläufe nun effektiver waren. Das war viel Arbeit gewesen, aber die Anlaufschwierigkeiten hätten größer sein können, fand er.

Wolf wusste, dass diese Dinge auch Oberst Sukitsch auffielen, und das erfüllte ihn mit Genugtuung. Es tat gut, zu zeigen, dass die Welt nicht zusammenbrach, wenn *er* nicht da war. Dass manches anders lief, und einiges auch besser.

Wolf schüttelte den Kopf.

Jetzt denke ich schon wieder über ihn nach. Warum eigentlich? Es gibt keinen Grund dafür.

Er musste auf einmal lachen.

Selbst nun, da er weg ist, werde ich ihn nicht los, dachte Wolf, als er von der Autobahn abfuhr. Hartnäckig, wie ein Schnupfen.

18 Uhr

Gregor Wolf wusste nicht, wo er war.

Die Dunkelheit um ihn herum war undurchdringlich. Er wusste, dass etwas nicht stimmte, doch was war das gewesen? Gerade noch war er gelaufen, doch jetzt lag er da und konnte sich nicht bewegen.

Wolf hörte Rascheln. Da wurde ihm klar, dass er selbst es war, der diese Geräusche erzeugte. Es waren seine eigenen Hände, die über die Bettdecke strichen. Da war noch ein anderes Geräusch. Ein gleichmäßiges, vertrautes Brummen. Jemand rief auf seinem

Mobiltelefon an. Das Läuten hatte ihn aus dem Schlaf gerissen.

„Ja?“

„Oberinspektor Wolf?“

Er erkannte Pia Leistners Stimme.

„Wolf? Sind Sie da?“

„Äh, ja. Ich bin da. Was gibt es?“

„Ich glaube, es ist am besten, Sie kommen sofort her.“

„Zum Bauernhaus?“

„Ja.“

„Gut, ich komme.“

Schwankend richtete er sich auf und ging zum Fenster, um die Jalousien zu öffnen. Das gleißende Sonnenlicht blendete ihn. Er rieb sich seine verquollenen Augen.

Eigentlich hatte er im Fernsehen ein Leichtathletik-Meeting anschauen wollen, doch nach wenigen Minuten waren seine Lider so schwer geworden, dass er sich ins Schlafzimmer gelegt hatte.

Verdammte Verkühlung, nicht einmal fernsehen konnte man.

Er musste unbedingt duschen, doch Leistners Ton war dringlich gewesen. Kein gutes Zeichen, dachte er.

Wolf ging ins Badezimmer, wo er die Kontaktlinsen wieder einsetzte. Er wechselte das T-Shirt, zog sich die Hose an und machte sich auf den Weg.

18 Uhr 40

Pia Leistner begrüßte ihn und drückte ihm die weißen Überschuhe in die Hand, bevor sie ihn zum Haus führte.

Sie kannten sich seit einigen Jahren, hatten aber nie viel miteinander zu tun gehabt. Zwar hatte auch die Mordgruppe immer wieder bei Großbränden ausrücken müssen, aber die Zusammenarbeit mit den Brandermittlern war in Baumgartners Bereich gefallen. Wolf fragte sich, ob sie ihn als neuen Leiter der Mordgruppe akzeptierte. Ihr Auftreten ihm gegenüber war sachlich. Wolf hatte schon vor längerer Zeit feststellen müssen, dass sie ihm gefiel, auch wenn er sie eigentlich zu groß fand.

„Der Brand wurde um 10 Uhr 50 von einem Autofahrer gemeldet. Er hat Rauch aufsteigen sehen."

„Ich brauche seine Personalien."

„Bekommen Sie. Anfangs hatten wir Probleme, den Brandherd zu lokalisieren. Das Einzige, was wir gleich sagen konnten, war, dass der Brand nicht vom Zimmer der alten Dame ausging."

Wolf reagierte erleichtert auf diese Nachricht.

„Wir stellten fest, dass der Ausgangspunkt das Wohnzimmer war."

Sie blieben stehen, und Wolf erkannte, dass Pia von dem großen Raum sprach, in dem sie sich befanden. Feucht glänzende, schwarze Oberflächen beherrschten das Bild, auf dem Boden verteilten sich formlose Aschehaufen, aus denen verkohlte Holzreste ragten. Er konnte nicht sagen, welche Möbel hier gestanden waren, nur zu seiner Linken sah er ein Drahtgestell mit Spiralfedern, das von einem Sofa stammen musste.

Vom Mittelpunkt des Eggerschen Familienlebens war nichts mehr übrig.

„Die alten Möbel", erklärte Leistner. „Das Feuer hat sich sehr schnell ausgebreitet, da war nichts mehr zu machen. Wir dachten zuerst an einen Kabelbrand, sie hatten noch einen Röhrenfernseher und andere veraltete Geräte. Doch das bestätigte sich nicht. Auch für eine chemische Selbstentzündung gibt es keine Anzeichen. Wir sind an dem Punkt angelangt, dass wir keine plausible Erklärung für die Brandursache haben."

„Außer – "

„Außer einer vorsätzlichen Inbrandsetzung."

„Der Brand wurde also gelegt."

„Das habe ich nicht gesagt. Wir können es nicht beweisen. Es gibt nur derzeit keine andere Erklärung."

Wolf gefiel nicht, was er hörte. Es klang nach Arbeit.

„Wurde Benzin verwendet oder etwas Ähnliches?"

„Sie meinen, ein Brandbeschleuniger? Das lässt sich schwer feststellen, Benzin verbrennt ja vollständig. Allerdings wundert mich, dass das Feuer so schnell auf den ganzen Raum übergegriffen hat. Und sehen Sie, hier!"

Leistner zeigte auf eine Stelle auf dem Parkettboden, die überhaupt nicht verkohlt war, nur an den Rändern hatte der Lack Blasen geschlagen. Wolf hockte sich hin und widerstand der Versuchung, die Stelle zu berühren.

„Wie ist das möglich?"

„Es könnte auf einen flüssigen Brandbeschleuniger hindeuten. Denken Sie an eine Benzinlache, die brennt immer nur an der Oberfläche. Alles, was darunter liegt, bleibt verhältnismäßig kühl."

„Also doch Benzin?"

„Möglich. Aber noch etwas anderes haben wir gefunden, etwas Eigenartiges."

Sie nahm einen durchsichtigen Plastiksack in die Hand und hielt ihn Wolf unter die Nase. Darin war etwas Kleines, Rundes.

Gregor Wolf kniff die Augen zusammen.

„Was zum Teufel ist das?"

Bevor er nach Hause fuhr, rief er noch Caroline Meier an, dass sie sich morgen um 9 Uhr zu einer Besprechung treffen mussten.

„War es also kein Unfall?“, fragte Meier.

„Ich erklär dir alles morgen. Kannst du bitte noch den anderen Bescheid sagen? Danke.“

Als er zu Hause war und sich eine Kleinigkeit zum Abendessen kochte, eine seiner vielen Pasta-Variationen, rief ihn ein Freund an und fragte, ob sie noch auf ein Bier gehen wollten. Er sagte ihm ab, erklärte, dass er nicht ganz gesund sei. Was stimmte, aber nur die halbe Wahrheit war. In Wirklichkeit sah er nach wie vor die verkohlte Leiche der alten Frau vor sich, immer wieder, wenn er gerade an etwas anderes dachte und nicht damit rechnete.

Sonntag, 9 Uhr

Der Duft von frischem Filterkaffee lag in der Luft, als Wolf die Besprechung eröffnete. Mit dabei waren Meier, Swoboda und Oberst Sukitsch.

„Danke, dass ihr gekommen seid. Ich weiß, es ist Wochenende, aber es gibt Neuigkeiten in dem Todesfall von Kunigunde Egger."

Sukitsch hörte konzentriert zu und kratzte sich hin und wieder mit den Fingern an seiner Glatze, als Wolf alle Fakten zusammenfasste und Stichwörter auf der Flipchart notierte. Der Oberst war der Einzige, der noch gar nichts über den Fall wusste. Er hatte darauf bestanden, auch bei dem Meeting dabei zu sein.

„Gestern Abend hat mich Pia Leistner angerufen, und ich war noch einmal am Brandort. Kurz gesagt: Sie hat keine natürliche Brandursache gefunden. Es gibt nichts, das sich von selbst entzündet haben könnte."

„Der Brand war also gelegt", sagte Sukitsch, der angesichts Wolfs Zurückhaltung ungeduldig wurde.

„Leistner wollte sich nicht endgültig festlegen", sagte Wolf. „Es gab überhaupt nicht viel, was sie mir sicher sagen konnte. Sie meinte nur, sie hat keine Erklärung."

Sukitsch wartete.

„Außerdem meint sie, dass vielleicht ein Brandbeschleuniger verwendet wurde."

Wolf erklärte die Sache mit dem Parkettboden.

„Findest du nicht, dass das etwas vage klingt?", meinte Sukitsch.

„Pia Leistner hat noch etwas Interessantes gefunden."

Wolf legte einen farbigen Computerausdruck auf den Tisch. Leistner hatte ihm ein Foto zukommen lassen. Darauf war eine kreisrunde, geschwärzte Scheibe abgebildet.

„Es ist stark vergrößert“, sagte Wolf.

„Was ist es?“, fragte Meier.

„Kennt ihr das, wenn bei Kerzen das Ende des Dochts mit einem Stück Metall fixiert ist?“

Plötzlich war es mucksmäuschenstill im Raum.

„Das ist ein Dochthalter. Es sieht so aus, als ob der Brand von einer Kerze ausging.“

„Einer Kerze?“, wiederholte Meier.

„Habe ich doch gesagt. Einer Kerze, die mitten im Raum stand.“

Wolf hatte am Vortag ähnlich reagiert. Er war nur dagestanden, hatte gewartet.

„Und weiter?“

„Nichts weiter“, hatte Leistner erklärt, „die stand da im Raum. Eine Kerze.“

Wolf hatte sie angesehen.

„Eine Kerze. Jemand stellt eine Kerze ins Wohnzimmer, während im Nebenraum eine bettlägerige Frau ist, und gießt Benzin aus. Während die Familie auf einer Hochzeit ist. Was hat das für einen Sinn?“

„Was fragen Sie mich das?“

„Sind Sie sich ganz sicher?“

Leistner hatte die Hände verschränkt.

„Sonst hätte ich Sie nicht hergerufen.“

„Aber kann das auch ein Versehen gewesen sein“, hatte Wolf gesagt.

Leistner hatte nicht geantwortet.

„Haben Sie dafür eine Erklärung?“

„Was sehen Sie mich an? Ihr Job, Wolf.“

„Wo war die Kerze? Sie stand nicht auf dem Tisch, oder?“

Leistner hatte den Kopf geschüttelt.

„Der Tisch war dort drüben. Die Kerze war mitten im Raum."

„Auf dem Boden?"

„Sagte ich doch."

„Sagten Sie nicht."

„Wissen Sie was, Wolf, stellen Sie mir konkrete Fragen, oder lassen Sie es. Lesen Sie meinen Bericht, den kriegen Sie morgen. Dort steht dann genau drin, was ich sicher sagen kann. Und etwas anderes sage ich Ihnen nicht."

Wolf sah seine Kollegen an, die müde wirkten.

„Die Frage ist also: Wer dringt in ein Haus ein und stellt eine Kerze ins Wohnzimmer? Wenn nebenan eine alte Frau liegt. Und schüttet Benzin aus."

„Das ist absurd", sagte Meier.

„Konzentriert euch", sagte Sukitsch. „Das mit dem Benzin wissen wir nicht sicher, oder? Brandstiftung ist es, wenn jemand die Absicht hatte, das Haus anzuzünden. Das scheint mir hier nicht bewiesen zu sein. Eine Kerze auf dem Boden."

„Etwas Rituelles?", fragte Meier.

„Kommt mir nicht schon wieder mit Satanismus", raunzte Wolf. „Das war letztes Mal eine Sackgasse."

„Ich weiß es", sagte Meier plötzlich. Die Familie war auf der Hochzeit, nicht wahr? Vielleicht haben sie in der Früh eine Kerze angezündet und vergessen, sie auszulöschen, bevor sie gefahren sind."

„Auf dem Boden?", fragte Sukitsch.

Wolf schüttelte den Kopf.

„Ich habe gestern mit Egger geredet, der sagt, sie sind um acht losgefahren. Der Brand wurde um elf gemeldet. Das passt nicht. Gibt es überhaupt Kerzen, die so lang brennen?"

„Natürlich. Große Kerzen brennen viele Stunden lang."

Wolf stellte sich die riesige Osterkerze aus seiner Zeit als Ministrant vor. Die Sache wurde immer verwirrender, fand er.

Swoboda räusperte sich. „Vielleicht war es die alte Dame selbst? Wissen wir, ob sie dement war?"

„Ich hatte nicht den Eindruck, dass sie ohne Hilfe aufstehen konnte, aber das lässt sich herausfinden. Guter Punkt. Wir müssen mit ihrem Arzt reden."

Alle nickten.

„Ein Kind", sagte Meier plötzlich. „Ich sag euch, das war keine Brandstiftung. Da hat ein Kind gezündelt, das ist alles."

„Die Kinder der Familie waren alle bei der Hochzeit", gab Wolf zu bedenken.

„Ich weiß schon. Andere Kinder, meine ich. Nachbarskinder vielleicht."

„Wie sollen die ins Haus gekommen sein?", fragte Wolf.

„Woher soll ich das wissen?", gab Meier scharf zurück.

„Wir müssen uns an die Fakten halten", sagte Wolf ruhig.

„Ihr müsst auf jeden Fall herausfinden, ob jemand Fremdes im Haus war", stellte Sukitsch fest. „War abgesperrt? Wie viele Schlüssel gab es?"

Wolf nickte.

„Wir haben eine ganze Menge möglicher Szenarien", erklärte er. „Wir müssen einfach schauen, welche wir ausschließen können."

Wolf schrieb einige Begriffe auf die Flipchart. *Arzt – Demenz? Tür – Schlüssel? Nachbarn – Kinder?*

Er legte den Marker wieder hin.

„Ich werde mich noch einmal mit Egger unterhalten und sehen, ob seine Frau schon vernehmungsfähig ist. Ihr könnt inzwischen die Nachbarn besuchen und fragen, ob sie etwas gesehen haben, ob sie jemanden verdächtigen et cetera."

„Ich schätze, dass wir frühestens in zwei Stunden dort aufkreuzen können. Die werden alle in der Kirche sein", sagte Caroline Meier.

„Es ist ja auch Sonntag", murmelte Swoboda kaum hörbar. „Warum machen wir das nicht morgen?"

„Willst du etwa auch in die Kirche gehen?", lachte Wolf.

„Rainer hat recht, Gregor. Ihr solltet das wirklich am Montag machen", sagte Sukitsch.

„Warum? Jetzt sind wir schon hier. Caroline, du gehst sicher nicht in die Kirche, wie ich dich kenne. Warum klapperst du nicht die Nachbarn ab?"

Sukitsch sah Wolf streng an.

„Ich meine es ernst. Lasst euch damit Zeit bis morgen. Bis jetzt gibt es nur Vermutungen. Es ist nicht erwiesen, dass hier überhaupt ein Delikt vorliegt. Hat Pia Leistner ihren Bericht schon fertig?"

„Nein. Sie hat ihn mir für morgen versprochen."

„Gut, dann warten wir. Vielleicht findet sie ja noch was. Das hier ist noch keine offizielle Mordermittlung, und es ist Wochenende."

Sukitsch stand auf.

„Sonst noch was?", fragte er. Wolf kniff die Augen zusammen. Er stellte fest, dass ihm die Leitung der Besprechung soeben entzogen worden war.

„Nein, ich denke nicht."

„Gut", sagte Sukitsch. „Ich wünsche euch noch einen schönen Sonntag."

9 Uhr 45

Gregor Wolf hatte beschlossen, auf eigene Faust noch einmal nach Ehrenhausen zu fahren. Er ärgerte sich über seinen Chef. Baumgartner wäre nie so behandelt worden.

Wolf hatte sich die letzten Monate oft gefragt, ob er froh sein sollte, dass Baumgartner weg war. Seine Freunde hatten ihm gratuliert, auch wenn er ihnen erklärt hatte, dass er nur interimsmäßig Chef der Mordgruppe war und dass bei der Polizei alle mit Baumgartners Rückkehr rechneten. Für seine Freunde war es dennoch ausgemachte Sache, dass Baumgartner weg vom Fenster war, und in Wirklichkeit glaubte er das auch.

Wolf konnte es nicht leugnen: Er bedauerte es nicht. Damit hatte für ihn eine gewisse Normalität Einzug gehalten, die guttat. Nicht, dass er Genugtuung empfand oder sogar Triumph. Er hatte sich geweigert, mit seinen Freunden darauf anzustoßen. Immerhin war ja nicht einmal bekannt, was mit Baumgartner los war. Vielleicht kam er ja doch zurück, mit einer guten Ausrede für seine Abwesenheit. Doch selbst wenn das passierte, war es doch sehr fraglich, ob man ihm so mir nichts, dir nichts den Chefposten der Mordgruppe zurückgeben würde. Jedenfalls fand Wolf, dass Freude unangebracht war. Baumgartner war ein guter Polizist gewesen, er hatte das immer zugegeben, und so jemanden zu verlieren, war kein Grund zum Feiern. Aber andererseits sah er auch keinen Anlass, ihm nachzuweinen, wie es Caroline Meier tat. Das Leben ging weiter. Baumgartner war immer ein wirrer Vogel gewesen, und es war lächerlich, wenn plötzlich alle so überrascht taten.

Ganz traute er der Sache noch nicht. Wenn sie einen Grund gewusst hätten für Baumgartners Abwesenheit, wäre es leichter gewesen. Wenn er sich wieder besoffen hätte, wenn man ihm einen konkreten Fehler hätte vorwerfen können. Es war natürlich offensichtlich, dass die Probleme überhandgenommen hatten. Baumgartner hatte immer dazu geneigt, sich in gewisse Dinge hineinzusteigern. Im Prinzip war er nie einfach nur Polizist gewesen – er hatte seine eigene Vorstellung von Gerechtigkeit verfolgt. Für einen guten Polizisten war er zu wenig Realist. Dass Sukitsch das nie gesehen hatte! Wolf wusste, dass er der bessere Polizist war als Baumgartner, aber jemand, der aufgrund einer vermeintlichen Ungerechtigkeit der Welt leidet wie ein griechischer Tragödienheld, schindet eben mehr Eindruck. Es ärgerte ihn, dass Sukitsch sich davon beeindrucken hatte lassen. Insgeheim vermutete er, dass Baumgartner eine Art privates Experiment von Sukitsch gewesen war. Er hatte ihn zum Chef der Mordgruppe gemacht, einfach nur, um zu sehen, was passierte. Das war unprofessionell, und es war kein Wunder, dass es so geendet hatte.

Doch in Sukitschs Augen war es noch gar nicht vorbei. Das war das Schwierige an der Sache. Bevor Baumgartner nicht wieder auftauchte, wusste man nicht, was man ihm vorwerfen sollte. Vielleicht gab es ja einen guten Grund, warum er verschwunden war? Sukitsch schien das zu glauben, obwohl es Unsinn war.

Auf der A9 verließ Wolf den Kessel des Grazer Beckens und fuhr hinaus in die offene Landschaft.

Er genoss die Fahrt, denn die Hitze hatte nachgelassen. Vor einer Stunde hatte noch die Sonne geschienen, aber nun waren graue Wolken aufgezogen, und

Wind rüttelte an seinem Dienstwagen. Es sah aus, als kündigte sich ein Gewitter an. Diesen Sommer hatten sie noch keines gehabt.

In Sichtweite des Hofs hielt er das Auto an. Aus der Ferne sah alles friedlich aus, trotz der Brandspuren am Wohnhaus. Wolf ließ den Blick schweifen. In der Nachbarschaft des Hofs sah er einen Gewerbebetrieb – womöglich eine Autowerkstatt oder eine Spenglerei – sowie einen zweiten Bauernhof. Er beschloss, Letzterem einen Besuch abzustatten.

Es dauerte ein wenig, bis er die richtige Abzweigung fand. Er fuhr einen überraschend schmalen Schotterweg entlang, der zwischen einer irgendwie beliebigen Ansammlung von Gebäuden endete.

Wolf stieg aus, und böiger Wind empfing ihn. Es roch unangenehm nach Vieh – Wolf tippte auf Kühe. Er erkannte, dass der überlange, funktionale Bau vor ihm der Stall war. Etwa fünfzig Meter daneben stand ein Wohnhaus von ähnlicher Größe wie das der Eggers. Das Haus gefiel ihm nicht, doch er konnte nicht sofort feststellen, woran das lag. Eggers Haus hatte freundlicher ausgesehen, selbst nach dem Brand. Lag es nur an dem Blumenschmuck für die Hochzeit?

Nach einer Weile verstand Wolf, dass es keinen Vorgarten gab. Das Haus stand einfach so da, ohne Abgrenzung zur Umgebung. Außerdem lag der Eingang auf der falschen Seite – nicht zum Schotterplatz hin gewandt, auf dem er stand, sondern auf die Seite des Stalls. Auf der gegenüberliegenden Seite war eine Einfahrt, die in die Erde gegraben war und in den Keller führte. Offenbar war dort unten eine Garage, doch es gab keine Fahrspuren, sie wurde offensichtlich nicht benutzt. Dasselbe galt für den Balkon im ersten Stock, auf dem verrostete Haken hingen, die für Blumenkisten gedacht waren. Das Haus wirkte nicht wie das Eigenheim, von dem eine junge Familie träumt.

In der Ferne donnerte es. Wolf ging auf das Haus zu, fand einen Klingelknopf und drückte ihn. Drinnen hörte er eine Glocke schrillen. Wolf wartete, doch nichts passierte. Er klingelte erneut.

Die sind wirklich in der Kirche, dachte er.

Wolf suchte den Postkasten und fand ihn direkt neben der Tür. Er machte mit seinem Mobiltelefon ein Foto vom Namensschild, wandte sich ab und ging zurück zum Auto, während er im Gesicht Regentropfen spürte.

Als er sich noch einmal umdrehte, sah er, wie sich im oberen Stockwerk ein weißer Vorhang bewegte.

10 Uhr

Als Swoboda nach Hause kam, war er wütend. Auf dem Weg zur Wohnung hatte ihn der Regen erwischt. Er warf die Tür ins Schloss und ging, ohne die nassen Schuhe auszuziehen, ins Wohnzimmer, wo er im Schrank noch eine Packung Memphis hatte. Er zündete sich an Ort und Stelle eine an und inhalierte den Rauch des abscheulich alten Tabaks tief, während Wasser aus seinen Haaren tropfte. Wind rüttelte am Fenster, doch der Regen schien schon wieder nachzulassen.

Dass er sich das bieten lassen musste, von diesem Jungspund. Nach allem, was er geleistet hatte. Wann war es selbstverständlich geworden, dass sie wochenends arbeiteten? Nicht einmal als Beamter konnte man noch menschenwürdig arbeiten. Geregelt, mit Ruhezeiten, die diesen Namen verdienten.

Er wusste, dass man ihn für einen faulen Hund, für einen „Tachinierer" hielt, der nur auf die Pension wartete, und er ließ es über sich ergehen. Es kümmerte ihn nicht. In Wirklichkeit arbeitete er gern. Er war früher auch gern auf Streife gegangen. Was ihn belastete, war dieser ständige Druck. Alle schienen das für völlig normal zu halten inzwischen, nicht nur Baumgartner, auch Wolf. Bei Kampl war es noch besser gewesen.

Swoboda hatte den anderen nie von seiner Krise vor einigen Jahren erzählt: Schlaflosigkeit, Erschöpfungszustände, chronische Heiserkeit. Swoboda war aus allen Wolken gefallen, als der Arzt ihn zu einem Psychiater geschickt hatte – körperlich war er gesund. Seine Symptome waren psychosomatischer Natur, er war Burn-out-gefährdet. Das konnte gefährlich werden, vielleicht sogar ein Grund, in Frühpension zu gehen.

Drei Wochen war er im Krankenstand gewesen, unter einem Vorwand. Nur Sukitsch hatte die Wahrheit gekannt. Er hatte überlegt, was er tun sollte. Schließlich hatte er beschlossen, es noch einmal zu probieren.

Dabei hatte Swoboda geschworen, besser auf sich achtzugeben. Er würde das schaffen. Und er war nach wie vor überzeugt davon, die restlichen drei Jahre durchzuhalten, die ihm noch fehlten. Was er nicht garantieren konnte, war, dass ihm nicht eines Tages der Kragen platzte und er allen seine Meinung sagte.

Montag, 8 Uhr

Sie trafen sich um Punkt acht im Besprechungsraum und verteilten die Aufgaben, die Wolf bei der letzten Besprechung auf die Flipchart geschrieben hatte. Am Vortag hatte Wolf auf der Heimfahrt noch bei einem Gasthaus haltgemacht und etwas gegessen, wobei er die Namen der benachbarten Bauern erfahren hatte. Meier und Swoboda schickte er zu einem Bauern namens Leitgeb. Der Hof, den er am Vortag besucht hatte, gehörte einer Familie Gollner. Dort wollte er selbst noch einmal hin. Für zehn Uhr war der Mann herbestellt, der die Feuerwehr verständigt hatte, bis dahin wollte Wolf wieder im LKA sein.

Die kurze Besprechung dauerte zehn Minuten, danach machten sie sich auf den Weg. Wolf hatte in der Früh ein Aspirin genommen und fühlte sich frisch und voller Tatendrang, trotz der Hitze, die pünktlich zu Wochenbeginn zurückgekommen war. Der große Regen war ausgeblieben, die Gewitterwolken waren vorbeigezogen, ohne Abkühlung zu bringen.

Er übertrug die Punkte von der Flipchart auf ein Post-it, das er auf seinen Schreibtisch klebte. Danach ging er zu Sukitsch, wo er mit ihm den Text für eine kurze Pressemitteilung aufsetzte, bevor er sich auf den Weg zur Gerichtsmedizin machte. Steger war mit der Obduktion bereits fertig. Wolf hatte ihm erlaubt, das allein zu machen.

8 Uhr 40

Rainer Swoboda und Caroline Meier fuhren zuerst zum Ort des Brandes. Rot-weiße Absperrbänder riegelten das Gelände ab, alles war verlassen und ruhig.

„Willst du es dir ansehen?“, fragte Swoboda.

Meier schüttelte den Kopf. „Schon gut, fahren wir weiter.“

Swoboda bemerkte, dass sie abwesend wirkte in letzter Zeit. Er vermutete, dass es etwas mit Baumgartner zu tun hatte. Die beiden hatten sich sehr gut verstanden. Swoboda beschloss, sie nicht darauf anzusprechen.

Wenig später hielt er vor einem nahe gelegenen Bauernhaus, das kleiner war als jenes der Familie Egger, dabei aber freundlicher wirkte. Was ihm an Größe fehlte, schien es mit liebevollen Details wettmachen zu wollen. Swoboda bemerkte einige geschnitzte Holzfiguren, die aus Afrika zu stammen schienen. Neben einer Reihe unterschiedlich großer Kakteen in Tontöpfen lag buntes Kinderspielzeug aus Plastik. Sie stiegen aus und gingen zur Tür, als sie von drinnen Geschrei hörten. Schnelle Schritte näherten sich, bevor die Tür aufging und zwei etwa zehnjährige Kinder kreischend an ihnen vorbei ins Freie stürmten. Die Tür blieb offen stehen.

Swoboda und Meier sahen sich an, bevor sie klingelten.

Ein junger Mann erschien, und sie brauchten einen Moment, bis sie verstanden, dass dies der Bauer war. Er sah eher aus wie jemand, der sein Geld am Schreibtisch verdiente – schlank, beinahe schmächtig und mit Brille. Nur an den Fingern sah man die Spuren vom jahrelangen Kontakt mit Erde.

„Ja?“

Swoboda räusperte sich und steckte die Hände ein, wobei sein Bierbauch hervortrat. Als er sprach, kippte seine Stimme in einen sonoren Bass.

„Herr Leitgeb? Wir sind vom Landeskriminalamt, ich bin Oberinspektor Swoboda, das ist Inspektor Meier.

Wir ermitteln im Zuge der Vorkommnisse vom letzten Samstag. Es geht um den Brand im Haus der Familie Egger."

„Davon hab ich gehört", sagte Leitgeb. „Eigentlich habe ich sogar den Rauch gesehen. Stimmt es, was die Leute sagen, dass die alte Frau Egger –"

„Dürfen wir hineinkommen?"

Leitgeb bat sie hinein.

„Mein Gott, es stimmt wirklich, oder?", fragte er, nachdem er den Polizisten etwas zu trinken angeboten hatte.

Swoboda ignorierte die Frage.

„Derzeit ist die Brandursache noch nicht restlos geklärt. Deshalb führen wir routinemäßige Befragungen durch. Wie gut ist Ihr Kontakt zur Familie Egger?"

„Wir haben eigentlich wenig Kontakt. Wir grüßen uns und sehen uns manchmal in der Kirche, aber das ist alles."

„Können Sie sich vorstellen, dass jemand bei den Eggers Feuer legen würde?"

Leitgeb sah Swoboda entgeistert an.

„Sie dürfen ruhig darüber nachdenken. Lassen Sie sich Zeit."

„Nein", sagte Leitgeb. „Beim besten Willen nicht."

„Es könnte auch unabsichtlich passiert sein", warf Meier ein. „Kinder spielen manchmal mit Feuer."

„Meine Kinder?", fragte Leitgeb. Er schüttelte den Kopf. „Nein, da sind Sie auf dem falschen Dampfer."

„Wie können Sie so sicher sein?"

„Sie hätten es mir erzählt", sagte Leitgeb entschieden. „Na gut, fragen wir sie."

Er stand auf und ging aus dem Raum, gedämpft hörten sie, wie er nach ihnen rief. Zwei Minuten später stürmten die beiden herein, ein Bub mit kurzen, dunklen Haaren und ein Kind mit halblangen, blonden Locken, das auch ein Mädchen sein konnte. Sie schienen nicht außer Atem zu sein und wirkten fröhlich.

„Noah, Lea, wisst ihr noch, am Samstag waren wir ja um fünf bei der Oma."

Sie nickten strahlend. Die Oma schien bei ihnen beliebt zu sein.

„Und davor habt ihr gespielt, wo wart ihr da?"

„In der Burg", antworteten beide eifrig.

„Was ist die Burg?", fragte Meier.

„Da gibt es ein Gestrüpp, das sie so nennen", erklärte Leitgeb. „Und sonst wart ihr nirgends? Auch nicht am Egger-Hof drüben?"

Noah schüttelte entschieden den Kopf.

„Da wohnt die Hexe!", rief Lea.

Leitgeb lächelte und tätschelte ihr den Kopf.

„Ist gut. Los, ihr könnt weiterspielen."

Die Hexe ist tot, dachte Swoboda. Aber er sah, dass diese Kinder mit ziemlicher Sicherheit kein Haus angezündet hatten.

„Fällt Ihnen sonst jemand ein", fragte Swoboda. „Haben die Eggers Feinde?"

Da verfinsterte sich Leitgebs Gesicht.

„Die haben sie tatsächlich", erklärte er. „Aber das ist eine lange Geschichte."

„Erzählen Sie", forderte Swoboda ihn auf.

Eine gute Stunde später gingen Swoboda und Meier schweigend zum Auto zurück. Meier musste plötzlich feststellen, dass Swoboda kein schlechter Polizist war, wenn er sich anstrengte.

9 Uhr 25

„Ich wollte Ihnen gratulieren", sagte Steger, als Wolf in den Seziersaal kam. Heute lagen zwei zugedeckte Leichen auf den Tischen aus rostfreiem Stahl. Wolf erkannte den Brandgeruch aus dem Haus wieder. In dem glänzend sterilen Saal wirkte er fremd.

„Wozu?", fragte Wolf.

„Dass Sie Baumgartner endlich los sind!"

Wolf bedachte Steger mit einem kurzen, genervten Blick und ignorierte die Bemerkung.

„Sie sind früh dran."

„Ich mag meine Arbeit", entgegnete Steger schulterzuckend.

„Was können Sie mir über die Tote sagen?"

Steger versuchte, den abweisenden Ton in Wolfs Worten zu deuten. Er schlug die Decke von einer der Leichen zurück. Ein entmenschlichtes Gesicht mit weißen, bleckenden Zähnen erschien.

„Die Kurzfassung? Todesursache ist eine schwere Rauchgasvergiftung. Die Verbrennungen sind postmortal."

„Sonst irgendwelche Verletzungen? Irgendwas im Blut?"

„Nichts außer einigen Medikamenten, wie sie alte Leute bekommen. Gegen hohen Blutdruck. Keine Verletzungen."

Wolf nickte nachdenklich. „Sie ist also einfach an den Rauchgasen erstickt. Ohne Fremdeinwirkung."

„Davon können Sie ausgehen. Es gibt keine Hinweise auf etwas anderes."

Wolf versuchte sich vorzustellen, ob sie bemerkt hatte, was im Nebenraum vor sich ging. War die Tür offen gewesen? Hatte sie vielleicht noch mit der Person gesprochen? Verstanden, was diese vorhatte, und sich doch nicht befreien können?

Gedankenverloren verabschiedete sich Wolf.

9 Uhr 30

Gerti Lanner von der Presseabteilung des Grazer Landeskriminalamts nahm den ersten Anruf des Tages entgegen. Die Pressemitteilung zum Brand des Bauernhauses war gerade hinausgegangen, und seither hatte sie auf die Anrufe der Journalisten gewartet. Sie erkannte die Stimme gleich.

„Guten Tag, Doris Wallner, Graz Kompakt. Ich versuche schon den ganzen Tag, Franz Baumgartner für eine Stellungnahme zu erreichen. Sie haben sicher eine aktuelle Handynummer von ihm."

„Worum geht es?", fragte Lanner.

„Ich wollte ihm ein paar Fragen stellen zu dem abgebrannten Bauernhaus."

„Da müssen Sie mit Gregor Wolf reden, der leitet die Untersuchung", erklärte Lanner. „Seine Handynummer kann ich Ihnen leider nicht geben, Sie müssen bis zur Pressekonferenz warten."

„Aber ich dachte – warum nicht Baumgartner?"

„Franz Baumgartner ist im Urlaub."

„Was, noch immer?"

10 Uhr 30

Wolf hatte gerade den Zeugen des Brandes nach Hause geschickt, der die Feuerwehr gerufen hatte und dessen Befragung nichts Neues ergeben hatte, als das Telefon läutete.

„Oberinspektor Wolf? Am Eingang ist eine Frau Friederike Egger. Sie möchte zu Ihnen."

„Egger?" Wolf sah auf die Uhr. „Ich komme sie holen, in fünf Minuten", antwortete er.

Er wunderte sich, dass Egger schon hier war. Hatte jemand von seinen Kollegen sie herbestellt? Ihm hatte niemand etwas gesagt.

Als er nach unten ging, erwartete ihn dort eine Frau in einem knielangen Rock mit streng nach hinten gekämmten Haaren, die zu einem Knoten gebunden waren. Sie trug eine schwarze Bluse – Trauerkleidung. Die Frau, die er im Auto gesehen hatte, während er mit Michael Egger gesprochen hatte. Eggers Frau.

Wolf stellte sich vor. „Ich leite die Untersuchung zum Tod Ihrer Schwiegermutter. Sie wollten zu mir?"

Friederike Egger nickte hölzern und gab ihm die Hand. „Grüß Gott, Herr Wolf."

„Kommen Sie doch bitte mit in meine Kanzlei."

Er führte sie zu seinem Schreibtisch. Sie setzte sich und ergriff sofort die Initiative.

„Herr Wolf, ich muss mich für die Unannehmlichkeiten entschuldigen."

Wolf verstand nicht. „Welche Unannehmlichkeiten?"

„Durch den Tod von unserer Oma."

„Machen Sie sich darüber keine Gedanken", entgegnete Wolf so freundlich er konnte. „Das ist unser Beruf."

Egger blieb ganz ruhig.

„Ich verstehe, dass Sie Ihre Routine haben, wenn so etwas passiert. Ich möchte, dass Sie mir sagen, wenn ich irgendwie helfen kann. Wir möchten das so schnell wie möglich hinter uns bringen."

Wolf nickte. „Seien Sie unbesorgt, wir wollen das auch schnell erledigen. Und je besser Sie uns unterstützen, desto schneller geht es."

„Sie müssen verstehen, Herr Wolf, für meine Familie ist das sehr schwer. Es ist schrecklich, wenn eine Hochzeit so endet. Wir haben die Oma sehr gern gehabt. Meine Familie muss wieder zur Ruhe kommen."

„Wir bemühen uns, dass es schnell geht."

„Ich will nur sagen, falls es irgendwelche Fragen gibt, stehe ich zur Verfügung. Aber meine Familie braucht dringend Ruhe."

Wolf stutzte. Er riss sich zusammen und bemühte sich um einen sachlichen Ton.

„Was wollen Sie mir eigentlich sagen?"

„Wir haben darüber geredet", erklärte sie. „Mein Mann und ich und die Kinder. Alles, was wichtig ist, können Sie von mir erfahren. Aber meine Familie wird nicht mit Ihnen reden."

Wolf glaubte zuerst, nicht richtig zu verstehen. Ihm wurde klar, dass sie es ernst meinte.

„Was soll denn das heißen, sie wird nicht mit mir reden?", brauste er auf. „Sie haben das nicht zu entscheiden! So funktioniert das nicht. Eine polizeiliche Ermittlung zu behindern, ist eine Straftat!"

„Ich erwarte, dass Sie das respektieren", sagte Egger und stand auf.

„Warten Sie, Sie können noch nicht gehen. Ich habe Fragen."

Egger setzte sich wieder und presste die Lippen aufeinander. Wolf holte Luft, versuchte, sich zu beruhigen.

„Ich brauche eine Liste aller Personen, die Zugang zum Haus hatten", sagte Wolf.

„Nur die Familie hatte Zugang zum Haus", erklärte Egger.

„Also Sie, Ihr Mann und Ihr Sohn. Sonst niemand?"

„Nein", sagte sie entschieden.

„Keine Tanten, Onkel? Jemand, von dem wir wissen sollten?"

„Habe ich doch gerade gesagt."

„Ihre Schwiegermutter war krank, wenn ich das richtig verstanden habe. Gab es eine Pflegerin?"

„Ich habe meine Schwiegermutter gepflegt", antwortete Egger mit merkbarem Trotz. Wolf glaubte zu sehen, dass ihre Augen glasig wurden.

„Sie konnte nicht mehr aus eigener Kraft aufstehen, ist das richtig?"

Egger zögerte kurz. Dann nickte sie.

„Wer war ihr Hausarzt? Ich nehme an, sie hatte einen Arzt, der Krankenbesuche macht."

„Doktor Niggler. In Ehrenhausen."

Wolf nahm ein Post-it vom Block und notierte den Namen.

„So weit, so gut, Frau Egger", sagte Wolf, „aber wenn niemand einen Schlüssel fürs Haus hatte und Ihre Schwiegermutter nicht aufstehen konnte, wie kann es dann passieren, dass Feuer ausbricht? Wenn keiner zu Hause ist?"

Nun wirkte Egger verunsichert. „Manche Geräte sind sehr alt", begann sie. „Unser Fernseher ..."

Wolf schüttelte den Kopf.

„Der Fernseher war es nicht."

Egger sah ihn forschend an.

„Lassen Sie mich hier nicht dumm sterben, Herr Wolf. Sie wissen doch etwas."

„Haben Sie vielleicht Kerzen brennen lassen?"

Egger sah ihn verständnislos an. „Nein, wie kommen Sie darauf?"

„Ich kann Ihnen dazu noch nicht mehr sagen", erklärte Wolf. „Aber derzeit prüfen wir verschiedene

Möglichkeiten. Eines kann ich Ihnen aber verraten: Der Fernseher hat nichts damit zu tun."

Da stutzte Wolf. Der Fernseher stand im Wohnzimmer. Wusste sie etwa, dass der Brand von dort ausgegangen war? Er nahm ein weiteres Post-it und notierte den Gedanken.

„Wie stand es eigentlich mit der Erbschaft? Gehörte der Hof noch der Verstorbenen?"

„Nein, den Hof hat schon ihr Mann damals übergeben. Warum fragen Sie mich das?"

„Weil wir es wissen müssen", gab Wolf zurück. „Wir wollen verstehen, was wirklich passiert ist. Sie doch auch, oder?"

Friederike Egger erwiderte nichts darauf.

„Gut, das ist dann vorerst alles", sagte Wolf. „Und sagen Sie Ihrer Familie, sie soll sich zu unserer Verfügung halten."

Egger sah ihn feindselig an. Sie wirkte zutiefst gekränkt. Sie stand auf und verließ die Kanzlei.

Wolf blieb sitzen und versuchte, den Ärger hinunterzuschlucken. Ihm fiel ein, dass er noch hätte fragen sollen, wo die Familie untergekommen war, nun, da ihr Haus unbewohnbar war. Das musste er noch in Erfahrung bringen. Schließlich wandte er sich wieder Leistners Bericht zu, als Caroline Meier und Rainer Swoboda hereinkamen.

„Gregor, wir haben da was!", sagte Meier. „Das musst du dir anhören."

Wolf bedeutete ihr mit der Hand, still zu sein.

„Was ist denn los?", fragte sie.

„Erklär ich euch nachher. Machen wir um drei eine Besprechung. Ich fahr jetzt raus zu Eggers Nachbarn."

„Wir waren gerade beim Leitgeb-Hof."

„Es gibt da noch den Gollner, den will ich mir anschauen. Reden wir später!“

Wolf verließ sie ohne ein weiteres Wort. Den Bericht der Brandermittlungsgruppe ließ er aufgeschlagen auf seinem Schreibtisch liegen.

10 Uhr 35

Doris Wallner saß an ihrem Schreibtisch in der Redaktion von Graz Kompakt und dachte nach.

Vor über einem Monat hatte sie das letzte Mal versucht, Franz Baumgartner zu erreichen, den schrulligen Polizisten, der ihr vor einem halben Jahr das Leben gerettet hatte. Zwar hatte sie danach nie intensiven Kontakt zu ihm gehabt, aber seither war dennoch jedes Mal eine angenehme Vertrautheit da gewesen, wenn sie sich getroffen hatten.

Als sie dann vor einigen Wochen die Nachricht von dem bewaffneten Raubüberfall in Geidorf bekommen hatte, hatte sie gleich Baumgartners Handynummer gewählt. Es hatte geläutet, doch nach wenigen Sekunden war die Verbindung unterbrochen worden. Sie hatte es noch einmal probiert, mit dem gleichen Ergebnis. Bei der Pressestelle des Landeskriminalamts hatte man ihr schließlich erklärt, dass Baumgartner auf Urlaub sei.

Und nun das Gleiche. Einen Monat später.

Immer noch auf Urlaub.

Abgesehen davon, dass sie keinen Draht zu Baumgartners Kollegen Gregor Wolf hatte, der ihr außerdem nicht besonders sympathisch war, fand sie die Sache sonderbar. Es war doch nicht üblich, dass Polizisten so lang im Urlaub waren, oder? Selbst wenn sie so erfolgreich waren wie Baumgartner.

„Horst, hast du einem Moment Zeit?"

Ihr Chefredakteur Horst Almer sah von seinem Bildschirm auf.

„Hmm?"

„Hast du in letzter Zeit irgendwas von Franz Baumgartner gehört?"

Almer schien kurz nachzudenken. „Du meinst den Polizisten?"

„Wen soll ich sonst meinen?"

„Nein, weiß ich nichts. Wieso?"

„Der ist im Urlaub. Seit über einem Monat."

„Und jetzt überlegst du, auch zur Polizei zu gehen? Einen Versuch ist es wert. Ich kann dir jedenfalls keinen Monat Urlaub geben, das kannst du vergessen."

Almer schmunzelte, doch Wallner stieg nicht darauf ein.

„Da stimmt doch etwas nicht. Du weißt also auch nicht mehr?"

Er hob die Hände. „Tut mir leid. Aber es klingt interessant! Willst du dem nachgehen?"

Sie nickte, stand auf und nahm ihre Handtasche von der Sessellehne.

11 Uhr 15

„He, was machen Sie da?"

Wolf war eigentlich auf dem Weg zum Gollner-Hof gewesen. Die Straße führte beim Egger-Hof vorbei, und zufällig hatte er vom Auto aus die Gestalt bemerkt – eine Frau mit kurzem Rock und hohen Schuhen, die hinter der Absperrung herumspazierte. Erst als er näher kam, erkannte er die Journalistin, die eine so zentrale Rolle beim Mathematiker-Mord vor einem halben Jahr gespielt hatte.

„Herr Wolf, gut, dass ich Sie treffe!“

„Sie dürfen da nicht hinein, Frau Wallner! Das Gebiet ist polizeilich gesperrt. Haben Sie die Bänder nicht gesehen?“

„Bänder? Ach so! Verzeihung, die muss ich übersehen haben.“

Ihr Lächeln war gut einstudiert. Es wirkte schüchtern und unschuldig. Doch Wolf hatte gerade nicht die Nerven für solche Spiele.

„Raus mit Ihnen“, sagte er und drängte sie mit sanfter Gewalt vom Haus weg.

„Wie geht es eigentlich Franz Baumgartner?“, fragte sie.

„Woher soll ich das wissen?“

„Er ist doch jetzt schon recht lang im Urlaub.“

Wolf lachte. Er sagte nichts.

„Ist er denn im Urlaub, Herr Wolf?“

„Kein Kommentar.“

„Und wann kommt er wieder zurück?“

Wolf lachte. „Das wüsste ich selber gern, Frau Wallner.“

Kurz darauf bereute er die Andeutung, die er sich hatte entlocken lassen. Doch er fand, dass es keinen Unterschied machte. Das war Sukitschs Problem, nicht seines.

Wenig später parkte Gregor Wolf seinen Dienstwagen vor dem Hof, der, wie er inzwischen wusste, einer Familie Gollner gehörte. Diesmal war offensichtlich jemand zu Hause. Die Tore des Stalls standen offen, von drinnen hörte er ein Tier schreien, als hätte es Schmerzen. Er ging hinein und sah einen Mann mit nacktem Oberkörper, der gerade ausmistete. Wolf sah eine Menge Kühe, doch er konnte nicht erkennen, woher die Schreie kamen. Der Bauer war sehr kräftig gebaut, mit einem ansehnlichen Bierbauch. Sein helles Haar auf dem großen Kopf war schütter. Er bemerkte Wolf, stützte sich auf dem Stiel seiner Mistgabel ab und sah ihn an, ohne ihn zu begrüßen.

„Herr Gollner?“

Der Mann nickte.

„Mein Name ist Gregor Wolf, ich bin vom Landeskriminalamt.“

Wolf zeigte ihm seine Dienstmarke.

„Sie kommen wegen dem Brand beim Egger“, stellte Gollner fest.

„Was wissen Sie darüber?“, fragte Wolf.

„Kommen Sie, gehen wir ins Haus.“

Gollner lehnte die Mistgabel an die Wand und ging voraus. Wolf folgte ihm. Hinter ihnen schrie das Tier immer noch.

Wenig später saßen sie in einer stickigen Wohnküche, die nach altem Fett roch. Über der Sitzecke thronte ein Herrgottswinkel. Gollner, der den Stallgeruch mit in den Raum getragen hatte, hatte Wolf ein Puntigamer angeboten und sich selbst eins aufgemacht. Er sog genüsslich an der vom Kondenswasser feuchten Flasche.

„Also“, begann Wolf, „was wissen Sie über den Brand bei Ihrem Nachbarn?“

„Es hat sich halt herumgesprochen“, sagte Gollner. „Was die Leute so erzählen.“

„Was erzählen sie denn?“

„Dass jemand das Haus vom Egger angezündet hat. Mit seiner Mutter drin.“

Die Leute wussten so allerhand, fand Wolf.

„Und wer hat es angezündet? Wird da auch was erzählt?“

„Wird einer von ihnen selber gewesen sein“, sagte er und grinste dabei. Eine Reihe kleiner, gelber Zähne kam zum Vorschein. „Verrückte Familie.“

„Haben Sie Probleme mit der Familie Egger?“, fragte Wolf, den das Gespräch zu irritieren begann.

„Nein, überhaupt keine Probleme.“

„Das klingt aber so.“

„Wir haben fast nie miteinander zu tun.“

Wolf bohrte weiter.

„Aber Sie kennen Herrn und Frau Egger?“

„Nicht gut.“

„Sie sind doch Nachbarn! Wollen Sie mir wirklich erzählen, dass Sie sich nicht kennen?“

„Mit denen will eigentlich keiner etwas zu tun haben“, sagte Gollner.

„Warum nicht?“

Gollner zuckte mit den Schultern.

„Gab es Streit zwischen Ihnen?“, bohrte Wolf weiter.

„Nein, eigentlich schon lang nicht mehr.“

Wolf überlegte. Gollner wich seinen Fragen aus, aber er schien nicht besonders unglücklich über die Katastrophe der Familie Egger zu sein.

„Wer lebt auf Ihrem Hof?“, fragte Wolf.

„Ich und meine Frau“, erklärte Gollner. „Und mein Vater. Der arbeitet immer noch mit.“

„Haben Sie Kinder?“

Gollner schüttelte den Kopf.

„Wo waren Sie am Samstag zwischen acht und elf Uhr?“

„Hier. Hab den Stall gemacht. Die Kühe gefüttert.“

„Kann das jemand bezeugen?“

„Meine Frau. Bin ich etwa verdächtig?“

„Nein, nur Routine. Haben Sie etwas Ungewöhnliches bemerkt in den letzten Tagen? Etwas, das mit dem Brand zu tun haben könnte? Irgendein verdächtiges Auto? Fremde Personen?“

Gollner zuckte mit den Schultern und trank einen Schluck von seinem Bier.

„Falls Ihnen irgendwas einfällt, können Sie mich jederzeit anrufen", sagte Wolf und gab ihm eine seiner Visitenkarten. Aus irgendeinem Grund hatte er es eilig, von Gollner und seinem Hof wegzukommen.

13 Uhr 30

Gregor Wolf saß beim McDonald's in der Shoppingcity Seiersberg und aß ein Big-Mac-Menü. Eigentlich mochte er die Kette nicht besonders, aber oft fiel ihm auf die Schnelle nichts Besseres ein. Er bemerkte, dass er wieder zu schnell aß, aber er war zu gedankenverloren, um sich zusammenzureißen. Immerhin war seine Nase frei, und er konnte endlich wieder normal essen. Als er mit dem Burger fertig war, schüttete er den Rest vom Cola hinterher und ging zum Auto. Bevor er einstieg, rief er Rainer Swoboda an.

„Hallo. Du, ich bin früher fertig. Sag bitte Mario, dass wir die Besprechung vorverlegen. Um zwei, in einer halben Stunde. Geht das?"

Swoboda hörte sich nicht begeistert an, doch Wolf ging nicht darauf ein.

„Ja, ich gebe Caroline Bescheid", sagte Wolf. „Bis gleich!"

13 Uhr 55

Als Wolf in der Straßganger Straße, kurz vor dem Landeskriminalamt in einen Stau geraten war, hatte er zu zweifeln begonnen, ob es eine gute Idee gewesen war, das Treffen vorzuverlegen. Doch nun schien es sich doch knapp auszugehen. Immerhin musste er nicht sinnlos warten, dachte er.

Vor ihm erschien der weiße Neubau des „LKA“, wie sie es meist nannten. Wolf hatte gemischte Gefühle, was den Bau anging – moderne Architektur eben, damit hatte er grundsätzlich seine Probleme. Aber er sah ein, dass das neue Gebäude bitter nötig gewesen war, das alte war aus den Sechzigern gewesen und aus allen Nähten geplatzt. Wie ein riesiger, schiefer Block lag der Neubau neben der Straße, auf Säulen gestützt, sodass er die Einfahrt in den Innenhof überspannte.

Wolf bog ab und winkte dem Portier kurz zu, der den Schranken öffnete.

Als er in die Kanzlei trat und den Bericht der Brandermittler zur Hand nahm, kam Mario Sukitsch herein.

„Irgendwas Neues?“, fragte Sukitsch.

„Ja, das eine oder andere“, antwortete Wolf. „Gehen wir hinein. Wo ist Caroline?“

Swoboda blickte von seinem Schreibtisch auf.

„Hast du sie nicht informiert?“, fragte Swoboda.

„Wolltest das nicht du machen?“, entgegnete Wolf.

„Nein, du hast gesagt, du machst das.“

„Na dann – kann sie irgendjemand anrufen?“

Swoboda grunzte. Er hob den Hörer ab und wählte Meiers Nummer, während die anderen beiden in den Besprechungsraum gingen.

Sie überlegten, auf Caroline Meier zu warten, doch Wolf beschloss, dass sie genauso gut anfangen konnten. Er begann, den Bericht der Brandermittler durchzugehen. Ein paar Punkte waren dazugekommen, zum Beispiel wussten sie inzwischen, dass keine der Türen aufgebrochen worden war. Sie wussten also nicht, wie der Täter – von einem solchen gingen sie inzwischen aus – ins Haus gekommen war.

„Wie ging es dir bei Leitgeb?“, fragte Wolf. „Du wolltest mir das schon am Vormittag erzählen.“

„Da sollten wir wirklich auf Caroline warten. Sie war mit mir dort.“

Wolf sah auf seine Armbanduhr und klopfte mit den Fingern auf die Tischplatte.

„Warum müssen wir warten? Du kannst das doch berichten. Fang einfach an.“

Caroline Meier kam schwitzend und außer Atem herein.

„Habt ihr schon angefangen? Ich habe doch gesagt, ich komme gleich.“

„Wo warst du denn?“, fragte Wolf.

„Ich war beim Essen, zum Teufel! Warum sagt mir niemand Bescheid, wenn ihr einen Termin ändert?“

„Kein Grund, hier herumzuschreien“, entgegnete Wolf. „Das muss untergegangen sein. Ist doch kein Drama.“

Caroline setzte sich wortlos und versuchte, zu Atem zu kommen. In ihr schien es zu kochen.

„Gut“, sagte Wolf, „also, Rainer, was hast du herausgefunden?“

„Wir waren bei einem der Nachbarn, der Leitgeb heißt. Ziemlich jung. Biobauer. Zuerst dachten wir, dass seine Kinder etwas damit zu tun haben könnten. Er hat zwei kleine Kinder. Doch er hat uns glaubhaft versichert, dass sie nicht auf dem Egger-Hof gewesen sein können. Als wir gefragt haben, ob die Eggers Feinde haben, ist er mit einer interessanten Geschichte dahergekommen: Die Familie ist tatsächlich mit einer anderen Bauernfamilie aus der Gegend verfeindet, seit Jahrzehnten. Die Sache geht zurück auf den Zweiten Weltkrieg. Die Eggers standen den Nazis kritisch gegenüber. Der alte Egger hielt nicht viel vom Nationalsozialismus. Hat sich über Hitler lustig gemacht. Jedenfalls gab es irgendwann eine anonyme Anzeige, und die Gestapo verhaftete ihn. Wilfried Egger hieß er, der Mann des Opfers. Der Großvater der Familie. Er ist vor knapp fünfzehn Jahren gestorben."

„Kam es zu einer Verurteilung?", fragte Sukitsch.

„Nicht, soviel ich weiß. Man hat ihn aber offenbar ziemlich eingeschüchtert. Von da an zog er sich zurück, es gab kein kritisches Wort mehr."

„Welche Familie soll ihn angezeigt haben?", fragte Wolf.

„Wilfried Egger beschuldigte später die Gollners, denen ein benachbarter Hof gehört. Doch es gab nie einen Beweis dafür."

Da nickte Wolf.

„Vom Gollner komme ich gerade. Und dass sie verfeindet sind, ist kein Geheimnis."

Er beschrieb, wie er Gollner getroffen hatte und fasste das Wenige zusammen, das er dort erfahren hatte.

„Gut", sagte er, „was haben wir? Wir können inzwischen davon ausgehen, dass der Brand nicht zufällig entstand. Wir haben Reste einer Kerze gefunden, aber ob sie etwas damit zu tun hat, ist nicht sicher. Bei den Eggers weiß man nichts von einer Kerze. Also bleibt die Vermutung, dass jemand im Wohnzimmer war, während die Familie Hochzeit feierte. Warum? Ob der Brand wirklich mit Absicht gelegt wurde oder irgendeine Art von Versehen war, das können wir noch nicht sagen. Die Anzeichen auf Brandbeschleuniger sind leider sehr vage."

„Könnte es sich um einen Nebenbuhler der Braut handeln?", fragte Sukitsch.

„Das wäre denkbar“, gab Wolf zu. „Dazu muss ich erzählen, dass Frau Egger heute bei mir war und mir verbieten wollte, mit den anderen Familienmitgliedern zu sprechen.“

„Im Ernst?“, fragte Sukitsch.

„Ja. Ich habe ihr natürlich erklärt, dass das so nicht funktioniert. Jedenfalls hast du recht, wir müssen möglichst schnell Kontakt zur jüngeren Egger-Generation bekommen. Andererseits haben wir inzwischen auch ein mögliches Motiv, nämlich eine langjährige Feindschaft, die so tief geht, dass der Bauer Gollner nicht im Mindesten schockiert ist über den tragischen Todesfall der alten Frau Egger. Man könnte fast meinen, dass er sich darüber freut. Dabei hatte er überhaupt keine Angst vor mir. Vom Gefühl her habe ich meine Zweifel, ob Gollner wirklich beim Egger eindringen würde, um dann Feuer zu legen, mit einer Kerze. Das passt nicht zusammen“

„Da sind alte Geschichten im Spiel“, gab Swoboda zu bedenken. „Vielleicht ist die alte Frau kein zufälliges Opfer gewesen.“

„Jedenfalls haben wir einige Ansatzpunkte, die wir verfolgen können. Und es wird Zeit für eine erste Pressekonferenz. Was sagst du, Mario?“

Sukitsch nickte.

„Also, was sollen wir den Medien erzählen?“

Sie diskutierten die Details, während Wolf mitschrieb. Man beschloss, möglichst nahe bei der Wahrheit zu bleiben, aber die Sache mit der Kerze nicht zu erwähnen. Alle schienen damit zufrieden. Nur Meier war nach wie vor ruhig und hatte die Hände verschränkt. Irgendwann sah Wolf sie an.

„Und, Caroline, was sagst du dazu? Irgendwelche Einwände?“

„Macht doch, was ihr wollt“, sagte sie.

Wolf lachte. „Na, da ist aber jemand schlecht drauf!“

Er wandte sich an die anderen: „ Gut, dann wäre so weit alles geklärt. Ich werde jetzt die Pressekonferenz vorbereiten. Und dann werde ich schauen, dass ich das Brautpaar zu fassen kriege. Rainer, ich dachte, dass du nachsehen kannst, ob es in der Vergangenheit ähnliche Fälle von Brandstiftung gegeben hat. Außerdem muss jemand mit diesem Doktor Niggler reden, das ist der Hausarzt der Familie. Das werde ich machen. Alles klar? Dann los!“

Er stand auf.

„Und du bleibst kurz da, Caroline. Wir sollten reden.“

Sie war schon aufgestanden und blieb unschlüssig stehen. Als die anderen gegangen waren, schloss Wolf die Tür und sah Meier an.

„Was ist nur mit dir los, Caroline?“, fragte Wolf.

Sie zögerte, bevor sie antwortete.

„Du fragst mich, was los ist? Du hast mich nicht zur Besprechung eingeladen! Und ich muss vom Mittagessen zu euch hetzen, wie eine Idiotin.“

„Rainer hat gemeint, er informiert dich, sorry. Aber findest du nicht, dass du überreagierst?“

„Rainer hat gemeint, du hättest mich anrufen sollen.“

„Was tut das zur Sache? Mach doch bitte kein Drama daraus.“

Sie antwortete nicht.

„Du wirkst überarbeitet im Moment“, sagte Wolf. „Hast du überlegt, ein paar Tage Urlaub zu nehmen?“

„Jetzt, mitten in einer Ermittlung?“

„So, wie du gerade drauf bist, bist du keine große Hilfe.“

Da wurde Meier laut.

„Was soll das denn heißen? Nur weil du mich nicht zu einer Besprechung einlädst, soll ich auf einmal überarbeitet sein?"

„Du überreagierst völlig. Merkst du das nicht? Ich würde dir Urlaub geben, kein Problem. Es ist wichtig, dass du voll einsatzfähig bist."

„Ich bin voll einsatzfähig, gleich wie immer."

Wolf sah sie nachdenklich an.

„Ich weiß, dass du lieber mit Baumgartner gearbeitet hast. Aber Baumgartner ist jetzt weg, es gibt ihn nicht mehr. Er hat sich selbst ins Abseits geschossen. Jetzt musst du mit mir auskommen, ob dir das passt oder nicht."

Caroline Meier sah ihn an und war plötzlich ganz ruhig. „Sonst noch was?", fragte sie.

„Nein, das war alles", antwortete Wolf.

Beim Hinausgehen musste er sich ein Lächeln verkneifen.

Der Hausarzt der Familie Egger hatte seine Ordination in einem Einfamilienhaus etwas außerhalb von Ehrenhausen. Die Patienten betraten das Haus im Erdgeschoß. Auf der Hinterseite des Gebäudes führte eine Stiege aus verzinktem Stahl in den ersten Stock, wo der Doktor zu wohnen schien.

Als Wolf das Wartezimmer betrat, in dem drei alte Frauen und ein Vater mit seinem Kind saßen und einen wunderlichen Geruch nach Schweiß und Salben verströmten, fürchtete er zuerst, dass es dauern würde und er hier warten musste, doch die Arztgehilfin an der Rezeption verschwand nur kurz im Behandlungsraum und erklärte Wolf dann, dass der Doktor gleich Zeit habe.

„Grüß Gott", sagte Niggler, als Wolf den Behandlungsraum betrat. Der Doktor schien etwas über fünfzig zu sein. Er trocknete seine Hände ab und reichte Wolf die Rechte. Dieser griff zögerlich danach.

„Wolf, richtig?"

Gregor Wolf nickte und zeigte seine Marke. „Es geht, wie Sie sich denken können, um den Tod von Frau Kunigunde Egger. Sie waren ihr Arzt?"

„Richtig. Furchtbar, was da passiert ist. Während der Hochzeit. Ich kann mich nicht erinnern, dass es so etwas schon einmal gegeben hätte."

„Wie ging es der alten Dame gesundheitlich?"

„Gut, angesichts der Tatsache, dass sie bettlägerig war. Bis vor ein paar Jahren war sie noch sehr rüstig, vor dem Schlaganfall, fuhr oft noch mit dem Traktor. Nach dem Schlag hatte sie Probleme mit dem Gehen und hätte Reha machen müssen, damit kam sie nicht klar. Seither ist sie nur noch gelegen, aber wie gesagt, sie hatte es selbst in der Hand. Andererseits war sie fast neunzig."

„Wie war sie so, persönlich?"

Doktor Niggler dachte nach. „Sie liebte die Ihren über alles", sagte er.

„Das klingt, als gäbe es ein *aber*."

„Sie war auch sehr schwierig, glaube ich. Sie konnte nicht loslassen."

Wolf wurde hellhörig.

„Wie, loslassen?"

„Den Hof an die nächste Generation zu übergeben, das kann hart sein für einen alten Menschen. Sie war unzufrieden, wie der Hof geführt wurde, nachdem der Willi, ihr Mann, gestorben war. Und sie hatte auch keine Scheu, das auszusprechen. Bei jeder Gelegenheit, um genau zu sein."

Das könnte ein Motiv sein, dachte Wolf. Andererseits – deshalb das Haus anzünden?

„Derzeit gehen wir von einem Unfall aus", log Wolf, „aber könnte jemand einen Grund gehabt haben, ihr etwas anzutun?"

„Nein", sagte Niggler bestimmt, „das ist unmöglich. Die Erbschaft war ja geregelt. Und sonst? Sie war sehr alt."

„War sie dement?"

„Nein", sagte Niggler sofort. „Stur und schrullig vielleicht. Wobei alte Leute einfach direkter und kompromissloser werden, wenn es ans Sterben geht. Das erscheint uns dann schrullig, aber ich finde es sehr verständlich."

„Sie könnte also nicht selbst –"

„Wie gesagt, sie war seit Jahren nicht mehr auf den Beinen."

Wolf seufzte. Nichts, was ihm wirklich weiterhalf. Er überlegte, was er noch fragen konnte. „Unter uns gesagt, wir tun uns schwer mit dieser Sache. Die Eggers sind nicht sehr kooperativ. Haben Sie vielleicht eine Ahnung, warum?"

Da lächelte Niggler. „Friederike kann sehr resolut sein. Am besten, Sie widersprechen ihr nicht."

„Das wird sich nicht vermeiden lassen", gab Wolf zurück.

16 Uhr

Anna Vargas war völlig in ihre Arbeit versunken. Sie saß am Küchentisch, der aus ungebeizten, gehobelten Holzpaletten gefertigt war, an ihrem MacBook und schob in Photoshop Bildelemente hin und her. Auf dem Plattenspieler im Wohnzimmer lief ein Album einer Band aus Costa Rica aus den 70ern, das sie vor zwei Jahren dort in einem kleinen Plattenladen erstanden hatte. Gedämpft drang das Geräusch einer vorbeifahrenden Straßenbahn zu ihr herauf. Anna hatte die Schreibtischlampe aus alten Fahrradteilen eingeschaltet – jene mit dem Kotblech und den Speichen, die Letzte, die ihr noch geblieben war, alle anderen hatte sie verkauft –, weil sie immer noch nicht wagte, die Jalousien aufzumachen. Der kurze Regenguss hatte kaum Abkühlung gebracht, in der Dachgeschoßwohnung war es noch heißer als vorher. Sie hatte sich das rotblonde Haar zu einem Knoten hochgesteckt und schwitzte dennoch im Nacken.

Anna Vargas versank, wenn sie arbeitete, für gewöhnlich völlig in ihrer Tätigkeit und setzte dabei einen sehr ernsten Blick auf, der für die meisten Menschen fremd wirkte in ihrem runden Gesicht mit dem kleinen Mund. Der Ernst des Gesichts und die klugen, unergründlichen Augen waren nach Meinung vieler das, was Anna so interessant machte. Man wartete auf ein seltenes Lächeln des Mundes, der ebenso selten zu sprechen schien, und wenn, dann ruhig und pointiert. Ihre trockenen Abfuhren waren berüchtigt.

Anna drückte auf *Print*, und an ihrem Schreibtisch erwachte der WLAN-Drucker zum Leben. Sie ging ins Arbeitszimmer, beugte sich über den Tisch, der vollgeräumt war mit Papiermodellen einer Skulptur, die sie für eine Ausschreibung der Stadt Hartberg einreichen wollte, und nahm das farbige Blatt aus dem Drucker.

Danach ging sie barfuß über den dunklen Parkettboden des Wohnzimmers und kauerte sich zu Juri auf das große, schwarze Ledersofa.

„Schau mal her, gefällt dir das?“

Juri legte seinen Arm um sie und schaltete mit der Fernbedienung den riesigen Plasmafernseher aus, um sich Annas Entwurf anzusehen. Ein weiches Lächeln umspielte sein bärtiges Gesicht.

„Besser als das Letzte. Es wird schön langsam!"

„Glaubst du, ich kann damit schon zur Agentur gehen?"

Er nahm ihr das Blatt aus der Hand und betrachtete es genau.

„Die Linie – ist da nicht zu wenig Platz zum Rand?"

Sie legte die Stirn in Falten.

„Nein, gar nicht! Das passt genau. Es ist eher die Schrift, über die ich mir Gedanken mache."

„Hmm", sagte er.

Sie nahm das Blatt zurück. „Ich glaube, ich muss da noch einmal darüber nachdenken."

„Meine ich auch", gab er zurück. Sie wollte aufstehen, doch er hielt sie fest.

„Warte, lass mich, ich muss das noch fertig machen."

„Ja, und?", grinste er. „Weiß ich doch. Ist mir egal."

„Aber mir nicht", erwiderte sie und versuchte, sich seinem Griff zu entwinden, doch es gelang ihr nicht. Schließlich ergab sie sich und hob die Arme, als er ihr das Kleid auszog.

„Ich hätte Lust, später noch in den Klub zu gehen", sagte Juri, nachdem sie eine Weile eng aneinandergeschmiegt dagelegen waren.

Anna öffnete die Augen. „Was hast du gesagt?"

Sie räkelte sich auf der dünnen Wolldecke, die sie über das Leder gelegt hatten.

„In einer Stunde oder so. Wir waren schon länger nicht mehr im Klub."

„Heute passt nicht so gut", sagte sie.

„Morgen geht aber auch nicht, da musst du ja arbeiten.“

„Und die Ausstellungseröffnung hab ich auch morgen.“

„Stimmt, hätte ich fast vergessen. Das ist ja vorher, nicht wahr? Ich hoffe, ich schaffe es, dass ich einen Sprung vorbeikomme.“

Anna antwortete nicht. Juri konnte zusehen, wie ihre Gedanken abdrifteten. Die Ausstellung im „Rotor“ beschäftigte sie seit Wochen. Er war froh, wenn sie das hinter sich hatte.

„Also willst du nicht mitkommen? Stört es dich, wenn ich fahre?“

„Warum sollte es mich stören?“, fragte sie.

„Nur so.“

Juri richtete sich auf und rieb sich die Augen.

„In einer Stunde werde ich aufbrechen. Sag mir Bescheid, wenn du es dir anders überlegst.“

17 Uhr 20

Sie arbeitet zu viel, dachte Juri, als er mit seinem BMW M5 in die Weststeiermark Richtung Köflach fuhr. Sie steigerte sich hinein, mehr, als ihr guttat. Dabei machte sie auch gute Fortschritte und Juri hatte den Eindruck, dass sie wirklich im Begriff war, sich einen Namen zu machen. Trotzdem hatte er kein gutes Gefühl bei der Sache und grübelte die ganze Fahrt lang, wie er darauf kam.

Er fuhr von der Schnellstraße ab und folgte der Nebenstraße zwei Kilometer. Nachdem er eine Ortschaft durchquert hatte, die aus knapp einem Dutzend Häusern bestand, wurde auf der linken Seite ein unscheinbares Haus sichtbar, und er verringerte sein

Tempo. Er hielt auf einem Schotterparkplatz, wo noch drei weitere Fahrzeuge standen: ein kleiner Citroën, ein SUV und ein frisch polierter Maserati. Den Citroën und den Maserati kannte er.

Juri betrat den Klub, der in den Räumlichkeiten eines ehemaligen Landgasthauses untergebracht war, und ging erst einmal an die Bar, wo er den Kellner begrüßte und sich ein kleines Bier bestellte. Aus den Lautsprechern erklang ein Lied von Tina Turner.

„Ist Charly da?"

„Sitzt noch im Büro. Soll ich ihm sagen, dass Sie gekommen sind?"

„Nein, lass gut sein. Ich geh dann später zu ihm. Sag mir nur Bescheid, falls er nach Hause gehen will."

Juri nippte an seinem Bier, als er Mia entdeckte. Sie trug schwarze Spitzenunterwäsche und High Heels und begrüßte ihn mit einem überraschten Lächeln und einem Küsschen auf die Wange. Juri lud sie auf ein Gin Tonic ein, bevor er sich mit ihr in eins der Zimmer zurückzog.

Eine Stunde später kam er erfrischt aus der Dusche und ging hinauf in den ersten Stock, wo Charly sein Büro hatte. Er begrüßte den Besitzer des Swingerclubs, und sie wandten sich dem Geschäftlichen zu.

18 Uhr

Klara bemerkte die Veränderung sofort, als Caroline nach Hause kam. Sie hörte nur, wie die Tür aufging. Dann Schritte. Der Kühlschrank wurde geöffnet.

Keine Begrüßung, kein „Ich bin da".

Klara ließ den angefangenen Satz halb fertig stehen, klappte ihren Laptop zu und ging in die Küche. Caroline saß am Esstisch vor einer frisch geöffneten Flasche Radler, hatte den Kopf gesenkt. Klara sagte kein Wort, sondern ging zu ihr hin, bückte sich und nahm sie in den Arm.

„Ich werde kündigen", sagte Caroline. „Morgen in der Früh. Ich gehe direkt zu Sukitsch. Es reicht mir."

Klara drückte sie fest. Sie wollte sagen, dass alles gut werden würde, aber sie tat es nicht. Diesmal sah es nicht danach aus, dass alles gut wurde. Diesmal reichte es vielleicht wirklich.

„Komm, wir wollten doch in die Stadt gehen. Es ist noch nicht spät."

„Bei der Hitze kommt sicher ein Gewitter."

„Wir können mit dem Auto fahren."

Caroline antwortete nicht. Klara nahm ihre Hand und zog sie auf die Füße.

Als zwei Stunden später der Anruf kam, waren sie bereits im Bett und hatten das Telefon ausgeschaltet. Caroline Meier bemerkte den entgangenen Anruf erst in der Früh.

20 Uhr 10

Gregor Wolf stand allein im Lager für Beweismittel und durchsuchte die Regale. Sobald Leistner festgestellt hatte, dass beim Brand des Egger-Hauses Fremdverschulden vorlag, hatten die Spurensicherer der Tatortgruppe die Arbeit übernommen. Alles, was Leistner bisher gesichert hatte, war Wilszek übergeben worden.

Den Dochthalter, den Leistner ihm gezeigt hatte, hatte Wolf schon gefunden. Er lag in einem kleinen Plastiksack, der die Nummer fünf trug. Aber Wolf interessierte sich für die anderen Stücke, die Wilszek aufgesammelt hatte.

Er war nach Hause gefahren, doch als er auf der Couch vor dem Fernseher gesessen war, hatte er keine Ruhe gefunden. Er war also noch einmal zum Landeskriminalamt gefahren und ins Lager gegangen. Da stand er nun und stöberte zwischen verkohlten Stücken hinter Plastik, mit sauberen Nummern darauf. Viele ließen sich nicht mehr identifizieren, vom Feuer ihrer Charakteristika beraubt. Einige wenige erkannte er: eine Mundharmonika, ein Teil eines Elektrogeräts, vielleicht ein Videorecorder oder eine DVB-T-Box.

Plötzlich sah er etwas, das seine Aufmerksamkeit erregte.

Nummer sieben.

Der Sack war größer als jener mit dem Dochthalter. Der schwarze Klumpen darin war direkt neben den Resten der Kerze gefunden worden. Also direkt an dem Punkt, wo, laut Pia Leistner, das Feuer seinen Ausgang genommen hatte.

Gregor Wolf hob den Plastiksack auf und hielt ihn gegen das Licht.

Er schüttelte den Kopf.

Er brauchte endlich eine konkrete Spur.

Dienstag 7 Uhr 30

Noch immer hing die angenehme Kühle der Nacht in der Luft, als der Platz vor der großen Treppe des Landeskrankenhauses zum Leben erwachte. Das Grazer LKH war ein ausladender Komplex aus weißen Jugendstilgebäuden, die auf einer Anhöhe über der Stadt standen und von der Straße und der Haltestelle der Straßenbahn aus über eine breite Freitreppe erreichbar waren.

Niemand beachtete den Mann, der am Fuß der Treppe stand und wartete. Menschen gingen an ihm vorbei, Ärztinnen mit weißen Mänteln eilten gedankenverloren zum Krankenhaus hinauf, Schüler betraten die kleine Bäckerei, kamen mit Süßigkeiten in der Hand wieder heraus. Mancher warf auf den Mann in dem eigenartigen Jackett und dem Plastiksackerl, das neben ihm auf dem Boden stand, einen schnellen Blick, doch der Mann hinterließ keinen Eindruck, fast so, als wäre er durchsichtig. Nur ein Schatten, eine Einbildung.

Sie hatten die Pressebilder von vor einem halben Jahr nicht mehr im Kopf. Die lobenden Zeitungsartikel über den hervorragenden Vertreter seiner Zunft. Dabei trug er dasselbe braune Jackett wie immer, dessen Farbe an abgestandenen Milchkaffee erinnerte, das sein Markenzeichen war und von dem man sich fragte, ob so etwas überhaupt noch produziert wurde.

Um kurz vor acht hielt ein Van neben dem Taxistand. Der Mann reagierte zuerst überhaupt nicht. Erst als das Auto hupte, schien er zu erwachen. Eine Hand winkte ihm durch die offene Seitenscheibe zu. Da hob der Mann den Plastiksack auf, ging hinüber und stieg ins Auto.

Antonia Reiter, geborene Baumgartner, sah ihren Cousin über den Kaffeehaustisch hinweg an. Sie hatte die Hände verschränkt und beobachtete, wie er den Teebeutel aus der Hülle befreite und den Deckel von der mehrteiligen weißen Porzellankanne nahm: Die Unterseite war zu einer weiten Tasse geformt, während der Oberteil eine kleine Kanne war. Man konnte alles auseinandernehmen, jedes Kind verstand das System. Doch Franz stellte sich an, als hätte er es zum ersten Mal gesehen. Quälend langsam beugte er sich über die Öffnung der Kanne und sah hinein.

„Du musst das Sackerl da reintun", erklärte Antonia.

Er schien sie gar nicht wahrzunehmen.

„Komm her", sagte sie, und nahm ihm den Teebeutel aus der Hand. „So, siehst du? Jetzt musst du fünf Minuten warten."

Baumgartner lehnte sich zurück.

Was auch passierte, sie würde ihn nicht zu sich mitnehmen. Das kam nicht infrage, schon allein der Kinder wegen. Von Alois gar nicht zu sprechen! Sie stellte sich vor, wie er von der Arbeit nach Hause kam und am Küchentisch diesem Geist gegenübersaß. Wie er versuchte, mit ihm irgendein Gespräch anzufangen.

Franz war nicht ihr Bruder, auch wenn sie für ihn vielleicht das war, was einer Schwester am nächsten kam. Wenn er es nicht schaffte, musste er zurück ins Krankenhaus. Dort gab es Leute, die ihm helfen konnten. Es war nicht ihre Aufgabe.

Sie glaubte nicht, dass er es schaffte, wenn sie ihn so sah.

„Jetzt ist er fertig, glaube ich", sagte sie.

Er sah kurz zu ihr auf, bevor er sich daranmachte, den Teebeutel herauszuheben und um den Löffel zu wickeln, weil er ihn mit dem Band noch ein wenig auspressen wollte. Sie zwang sich dazu, ihn nicht zu unterbrechen.

„Der Arzt hat gesagt, du willst wieder arbeiten gehen? Glaubst du, das geht schon?“

Franz legte den Teebeutel auf das kleine silberne Tablett, wo sich die dünne Serviette sofort mit der Feuchtigkeit vollsog. Er nickte.

Sie sah ihn nur an. Wie sollte er in diesem Zustand arbeiten? Es war völlig aussichtslos.

„Weißt du, ich verstehe es nicht“, platzte sie heraus. „Du hast doch ein gutes Leben! Erfolgreich bist du, immer in der Zeitung. Hast einen Chef, der sich alles gefallen lässt. Andere würden sich alle zehn Finger abschlecken. Ist das nicht genug?“

Er antwortete nicht.

„Ich verstehe schon, dass dich die Sache mit Isabel belastet, aber man muss irgendwann abschließen, nach vorne schauen. Ich sehe nicht, was daran so schwer sein soll. Schau Werner an, den hast du bei meiner Geburtstagsfeier kennengelernt, erinnerst du dich? Dessen Job haben sie jetzt abgebaut, der muss umsatteln, komplett neu anfangen, in der Steiermark gibt es nichts mehr für ihn. Was soll aus seiner Frau und seinen Kindern werden? Getrunken hat er immer schon gern, und jetzt säuft er nur noch, statt sich etwas anderes zu suchen. Aber den verstehe ich, den hat es schlimm erwischt. Denk doch einmal daran, wie gut es dir geht.“

Franz nickte.

„Ich will ja auch wieder arbeiten“, sagte er.

„Glaubst du wirklich, dass du schon arbeiten kannst?“, entgegnete sie.

Franz Baumgartner hielt inne, ließ den Löffel einen Moment lang über der Tasse schweben, bevor er ihn weglegte.

„Was soll ich sonst tun? Zu Hause herumsitzen?"

Bei mir kannst du nicht bleiben.

Sie verkniff sich im letzten Moment, es auszusprechen.

„Es wird schon gehen", sagte er, hob die Tasse und nippte daran.

„Ich meine, auch wegen der Tabletten. Sind sie sehr stark?"

„Der Arzt hat gesagt, ich kann arbeiten."

Antonia Reiter dachte nach.

„Was ist mit deiner Kollegin, wie heißt die noch gleich? Meier. Kann die nicht auf dich schauen?"

Er stellte die Tasse ab.

„Es wird schon gehen. Mach dir keine Sorgen."

Ein Lachen entkam ihr.

„Keine Sorgen machen", sagte sie. „Du bist gut."

Sie seufzte. „Wie du meinst, aber versprich mir, dass du gut auf dich aufpasst! Übernimm dich nicht gleich wieder. Und schau, dass du auf andere Gedanken kommst. Mach mehr Sport! Schwimmen zum Beispiel. Hast du keinen bei der Polizei, der mit dir schwimmen geht?"

Baumgartner sah an ihr vorbei ins Leere.

„Jedenfalls kannst du froh sein, dass du deinen Job noch hast. Alle zehn Finger würde ich mir abschlecken, an deiner Stelle. Wie bist du auf die Idee gekommen, dass du einfach nicht mehr zur Arbeit gehst? Ohne Entschuldigung, ohne irgendwas? Keiner hat dich erreicht. Wo warst du überhaupt?"

„Bring mich jetzt bitte nach Hause", sagte Baumgartner. „Ich komm schon zurecht."

„Versprochen?"

„Versprochen."

„Hallo allerseits", sagte Caroline Meier, als sie in die Kanzlei der Mordgruppe kam. Sie lächelte Wolf und Swoboda an, die beide mit großen Augen zurückstarrten. Sie wirkte wie ausgewechselt.

„Was?", fragte Meier. Dann schien sie zu verstehen. „Sagt bloß, ihr habt es noch nicht gehört?"

„Was gehört?", fragte Wolf.

„Franz ist wieder aufgetaucht", erklärte Meier strahlend. „Gegen zehn soll er da sein."

Wolf schien völlig perplex.

„Weiß Sukitsch davon?"

„Sukitsch hat mich gestern angerufen. Ich war nicht zu Hause, deshalb hab ich es nicht gleich gesehen."

Aha, und mich hat er nicht angerufen, dachte Wolf

„Um zehn werden wir nicht hier sein", sagte er. „Wir müssen noch einmal die Nachbarn von Egger befragen. Ich habe gestern etwas Interessantes gefunden."

„Das hat doch noch Zeit. Erzähl uns einfach, was du gefunden hast, während wir auf ihn warten. In Ordnung?"

Wolf überlegte.

„Geht doch schon mal rüber", sagte Meier. „Ich mach inzwischen hier sauber."

Sie ging zu Baumgartners Schreibtisch und begann, die leeren Tassen einzusammeln.

Als Wolf vor der Flipchart stand, wusste er nicht recht, wie er beginnen sollte. Nervös spielte er mit dem Marker in seiner Hand. Er war aufgewühlt. Meier und Swoboda saßen da und sahen ihn erwartungsvoll an.

„Gestern bin ich am Abend noch einmal hergekommen, um mir die gesicherten Spuren aus dem Egger-

Haus anzusehen“, begann Wolf. „Dabei habe ich etwas gefunden, das –“

Er stockte.

„Wie soll ich sagen, ich habe jedenfalls das hier gefunden.“

Er legte den Sack mit dem schwarzen Gegenstand auf den Tisch. Es sah aus, als wäre etwas geschmolzen, ein etwa faustgroßer, verschmorter Plastikklumpen, der Blasen geschlagen hatte. Schwarzer und ein wenig weißer Kunststoff, dazu Federn aus Metall.

Meier griff nach dem Sack.

„Und was ist es?“

„Pia konnte es nicht sagen. Wilszek habe ich noch nicht erreicht. Er wollte eigentlich herkommen, aber er ist nochmals zum Egger-Hof gefahren. Ich muss später mit ihm reden.“

Meier nickte abwesend. Auch sie konnte sich offenbar schwer konzentrieren.

„Und was soll damit sein?“, fragte sie nicht ohne Skepsis.

„Der Klumpen wurde direkt neben dem Rest von der Kerze sichergestellt.“

„Aber es ist keine Kerze, oder? Ich meine, das ist Plastik.“

Wolf gefiel der Ton in Meiers Stimme nicht. *Was, wenn jemand mit der Kerze etwas verbrannt hat? Etwas Wichtiges?* Er zögerte, es auszusprechen, weil er überlegte, wie er seinem Unmut Luft machen konnte. Doch er kam nicht mehr dazu, denn plötzlich ging die Tür auf.

Dort stand, mit seltsam hängenden Schultern, in seinem immer gleichen braunen Jackett, Franz Baumgartner.

Plötzlich war es ganz still. Alle schienen die Luft anzuhalten, bevor ein Raunen durch den Raum ging. Caroline Meier sprang auf und blieb unschlüssig vor ihm stehen. Schließlich gab sie dem Drang nach, ihn zu umarmen. Nun folgten auch die anderen, begrüßten ihn, gaben ihm die Hand.

„Wie geht es dir?“, fragten sie.

Er nickte vorsichtig, und ein Lächeln war auf seinen Lippen, aber die Augen schienen um Jahre gealtert zu sein.

„Gregor, wir müssen das Meeting unterbrechen“, sagte Meier.

Wolf nickte, legte den Filzstift weg. Langsam trat er zu Baumgartner hin und drückte ihm die Hand. Sie wirkte schmal und kraftlos wie die eines Toten.

„Schön, dass du zurück bist“, sagte Wolf, wandte sich ab und ließ Platz für die anderen.

„Wer mag Kaffee?“, rief Meier in den Raum. „Das müssen wir feiern!“

„Nur Tee, bitte“, sagte Baumgartner.

„Klar“, entgegnete Meier und nahm Wolfs roten Wasserkocher, um ihn auf dem Klo aufzufüllen.

Gregor Wolf blieb bis zum Ende.

Es kostete ihn alle Kraft, die er hatte.

„Ihr wisst, was zu tun ist“, sagte er schließlich. Sie hatten ein paar Punkte auf die Flipchart geschrieben. „Wir treffen uns morgen wieder.“

Caroline Meier wollte die anderen überreden, gemeinsam mittagessen zu gehen, doch zuerst verschwand Wolf völlig überraschend, und auch Baumgartner zierte sich.

Sie standen auf dem Gang vor dem Besprechungsraum. Andere Kollegen, von der Suchtgiftabteilung, vom Journaldienst, kamen vorbei und gaben Baumgartner die Hand. Er schien sich ehrlich zu freuen, wirkte aber zugleich überfordert. Schließlich tauchte auch Sukitsch auf.

„Hallo Franz“, sagte er. „Du schaust müde aus. Geht es dir gut?“

„Ja, geht schon. Aber ich hätte vielleicht nicht herkommen sollen. Ich bringe hier nur alles durcheinander.“

„Ach was“, sagte Meier. „Bist du heute erst rausgekommen?“

Beim Wort *rausgekommen* spitzten alle die Ohren. Baumgartner nickte.

„Dann solltest du wirklich nicht hier sein“, sagte Sukitsch. „Lass dir noch ein paar Tage Zeit. Komm, wenn du bereit bist.“

„Danke“, sagte Baumgartner.

„Und wenn du wieder fit bist, dann komm direkt zu mir in die Kanzlei. In Ordnung?“

Baumgartner nickte müde und lächelte Meier zu, bevor er sich umdrehte und ging.

12 Uhr

Franz Baumgartner sperrte seine Wohnungstür auf. Er hob den Rucksack auf, den Antonia ihm mitgegeben hatte, eine alte Schultasche ihres Sohnes, und trat ein.

Drinnen war es dunkel und muffig. Die Jalousien waren heruntergelassen, und zwischen den Ritzen drang Tageslicht in dünnen Streifen herein. Baumgartner stellte den Rucksack auf den Küchentisch und setzte sich auf einen der Sessel.

Der Kühlschrank schaltete sich ein, und er spürte, dass er Hunger hatte. Das war gut. Hunger war gut. Andererseits war der Kühlschrank keine gute Idee. Vielleicht fand er noch etwas Essbares, aber es war besser, ihn vorher einmal durchzuputzen und alles wegzuwerfen, was verdorben war.

Baumgartner stand auf und sah in die Lade mit den Konservendosen. Dort herrschte eine Leere, die er nicht gewohnt war. Eine einzige Dose Thunfisch war übrig. Er hielt sie in der Hand und überlegte, ob er Lust auf Thunfisch hatte. Brot war auch keines da.

Schließlich legte er die Dose zurück und ging zurück zum Tisch, wo er den Rucksack mit den Kleidern öffnete und darin wühlte, bis er die Tabletten fand.

Dreimal täglich eine Tablette.

Er öffnete die Schachtel, drückte eine heraus und ging damit zum Waschbecken, um sie mit einem Schluck Wasser aus dem Hahn hinunterzuspülen. Dann setzte er sich wieder an den Tisch.

Davor hab ich mich gefürchtet, dachte er. Davor und vor der Arbeit.

Es ging. Es ließ sich aushalten, fand er. Im Moment. Er würde Sukitschs Rat ignorieren und gleich morgen wieder zum Landeskriminalamt fahren.

Da spürte er plötzlich, wie eine bleierne Müdigkeit über ihn kam. Er richtete sich auf und warf einen Blick ins Schlafzimmer. Das Bett war nicht überzogen. Baumgartner seufzte und begann, Bettwäsche zu suchen. Er brauchte eine halbe Stunde, bis das Bett fertig war. Danach war er so erschöpft, dass er es nicht mehr schaffte, sich auszuziehen, sondern sich einfach auf die Matratze fallen ließ und einschlief.

12 Uhr 20

Gregor Wolf fuhr mit finsterer Miene aus der Stadt hinaus Richtung Süden. Er hatte mit Wilszek gesprochen wegen des Plastikklumpens, sich dabei aber kaum konzentrieren können. Er hatte überlegt, dass es vielleicht besser war, es für heute bleiben zu lassen und nach Hause zu fahren. Doch dann war ein Anruf vom Journaldienst gekommen. Die Familie Egger hatte ihre neue Adresse bekannt gegeben, wo sie in der Zwischenzeit wohnen würde, bis geklärt war, was mit dem Haus passieren sollte. Wolf hatte sich knapp bedankt und beschlossen hinzufahren. Er hatte Lust, ein ernstes Wort mit Friederike Egger zu reden und fand, dass er dafür in der richtigen Stimmung war. Seine Kollegen wollte er heute nicht mehr sehen.

Wolf fuhr bei Vogau-Straß von der Autobahn ab, folgte seinem Navi und fand sich plötzlich auf der Südsteirischen Weinstraße wieder. Er kannte die Straße von seinen Radtouren: Sie führte durch hügeliges Land, dessen steile Hänge von idyllischen Weingärten überzogen waren, von Ehrenhausen bis nach Leutschach und verband einige bekannte Weinbauorte. An manchen Stellen bildete sie sogar die Grenze zu Slowenien. Ein silberner Mercedes G stand vor einem der Weingüter, die mit aufwendig gestalteten Hinweisschildern auf sich aufmerksam machten. Wolf fuhr zu schnell, die Reifen quietschten in den Kurven. Als ihm sein Navigationssystem erklärte, dass er nur noch wenige Meter bis zum Ziel hatte, tauchte vor ihm ein graues Haus auf, das kahl wirkte nach den herausgeputzten Weingütern. Er parkte sein Auto auf dem leeren Parkplatz davor.

Wolf stieg aus und betrachtete das Haus genauer. Ein Gasthaus. Von der Fassade blätterte an einigen Stellen der Putz ab. Wolf suchte vergeblich nach dem Namen der Wirtschaft und dachte schon, dass er sich getäuscht hatte. Doch neben der Tür befand sich ein gläserner Kasten für die Speisekarte, der leer war.

Ein ehemaliges Gasthaus. Mit leeren Fremdenzimmern. Das ergab Sinn.

Wolf stieg eine kleine Betontreppe hinauf und klopfte an die Tür. Er drückte die Klinke nach unten, die Tür war abgesperrt. Wolf klopfte erneut, lauter.

Einige Minuten lang rührte sich nichts. Es sah aus, als ob niemand zu Hause wäre. Wolf stieg die Stufen wieder hinunter und entdeckte einen Schotterweg, der vom Parkplatz hinter das Haus führte. Er folgte dem Weg und fand auf der Hinterseite des Hauses eine Terrasse, die zu einem Gastgarten gehört haben mochte. Etwas davon entfernt, unter einem großen Baum, stand das Auto der Familie Egger.

Wolf ging wieder zurück zur Eingangstür und hämmerte mit der Faust dagegen.

„Aufmachen! Polizei!“

Diesmal hörte er von drinnen ein Geräusch. Nach einer schieren Ewigkeit hörte er, wie sich ein Schlüssel im Schloss drehte. Die Tür öffnete sich einen Spalt, und Michael Egger sah ihn aus glasigen Augen an.

„Was wollen Sie denn hier?“, fragte Egger. Wolf roch Schnaps in seinem Atem.

„Was glauben Sie denn?“, fragte Wolf trocken zurück. Er drückte die Tür auf. „Darf ich reinkommen?“

Der verdutzte Michael Egger wich zur Seite.

„Meine Frau ist nicht da“, sagte Egger.

„Das ist gut, ich möchte nämlich mit Ihnen reden. Ist Ihr Sohn auch da?“

Egger sah ihn an, er wirkte überfordert. „Meine Frau hat gesagt – “

„Interessiert mich einen Scheißdreck, was Ihre Frau gesagt hat“, entgegnete Wolf. „Können wir uns irgendwo hinsetzen?“

Wolf versuchte, sich in dem dunklen Raum zu orientieren. Er sah eine Tür mit einem Glasfenster, über der auf einer Metallplakette das Wort „Gaststube“ prangte.

„Kommen Sie, gehen wir da hinein.“

„So, und jetzt erklären Sie mir, was los ist“, forderte Wolf, nachdem sie sich an den erstbesten Tisch gesetzt hatten.

Egger sah ihn mit leerem Blick an. Er musste sehr betrunken sein.

„Ihre Frau versucht, etwas vor mir zu verbergen. Anders kann ich es mir nicht erklären. Ermittlungen zu behindern, ist eine Straftat. Dafür kann sie eine Anzeige bekommen. Ich glaube einfach nicht, dass sie so dumm ist. Ist Ihre Frau dumm, Herr Egger?“

Egger setzte an, etwas zu sagen, schüttelte aber nur den Kopf.

„Eben. Ich nehme also an, dass sie einen Grund hat, das zu tun. Welchen?“

Stille. Nur der Atem der beiden Männer war zu hören.

„Reden Sie. Wer hat Ihr Haus angezündet? Warum? Und warum will Ihre Frau nicht, dass ich es erfahre?“

Egger schüttelte nochmals den Kopf. Er begann zu blinzeln. Es sah aus, als ob seine Augenlider schwer waren.

„Wo ist Ihr Sohn, Herr Egger?“

„Friederike ist mit ihm –“

„Was ist sie?“

„– einkaufen.“

„Aha."

Wolf hatte Lust, ihn anzuschreien. Doch Egger war völlig weggetreten. Genauso gut hätte er einen Laternenmasten anschreien können.

Er stand auf, warf dabei den Sessel um, und ging.

Als er sich gerade ins Auto setzen wollte, klingelte sein Mobiltelefon. Es war Oberst Sukitsch, der ihn bat, zu ihm in die Kanzlei zu kommen. Wolf erklärte, dass es dauern konnte, weil er noch auf dem Land war, „in der Pampa", wie er es nannte, doch Sukitsch meinte, dass das kein Problem sei. Grimmig legte Wolf auf und fuhr nochmals zum LKA.

17 Uhr 10

Als Gregor Wolf an diesem Abend nach Hause kam, wurde ihm erst bewusst, wie aufgewühlt er war.

Er war noch zu Sukitsch ins Büro gegangen, der inzwischen seine Ruhe wiedergefunden hatte. Er war sogar ungewöhnlich still gewesen, als wusste er nicht, was er sagen sollte.

„Was wird jetzt passieren?", hatte Wolf gefragt.

Sukitsch hatte nach Worten gesucht.

„Gregor, du musst das verstehen. Franz macht eine schwere Phase durch, aber er wird sich wieder erholen. Wir müssen ihm Zeit geben."

„In dem Zustand kann er unmöglich die Gruppe leiten."

„Nein, natürlich nicht. Du bleibst bis auf Weiteres Chef."

Bis auf Weiteres also.

Anschließend war er nach Hause gegangen.

Nun saß er auf dem Sofa, starrte das Plakat der Band „Frei.Wild" an, das an der gegenüberliegenden Wand hing, und merkte, dass sein Herz klopfte. Das Glas mit der Aspirin-Brause stand unangetastet vor ihm.

Ich habe wirklich geglaubt, dass er nicht zurückkommt, stellte er fest. Warum eigentlich? Was habe ich denn gedacht? Dass er einen Unfall hatte? Dass er irgendwo verloren gegangen ist? Habe ich ihm das wirklich gewünscht?

Er schüttelte den Kopf.

Es war eher so, dass er gerade erst eingearbeitet war. Dass die Leitung der Mordgruppe angenehme Routine geworden war. So selbstverständlich, dass allein die Aussicht, Baumgartner könnte zurückkehren, mit einem Gefühl des Verlusts einherging. Dabei war keineswegs ausgemacht, dass Baumgartner seine Leitungsposition zurückbekommen würde. Niemand konnte einfach wochenlang dem Dienst fernbleiben, ohne Entschuldigung, ohne Erklärung, ohne überhaupt Kontakt aufzunehmen. Baumgartner konnte nicht wieder Chef sein, nicht nach dieser Aktion!

Doch insgeheim wusste Wolf sehr genau, dass ihn nach wie vor alle nur als Vertretung für Baumgartner sahen. Er war ein Notnagel, nicht mehr.

Vielleicht war es das, was ihn so rasend machte. Dass die Befürchtung angebracht war. Dass Baumgartner die Leitung wirklich zurückbekommen würde, wenn Sukitsch das wollte. Selbst nach allem, was passiert war. Selbst angesichts der Tatsache, dass er, Gregor Wolf, sich nie etwas hatte zuschulden kommen lassen.

Natürlich war es wegen seinen Überzeugungen. Man nannte ihn einen Nazi. Niemand wollte die Wahrheit begreifen, was sich vor Lampedusa wirklich abspielte, dass das Mittelmeer vor Italien ein Damm war, der im Begriff war zu brechen. Warum nicht gleich kostenlose Fähren anbieten? Willkommen in Europa, im Norden von Marseille ist noch Platz.

Die schlimmsten Fehler der Geschichte wurden nachweislich von Optimisten begangen, Optimisten wie Baumgartner. Dennoch war Optimismus gesellschaftlich vollständig akzeptiert, mochte er noch so widersinnig und blauäugig sein. Irrationaler Optimismus wurde als heroisch wahrgenommen. *Aber das ist Selbstmord! – Dann wünsch mir Glück*. Im Film geht die Geschichte gut aus, keiner fragt mehr, wie dumm die Entscheidung war.

Die Leute lernten das Leben im Kino. Sie wollten nicht mit der Wahrheit konfrontiert werden und fielen über jeden her, der es versuchte. Dabei wäre längst alles vor die Hunde gegangen, wenn nicht Realisten wie er so hart arbeiten würden.

Undankbar, dachte er.

19 Uhr

Baumgartner erwachte. Sein Schlafzimmer lag im Halbdunkel, und er bemerkte, dass er quer über dem Bett lag, die Füße mit den weißen Socken hingen ins Leere. Er musste eine ganze Weile so gelegen sein, denn die Knie taten ihm weh.

Quer bin ich hier noch nie gelegen, dachte er. Er musste an Isabel denken, die normalerweise neben ihm lag, und plötzlich war er wach.

Ihm fiel ein, dass er seine dritte Tablette noch nicht genommen hatte. Er ging in die Küche, wo seine Tasche auf einem Sessel lag und kramte die Packung heraus.

„Stimmungsaufhellend", hatte die Psychiaterin gemeint.

Er merkte noch nichts davon.

Baumgartner drückte sich eine Tablette heraus und nahm sie in den Mund, um sie mit einem Schluck Wasser aus dem Wasserhahn hinunterzuspülen.

Er ging ins Badezimmer, schaltete in der Dusche das Wasser ein und zog sein Jackett aus, das völlig zerknittert war. Er würde morgen ein neues nehmen müssen, dabei war dieses noch ganz frisch gewesen. Als er Hose, Hemd und Socken ausgezogen hatte, stellte er sich unter die Dusche, wo ihn fröstelte, weil das Wasser noch nicht warm geworden war. Er drehte die Temperatur höher und hob die Flasche mit seinem Duschbad auf, die sich verdächtig leicht anfühlte. Er probierte, ob er noch einen Tropfen herausdrücken konnte, doch er erinnerte sich, dass ihm das letztes Mal schon schwergefallen war. Er stellte die Flasche wieder hin und griff nach Isabels Duschbad.

Baumgartner zögerte, bevor er die Flasche öffnete und hineinroch. Eine Weile stand er so da, unter dem kalten Wasserstrahl, dann stellte er auch diese Flasche zurück, drehte das Wasser ab und nahm ein Handtuch.

Als er sich abgetrocknet hatte, legte er sich wieder ins Bett. Draußen dämmerte es, doch er fühlte sich wach. Ihm wurde bewusst, dass er zu lang geschlafen hatte, um jetzt einschlafen zu können.

Er hatte nicht die Kraft, sich darüber zu ärgern.

Es dauerte bis fünf Uhr morgens, bis er schließlich in einen bleiernen Schlaf fiel.

Um sechs Uhr bekam er eine SMS.

Mittwoch 8 Uhr 30

Der Leiter der Abteilung für Gewaltverbrechen des Landeskriminalamts erhob sich, als die Tür aufging.

„Hallo, Franz. Komm her, setz dich. Kaffee?"

Baumgartner schüttelte den Kopf und ließ sich auf den Sessel vor Sukitschs Schreibtisch nieder. Er starrte die Tischplatte an, während Sukitsch ihn musterte. Eine Minute verging.

„Du hast es wieder getan", sagte Sukitsch schließlich. „Ich hatte dir gesagt, dass es nie wieder passieren darf. Nun ist es doch passiert. Was machen wir jetzt?"

Baumgartner schwieg.

„Wie geht es dir?", fragte Sukitsch.

Baumgartner zeigte auf eine dünne Mappe auf dem Schreibtisch. „Du hast doch den Befund von der Neurologie da liegen."

„Ja, ja, natürlich. Nervenzusammenbruch, Überlastung und so weiter. Das meine ich nicht. Sag du es mir."

„Ich weiß es nicht", antwortete Baumgartner wahrheitsgemäß. „Ich kriege Tabletten. Nicht besonders stark, hieß es. Leer fühle ich mich, glaube ich."

„Isabel?", fragte Sukitsch. Baumgartner schüttelte den Kopf.

„Tut mir leid", sagte Sukitsch. „Und du willst arbeiten?"

Baumgartner nickte. „Ja, wenn es möglich ist. Es wäre wichtig für mich."

Sukitsch lehnte sich zurück und sah in die Luft. Er seufzte.

„Weißt du, wie ein Vorgesetzter aussieht, der solche Dinge durchgehen lässt? Normalerweise würde ich dir jetzt einen Vortrag halten, dass man so nicht arbeiten kann, dass das Vertrauensbruch ist, dass es nicht ohne Konsequenzen bleiben darf. Das kann ich mir bei dir alles sparen. Wir wissen beide, dass es nicht ehrlich wäre. Du weißt, dass ich dich für den besten Polizisten halte, den wir je hier beim Landeskriminalamt hatten. Und es ist dir egal. So egal, dass du deine Karriere aufs Spiel setzt."

Sukitsch sagte es sehr ruhig. Das machte Baumgartner hellhörig.

„Ich frage dich nicht, wo du letzten Monat warst", fuhr Sukitsch fort, „bevor sie dich eingeliefert haben, geistig verwirrt. Weil ich nicht glaube, dass du mir die Wahrheit erzählen wirst. Es hat nichts mit Isabel zu tun, oder? Jedenfalls nicht in erster Linie."

Baumgartner nickte.

„Ich habe bemerkt, dass du oft nachts im Büro warst. Bist am Computer gesessen und hast irgendwelche Datenbanken durchforstet, immer öfter, bevor du plötzlich weg warst."

Baumgartner antwortete nicht. Sukitsch fuhr fort: „Du hast etwas gesucht, Franz. Und so wie ich dich kenne, hattest du einen ziemlich guten Grund dafür. Im Krankenhaus haben sie mir gesagt, du willst nicht darüber reden. Willst du mich nicht einfach einweihen? Deine Kollegen? Vertraust du uns nicht?"

„Das ist es nicht", sagte Baumgartner.

„Was ist es dann?"

Baumgartner suchte nach den richtigen Worten. „Manchmal muss man die Dinge auch so stehen lassen können."

„Wie, stehen lassen?"

„Man muss seine Grenzen akzeptieren. Sonst geht man zugrunde. Ich sollte mich auf meine Arbeit konzentrieren, meine Rolle im Rechtsstaat. Dort habe ich meine Funktion, die ist wichtig."

„Mich würde wirklich interessieren, was du genau gesucht hast", sagte Sukitsch. „Vielleicht hat der Rechtsstaat ein Interesse daran?"

Baumgartner schüttelte den Kopf.

„Ich habe es übertrieben. Ich war dabei, mich zu verlieren. Das darf nicht noch einmal passieren."

Eine Pause entstand. Schließlich sagte Sukitsch:

„Gregor Wolf behält bis auf Weiteres die Leitung."

Baumgartner nickte.

„Gut", sagte Sukitsch. „Dann sieh zu, dass du dich wieder einarbeitest. Übertreib es nicht gleich, in Ordnung?"

„Was passiert sonst? Bekomme ich ein Disziplinarverfahren?"

„Möchtest du eines?", fragte Sukitsch.

Baumgartner wusste nicht, was er darauf antworten sollte.

„Du warst offiziell im Urlaub", erklärte Sukitsch.

„Das ist gegangen?"

„Frag nicht, wie ich es gemacht habe."

„Danke", sagte Baumgartner und stand auf. „Sind wir fertig? Ich muss dringend zu den anderen."

Sukitsch hob fragend die Augenbrauen, aber Baumgartner ging ohne weitere Erklärung.

8 Uhr 45

Gregor Wolf sah Baumgartner scharf an. „Sag das noch einmal."

„Ich habe eine SMS bekommen", erklärte Baumgartner. Er hob sein Handy auf und las vor.

„die egger lügt. es gibt da noch wen."

Wolf schien wütend, aber es war nicht klar, auf wen. „Welche Nummer?"

Baumgartner las die Nummer vor.

„Und warum hast du mich nicht sofort angerufen?", fragte Wolf.

„Es kam um sechs Uhr in der Früh. Ich habe geschlafen", sagte Baumgartner.

Wolf sah Meier und Swoboda an. „Warum zum Teufel kriegt *er* das? Es weiß doch niemand, dass er schon wieder hier ist!"

Die beiden Angesprochenen waren ganz still, sie wussten nichts zu entgegnen.

Wolf nahm Baumgartner das Mobiltelefon aus der Hand. Er rief die angezeigte Nummer an, doch das Telefon am anderen Ende war abgeschaltet.

Wolf ließ das Gerät auf den Tisch fallen.

„*es gibt da noch wen* – was soll das heißen?"

„Jedenfalls kein Germanist", meinte Meier. Sie musste sich ein Schmunzeln verkneifen.

Wolf atmete einmal tief durch.

„Zwei Dinge", sagte er. „Erstens: Wir müssen herausfinden, wem diese Nummer gehört. Rainer, das machst du. Zweitens: Hat jemand das Melderegister gecheckt? Der Familie Egger?"

Schweigen in der Runde.

„Dann muss das sofort nachgeholt werden. Caroline, du erledigst das."

Alle saßen still da, warteten, ob noch etwas kam. Wolf sah sie an.

„Was ist los? An die Arbeit! Wir treffen uns in einer halben Stunde wieder hier, länger kann das nicht dauern. Ich gehe inzwischen zu Mario."

Alle bis auf Baumgartner standen auf. Er hob schwerfällig sein Telefon auf und steckte es ein.

„Was soll ich tun?", fragte er.

„Warte hier", sagte Wolf und ging.

9 Uhr 10

Das Ermittlerteam war wieder vollständig im Besprechungsraum versammelt, als auch Mario Sukitsch durch die Tür kam und sich hinsetzte.

„Also los", sagte Wolf. „Rainer?"

Swoboda räusperte sich. „Wertkartenhandy."

„Verdammt", sagte Wolf. „Wir brauchen die Verbindungsdaten. Dann wissen wir zumindest, von wo aus die Nachricht gesendet wurde."

„So einfach geht das nicht mehr", schaltete sich Sukitsch ein, „das weißt du."

Die Blicke der beiden trafen sich kurz, bevor Wolf sich Caroline Meier zuwandte.

„Bei dir?"

„Wer auch immer die Nachricht geschrieben hat, hat recht."

„Wie?", fragte Wolf.

„Auf dem Hof gab es noch jemanden."

„Was soll das heißen?", fragte Wolf.

„Einen Sohn. Johann. Starb, als er noch ein Kind war."

Wolf war fassungslos. „Warum erfahren wir das erst jetzt?"

„Was ist passiert?", fragte Sukitsch.

Meier zuckte mit den Schultern.

„Gut, ich fahre noch einmal zu dem Gasthaus, wo die Familie Egger untergebracht ist", sagte Wolf. „Denen mache ich die Hölle heiß. Caroline? Du versuchst in Erfahrung zu bringen, was damals passiert ist. Polizeibericht, Medienberichte, alles."

Friederike Egger presste trotzig die Lippen aufeinander. Sie saß in der schummrigen Gaststube dem wütenden Gregor Wolf gegenüber. Rainer Swoboda saß daneben und wirkte besorgt.

„Nein, es gab keinen Grund, Ihnen das zu erzählen“, sagte Egger.

„Keinen Grund, aha. Mir fällt da schon ein Grund ein. Etwa der, dass ich herausfinden möchte, was mit Ihrer Schwiegermutter passiert ist. Und ich auf der Stelle trete, weil Sie mir nicht helfen wollen.“

„Es ist privat. Und es ist nicht wichtig.“

„Was wichtig ist, entscheide ich!“, schrie Wolf. Egger zuckte zusammen. „Sie erzählen mir jetzt alles über Ihren Sohn und was damals passiert ist.“

Friederike Egger schwieg und starrte die Tischplatte an. Dann begann sie zu erzählen.

„Es war vor achtzehn Jahren, ein Unfall. Er war sechs Jahre alt. Wurde überrollt.“

Sie stockte. Wolf sah sie fordernd an.

„Der Traktor.“

„Wer saß am Steuer?“, fragte Wolf.

Eggers Blick war eiskalt, als sie ihm in die Augen sah.

„Mein Mann.“

„Und weiter?“

Egger antwortete nicht mehr. Wolf verschränkte die Hände. Er wirkte plötzlich nachdenklich. Seine Wut schien verflogen.

„Ich muss mit Ihrem Mann reden“, sagte Wolf. „Holen Sie ihn her.“

Friederike Egger blieb sitzen. „Wir haben sehr lang gebraucht, um darüber hinwegzukommen“, sagte sie.

„Ich wäre Ihnen sehr dankbar, wenn Sie keine alten Wunden aufreißen."

Wolf dachte daran, wie betrunken Michael Egger zuletzt gewesen war.

„Ich brauche den Namen aller, die damals dabei waren. Adresse, Telefonnummer", sagte er.

„Die Polizei hat den Fall doch untersucht. Fragen Sie Ihre Kollegen."

„Wer?"

„Kampl hieß der, wenn ich mich recht erinnere. Ein Mann mit Taktgefühl, der wusste, was es heißt, wenn eine Familie einen lieben Menschen verliert."

Wolf ignorierte die Andeutung. Kampl also, Baumgartners Vorgänger. Er musste den Alten unbedingt besuchen.

„Adressen, Telefonnummern", wiederholte Wolf. Er holte einen Collegeblock und einen Kugelschreiber hervor und legte beides vor sie hin. „Jetzt gleich."

Egger nahm widerwillig den Stift und begann zu schreiben. Schon nach wenigen Zeilen legte sie ihn hin.

„Das sind alle, an die ich mich erinnere", sagte sie. „Sind Sie fertig? Dann gehen Sie jetzt bitte. Wir sind eine Familie in Trauer, Sie könnten wenigstens ein bisschen Rücksicht nehmen."

Wolf verkniff sich, darauf zu antworten.

„Wann ist das Begräbnis?", fragte er stattdessen.

„Morgen", sagte Egger. „Aber ich möchte ehrlich sein, Sie sind nicht eingeladen. Es wäre mir recht, wenn Sie uns dort in Frieden lassen."

„Danke", sagte Wolf nur. „Hast du noch was?", fragte er Swoboda, der verneinte.

10 Uhr 50

„Ich will verdammt noch einmal wissen, von wem der Tipp kam", sagte Wolf. „Dir fällt wirklich nichts dazu ein, Franz?"

Baumgartner schüttelte den Kopf.

„Du musst doch wissen, wer deine Handynummer hat."

„Ich habe Visitenkarten verteilt", sagte Baumgartner. „Sicher an die hundert in den letzten Jahren."

„Mach eine Liste."

„Hör auf, das ist Unsinn", schaltete sich Meier ein. „Weißt du noch, wem du eine Visitenkarte gegeben hast vor drei, vier Jahren? Das muss jemand aus der Gegend sein, der Baumgartners Nummer rausgesucht hat."

„Ich gehe zu Mario", sagte Wolf. „Ich will die Bewegungsprofile für dieses Telefon. Wer auch immer das geschrieben hat, weiß etwas."

Plötzlich weiteten sich seine Augen.

„Dieser Gollner", sagte er. „Ihm traue ich es zu."

Er wandte sich an Meier. „Ich könnte mir wirklich vorstellen, dass es Gollner war. So, wie die Nachricht geschrieben ist. Du und Franz, ihr fahrt zu ihm. Quetscht ihn aus!"

„Woher sollte er die Nummer haben?", fragte Meier.

„Ich gehe zu Mario", sagte Wolf.

11 Uhr

„Du willst wirklich damit zum Staatsanwalt gehen? Du liest schon Zeitung, oder? Die Vorratsdatenspeicherung wurde vom Europäischen Gerichtshof gekippt. Es ist ein Wertkartenhandy, sagst du?"

„Spielt doch keine Rolle, die Mobilfunker speichern alles monatelang, das weißt du."

„Trotzdem", entgegnete Sukitsch. „Und selbst wenn ich wollte, ich weiß nicht, ob ich da derzeit rankomme."

„Wer sind wir, dass wir uns ständig rechtfertigen müssen?"

„Es geht um einen anonymen Informanten, verstehe ich das richtig? Nicht um einen Beschuldigten?"

„Ich beschuldige ihn, dass er uns wichtige Informationen vorenthält. Das genügt mir."

„Du führst hier keine Mordermittlung. Ich habe mit dem Staatsanwalt gesprochen und ihm gesagt, dass die Brandursache nicht geklärt ist. Wir sind doch nicht einmal sicher, dass es Brandstiftung war."

Wolf antwortete nicht.

„Das ist im Moment ein sensibler Bereich, Gregor. Du weißt das. Wir können nicht mit jeder Kleinigkeit die Bewegungsprofile von Handys abfragen. Die Medien beobachten uns."

„Die Medien interessieren mich einen Dreck", sagte Wolf und verließ Sukitschs Kanzlei.

11 Uhr 45

„Warum glauben Sie, dass ich irgendwelche SMS verschicke? Ich kann doch gar nicht umgehen mit so einem Gerät."

Meier und Baumgartner hatten Gollner in seinem Wohnzimmer gefunden, mit einem Bier in der Hand. Auf ihr Klopfen hatte er nicht geantwortet, also waren sie hineingegangen. Die Vorhänge waren zugezogen.

„Sie sind der Einzige, der mit der Familie Egger verfeindet ist. Ich kann mir keinen außer Ihnen vorstellen, der ihnen schaden will."

Gollner lachte. „Da gibt es einige."

„Den Eindruck habe ich nicht", sagte Meier. „Geben Sie mir Ihr Handy."

„Ich hab keines", entgegnete Gollner, grinste und trank von seinem Bier.

Meier glaubte ihm nicht, wusste aber auch nicht, was sie tun sollte. „Warum geben Sie es nicht einfach zu? Sagen Sie uns alles, was Sie wissen, und wir lassen Sie in Ruhe. Wir wissen von dem alten Streit mit den Eggers, Sie können uns nichts vormachen."

„Sie reiten auf der Vergangenheit herum, Frau Meier. Mein Vater war bei den Nazis aktiv, alle wissen das. Ist es das, was Sie meinen?"

Meier wartete.

„Wissen Sie", sagte Gollner, „im Nachhinein waren dann alle Helden, immer schon dagegen. Das sind doch Lügen. In Wirklichkeit war jeder dabei, keiner kommt aus. Alle sind sie stolz gewesen. Hätte man aufmucken sollen? Wozu das Risiko eingehen?"

„Der alte Egger hat aufgemuckt, oder etwa nicht? Und Ihr Vater hat ihn verraten."

„Wenn Sie das glauben wollen, von mir aus."

„Jedenfalls wissen wir, dass die Eggers noch einen Sohn hatten. Sie wussten, dass es einen Unfall gab, oder?"

„Stimmt, da war was", sagte Gollner. Es klang, als hätte man ihn gefragt, ob er gestern ein Bier getrunken habe.

„Ein Sechsjähriger, der unter den Traktor kam."

„Schon möglich."

Meier sah, dass Gollner Ihnen nichts mehr sagen würde.

„Komm", sagte sie zu Baumgartner, „gehen wir."

Auf der Rückfahrt war das Schweigen drückend.

„Glaubst du, dass er den Tipp gegeben hat?", fragte Caroline Meier.

„Keine Ahnung", sagte Baumgartner. „Ich bin mir aber sicher, dass ich ihn noch nie gesehen habe. Ich weiß nicht, woher er die Nummer haben sollte. Gollner hätte doch eher Gregor angerufen."

„Wer könnte deine Nummer haben?", fragte Meier.

„Wie gesagt, jemand, dem ich eine Visitenkarte gegeben habe."

Meier nickte.

„Aber warum du und nicht einer von uns? Woher wusste er, dass du wieder da bist?"

Baumgartner schwieg.

„Vielleicht ist es viel einfacher", sagte Meier. „Vielleicht wusste er gar nicht, dass du weg bist. Er hat Gregors Visitenkarte verloren und deine Nummer irgendwo erfragt. Du bist einfach der Bekannteste von uns. Womöglich kennt er dich aus der Zeitung."

Da nickte Baumgartner. „Das könnte auch sein."

Trotzdem blieb die Sache unklar.

Plötzlich sah sie ihn an.

„Franz, ich freue mich wahnsinnig, dass du wieder da bist. Das weißt du, oder? Es war kein schönes Arbeiten ohne dich."

Baumgartner lächelte tatsächlich. Ihr fiel auf, wie selten sie das bei ihm gesehen hatte.

„Danke", sagte er.

„Was machst du heute Abend?", fragte sie. „Ich würde mich total freuen, wenn du vorbeikommst. Klara und ich wollen kochen. Wir probieren gerade ein neues spanisches Kochbuch aus, das wir uns nach dem Urlaub gekauft haben. Klara macht inzwischen die beste Paella, die ich je gegessen habe. Die musst du probieren."

„Ich weiß noch nicht. Abends bin ich immer so müde", entgegnete Baumgartner.

„Dann beginnen wir eben früh! Komm schon!"

„Ich werde es mir überlegen", sagte Baumgartner. „Danke."

14 Uhr 15

„Wo wart ihr so lange?", fragte Wolf, als Meier und Baumgartner zurück in die Kanzlei kamen.

„Wir waren noch was essen. Nichts Neues von Gollner", sagte sie. „Wie sieht es aus mit den Bewegungsprofilen?"

Wolf antwortete nicht.

„So geht das nicht weiter", sagte er schließlich. „Mach dich fertig, wir fahren jetzt noch einmal zu den Eggers."

„Was willst du tun?", fragte Meier.

„Was schon? Sie alle festnehmen! Die lügen in einer Tour!"

„Warte", sagte Meier, „das bringt doch nichts."

Wolf hielt inne, bevor er sich plötzlich umdrehte und sie anschrie.

„Musst du eigentlich alles hinterfragen, was ich tue? Ich bin hier nach wie vor der Chef! Schon vergessen?"

Meier tauschte einen Blick mit Baumgartner, der hilflos aussah, dann antwortete sie ruhig: „Wir sind ein Team, wie immer. Und du weißt genau, dass du von Mario eine auf den Deckel kriegst, wenn du überreagierst! Also beruhig dich. Egger hat überhaupt nicht gelogen, sie wollte einfach nicht darüber reden. Und es hat wahrscheinlich echt nichts zu tun mit dem Brand."

„Ich muss endlich mit Sonnleitner reden“, sagte Wolf. „Jemand hat das Haus angezündet, dabei ist eine Frau zu Tode gekommen, Punkt. Ich bin es leid, dass mir die Hände gebunden sind.“

Er stampfte aus der Kanzlei und warf die Tür hinter sich zu.

17 Uhr

Meier, Baumgartner und Swoboda packten ihre Sachen. Sie hatten beschlossen, dass sie Feierabend machen konnten. Wolf war nicht mehr erreichbar gewesen. Swoboda und Baumgartner waren noch einmal zu Leitgeb gefahren und hatten ihn auf Johann Egger angesprochen. Leitgeb waren die Fragen sehr unangenehm gewesen. Es stellte sich heraus, dass er sich an einen kleinen Buben erinnern konnte und dass es da einen Unfall gegeben hatte. Die Tatsache, dass ihm das entfallen war, schien ihm sehr peinlich zu sein. Seine Kinder spielten während des Gesprächs Abfangen im Wohnzimmer, bis er sie unerwartet schroff verscheuchte.

Swoboda führte die gesamte Befragung durch, Baumgartner sagte kein Wort. Beim Hinausgehen, als sie wieder allein waren und gerade ins Auto einstiegen, sagte Baumgartner plötzlich: „Ich bin keine Hilfe. Es hat echt keinen Sinn, dass ich zur Arbeit gehe.“

„Blödsinn, Franz“, sagte Swoboda. „Du bist zu streng zu dir. Lass dir Zeit.“

„Findest du?“

„Ja“, bekräftigte Swoboda. „Kein Wunder, dass du überlastet bist.“

„Danke.“

„Wofür?“, fragte Swoboda.

„Dass ihr so Rücksicht auf mich nehmt. Du und Caroline.“

Swoboda nickte nur.

„Ich habe eine Ahnung, was du durchmachst. Lass dir Zeit, es wird schon wieder.“

„Danke“, sagte Baumgartner nochmals.

Als sie aus dem Gebäude des LKA ins Freie gingen und Swoboda sich verabschiedete, erinnerte Meier Baumgartner an das Abendessen.

„In einer Stunde! Soll ich dich abholen?“

Die Frage duldete keinen Widerspruch.

„Ich komme selbst, danke.“

18 Uhr 30

Baumgartner musste zugeben, dass die Paella sehr gut schmeckte, auch wenn er keinen großen Hunger verspürte. Klara hatte ihn auffällig freundlich begrüßt. Sie schien die seltsame Freundschaft zwischen Caroline und ihm nun vollständig akzeptiert zu haben. Die Homosexualität der Kollegin hatte immer wieder zu latenten Spannungen in der Mordgruppe geführt. Vor allem Wolf schien Schwierigkeiten damit zu haben, obwohl er nie ein Wort gesagt hatte. Umgekehrt tat sich Klara mit den Kollegen ihrer Lebensgefährtin auffällig schwer. Sie hielt die Polizei für „eine große Ansammlung rechter Arschlöcher“. Sie war sogar einmal bei einer Demonstration gegen den Akademikerball in Wien vorübergehend festgenommen worden.

Baumgartner fragte sich, was Caroline ihr über sein Fernbleiben vom Dienst erzählt hatte. Die Frauen tranken Wein, Baumgartner hatte abgelehnt. „Die Tabletten“, hatte er gesagt, „man soll dazu nichts trinken.“

„Du siehst aber gut aus“, sagte Klara. „Wirklich! Ich glaube, du kommst bald wieder auf die Beine.“

Meier war das plötzliche Mitgefühl ihrer Freundin peinlich. Klara übertrieb völlig, fand sie.

„Wo bist du überhaupt gewesen?“, fragte Klara irgendwann.

Meier war natürlich auch neugierig, aber sie hätte sich nicht getraut, ihn so direkt zu fragen. Sie wollte warten, bis er von selbst zu erzählen begann.

„Ich musste weg“, sagte er nur.

„Wohin? Was hast du dort gemacht?“

„Ich musste etwas Dringendes erledigen. Etwas Persönliches.“

Klara nickte.

„Das ist manchmal gut. Eine Auszeit zu nehmen.“

Caroline Meier bereute, dass sie Klara nicht bis ins Detail aufgeklärt hatte. Dass Baumgartner weder Urlaub gehabt hatte noch irgendwie erreichbar gewesen war. Sie hatte es vergessen, weil sie sich so freute, dass er wieder da war.

„Ist Isabel mitgefahren?“, fragte Klara.

Da schüttelte Baumgartner den Kopf. „Nein, sie ist ausgezogen.“

Nun wurde Meier mit einem Mal alles klar, und sie hätte sich ohrfeigen können für ihre Dummheit.

Isabel hatte Baumgartner verlassen. Kein Streit, keine Nachdenkzeit wie das letzte Mal. Diesmal war sie wirklich weg. Meier wusste es, ohne erklären zu können, warum.

Ihre Freude war plötzlich erloschen. Es war, als ob dunkle Wolken aufgezogen wären.

Kein Wunder, dass Baumgartner vollkommen überfordert war mit seinem Leben.

19 Uhr 10

Mehr Leute könnten es sein, dachte Anna, als sie ihren Blick durch den Ausstellungsraum des Rotor in der Volksgartenstraße streifen ließ und dabei kontrollierte, ob sie schon gekommen waren. Weiß standen die Gipsabgüsse ihres nackten Körpers im Raum, ein wenig wie antike Statuen, mit den fehlenden Gliedmaßen. Ihr Torso, ihr Unterleib, ihre Hand. Und schließlich ihr Gesicht, eine Totenmaske, das zentrale Objekt ihrer Ausstellung.

Sie war stolz, hier ausstellen zu dürfen, der Rotor hatte einen Namen, das machte sich gut in ihrem Portfolio. Sie hatte lange gezögert, da anzufragen.

Nun fragte sie sich, ob es das war, was sie sich erwartet hatte. Juri hatte sie schon seit Monaten gedrängt, sich einen Ruck zu geben. Sie hatte das Gefühl gehabt, dass ihre Arbeit noch nicht fertig war. Das Gefühl hatte sie immer noch, wenn sie ehrlich war, aber die Leute schienen es nicht zu merken. Sie behandelten die Ausstellung wie jede andere auch, musterten die Skulpturen, aber Anna konnte nicht sagen, ob sie irgendetwas verstanden. Ihre Blicke wirkten unbeteiligt, während sie diese sehr intimen Arbeiten betrachteten. Anna hatte plötzlich das bedrückende Gefühl, dass es völlig egal war, was sie hier ausstellte. Dass die Leute ihr Erlebnis selbst generierten, dass sie einfach leere Flächen hätte zeigen können. *Weißes Quadrat auf weißem Grund, four minutes, thirty-three seconds.*

Sie warf einen Blick zur Tür.

„Anna? Bist du das?“

Anna drehte sich um und entdeckte die Frau, die sie angesprochen hatte. Klein, dunkelhaarig. Sie kam ihr bekannt vor.

„Weißt du noch? Lena! Wir waren zusammen in dem Bildhauerei-Kurs von Professor Simon. Vor zwei Jahren?“

Anna nickte, sie erinnerte sich. Ein Workshop unter freiem Himmel in einem Steinbruch. Jede Teilnehmerin – es gab tatsächlich keinen einzigen Mann außer dem Professor – bekam einen eigenen Block, den sie behauen sollte.

Die Frau sah verändert aus. Ihr Kinn schien größer geworden zu sein und ihr Hals dafür dünner. Die puppenhafte Frisur dagegen war gleich geblieben.

„Ist das etwa deine Ausstellung?“ Lenas Gesicht hellte sich auf. „Das wusste ich gar nicht. Ist ja Wahnsinn! Gratuliere!“

Sie klatschte vor Freude in die Hände.

„Danke“, sagte Anna. Sie wusste es nun wieder. Lena war eine aufgeweckte junge Frau gewesen, die sich sofort mit allen prächtig verstanden hatte und der es vollständig an Talent und Motivation gefehlt hatte, was sie überhaupt nicht zu stören schien, ebenso wenig wie Professor Simon. Alle schienen eine Menge Spaß zu haben, der Professor ermutigte Lena, ihre Gefühle auszudrücken und sich durch nichts beeinflussen zu lassen. Bildhauerei müsse Freude machen und erfüllen, sonst sei sie wertlos. Anna hatte dabei ein Gefühl der Hoffnungslosigkeit übermannt.

„Hast du es wirklich geschafft? Wow. Ich bin so neidisch!“

Lena umarmte Anna, die so überrascht war, dass sie sich nicht wehrte.

„Im Rotor, der Wahnsinn!“, sagte Lena und wischte sich eine Träne aus dem Augenwinkel. Hinter ihr tauchte ein athletischer Mann in einem zu engen Hemd auf.

„Anna, das ist Brad, mein Freund.“

Anna nickte abwesend. „Hallo.“

„Das ist eine Freundin von mir. Wir haben zusammen einen Kurs gemacht. Sie war immer schon verdammt gut, viel besser als ich.“

Anna wusste nicht, was sie sagen sollte. Sie warf einen Blick zur Tür. Ob sie sich heute auch hereintrauten?

„Das ist ihre Ausstellung“, erklärte Lena.

„Wirklich? Cool. Gefällt mir!“, sagte Brad, der einen amerikanischen oder kanadischen Akzent hatte. Genau konnte Anna das nicht feststellen. Ihr war es plötzlich zuwider, dass dieser fremde Mann die Abgüsse ihres Körpers zu sehen bekam. Sein Lächeln erschien ihr falsch. Sie hatte Lust, ihn hinauszuwerfen, aber das ging natürlich nicht.

„Ich wusste nicht, dass du noch in Graz bist“, sagte Lena. „Wollen wir uns mal wieder treffen? Wir könnten Telefonnummern austauschen.“

„Du, ich hab leider gerade keine Zeit. Die Leiterin vom Kunsthaus wollte mit mir reden“, sagte Anna.

Da verschwand das Lächeln aus Lenas Gesicht. „Wow“, sagte sie. „Sorry, da will ich dich nicht stören.“

Sie griff nach dem Ärmel von Brads Hemd und zog ihn weg. Aus dem Augenwinkel sah Anna, wie Lena vom anderen Ende des Raums noch einmal zu ihr hersah und etwas sagte.

Ja, ich weiß selbst, dass ich eine arrogante Schlampe bin, dachte Anna.

Doch Lena war nicht die Einzige, die zu ihr hinsah. Gerade war am Eingang jemand gestanden und hatte sie beobachtet. Sie hatte es mehr gefühlt als gesehen, aber sie war sich sicher. Im Augenwinkel hatte sie die Gestalt ausmachen können. Sie bemühte sich, nicht hinzusehen.

„Frau Vargas, darf ich Sie noch einmal etwas zu Objekt 3 fragen? Es geht um diese Körperlichkeit, die für Ihre Arbeit so zentral ist ..."

Die Ausstellungsleiterin des Kunsthauses hatte schon zuvor fast eine Viertelstunde mit ihr gesprochen. Sie schien sich tatsächlich für Annas Arbeit zu interessieren. Vielleicht öffnete ihr das die Tür zu einer größeren Ausstellung im Kunsthaus. Aber hatte sie überhaupt Arbeiten, die dafür gut genug waren? Anna antwortete so gut sie konnte auf die interessierten Fragen der Frau, aber die Worte kamen ihr schal vor. Sie fühlte sich wie eine Betrügerin und wagte es nicht, das zu sagen.

Anna wusste, dass sie gerade im Begriff war, eine Chance zu vermasseln, wie man sie womöglich nur einmal im Leben bekommt. Eine Chance auf eine Karriere, von der viele Menschen träumten und die für viele ein Traum bleiben würde.

Die Ausstellungsleiterin bedankte sich höflich, schien mit Annas Antwort zufrieden zu sein.

Wieder sah Anna zur Tür. Gerade war die starrende Gestalt noch da gestanden, nun war sie nirgends mehr zu sehen. Anna glaubte, erkannt zu haben, dass da noch mehr Menschen im Hintergrund gewesen waren.

Sie bemühte sich, die Anspannung zu verbergen, damit hatte sie Routine. Aus den Augenwinkeln beobachtete sie die Besucher ihrer Ausstellung. Sie sah nichts Verdächtiges mehr, aber sie war sich sicher.

Sie waren auch wieder hier gewesen.

20 Uhr 45

Wieder zu Hause, zog sie sich noch im Vorraum das Kleid aus und hüpfte unter die Dusche, ohne die Haare zu waschen. Als sie sich abgetrocknet hatte, stellte sie sich vor den Spiegel und begann, sich zu schminken.

Sie probierte ein Lächeln, und ihre Zähne funkelten. Ein Freund vom Theater am Ortweinplatz hatte einen Auftritt von ihr in einem Kurzfilm gesehen und sie überreden wollen, bei einem Theaterprojekt mitzumachen – „unglaublich talentiert", hatte er sie genannt. Aber sie hatte abgelehnt, ihre Liebe galt dem Grafischen.

Als sie fertig geschminkt war, öffnete sie den Haarknoten, und die rotblonden Locken fielen ihr auf die Schultern. Sie ging ins Schlafzimmer, wo sie das schwarze Abendkleid und die Stöckelschuhe aus dem Wäscheschrank nahm und machte sich fertig. Zehn Minuten später saß sie im Taxi. Der Fahrer hörte nicht auf, sie im Rückspiegel anzustarren.

21 Uhr

Wolf war an diesem Abend sehr ruhig, als er mit seinen Freunden von der Burschenschaft beim Kommers saß. Die Chargierten hatten gerade das zweite Colloquium ausgerufen und ihre Säbel auf den Tisch gelegt, um nach ihren Bieren zu greifen, als Nietzsche, wie der Alte Herr genannt wurde – der Name, unter dem ihn die Öffentlichkeit kannte, wurde hier nicht verwendet –, sich zu Wolf umdrehte.

„Na, was ist denn mit dir los? Geht's dir nicht gut?"

„Nein, eigentlich nicht", sagte Wolf.

Und da erzählte er ihm, was er noch niemandem erzählt hatte, dass nämlich Baumgartner wieder aufgetaucht war.

„Und?“, fragte Nietzsche. „Kann dir doch egal sein!“

Wolf schüttelte den Kopf.

„Ich habe nur vorübergehend die Leitung“, erklärte Wolf. „Er hat es extra noch einmal betont. Kein Wort, dass ich es vielleicht gar nicht so schlecht mache, dass ich es vielleicht besser mache als Baumgartner.“

„Warum wolltest du überhaupt zur Mordgruppe? Wo du dort überhaupt keine Freunde hast? Wo dir keiner helfen kann?“

„Ich wollte eben was anderes machen. Und es muss doch möglich sein, auch einmal etwas ohne Beziehungen zu erreichen.“

Da lachte Nietzsche.

„Warum willst du es anders machen als die anderen? Glaubst du, ich wäre jetzt Politiker, wenn ich nicht meine Kontakte genutzt hätte? Man kann dazu stehen, wie man will, aber es ist nun einmal üblich bei uns. Und du bist dumm, wenn du nicht mit den gleichen Waffen kämpfst wie alle anderen.“

Wolf trank von seinem Bier.

„Wahrscheinlich hast du recht“, sagte er.

„Vielleicht kann ich trotzdem etwas machen“, sagte Nietzsche. „Es kann doch nicht sein, dass man einen wie Baumgartner nicht los wird.“

Die beiden Männer starrten nachdenklich vor sich hin.

„Soll ich was probieren?“, fragte Nietzsche. „Ich kann dir halt nichts versprechen.“

Die Chargierten schlugen wieder mit ihren Säbeln auf die Tische und verlangten ein Lied. *Student sein in Graz.*

Wolf zögerte. Schließlich nickte er.

Anna versuchte, die Gedanken von ihrem Körper abzulenken. Sie hatte ihren Körper unter Kontrolle, nicht umgekehrt – Juris Worte, aber er hatte recht. Sie dachte an das Geld, an die Ausstellung im Rotor, an ihre Einreichung für den Design-Wettbewerb. Dennoch kamen ihr die Sekunden vor wie Stunden, als der alte Mann sie von hinten nahm. Er schnaubte dabei wie eine Dampflok und legte eine erstaunliche Ausdauer an den Tag. Schon die Party war ermüdend gewesen, das Abendessen in einem großen Hotel, wo sich die Veranstalter des großen Autorennens mit Politikern trafen. Lächeln, Small Talk, gespieltes Erstaunen, wenn die Anzugträger vom neuesten Sportwagen erzählten. Später in die Hotelbar, Whisky. Schließlich aufs Zimmer wanken, wo sie nun seit Stunden allein waren und der Alte endlich zur Sache kam. Der Abend schien heute einfach kein Ende zu nehmen.

Der letzte Entwurf war gut, Juri konnte sagen, was er wollte. Diesmal würde man auf sie aufmerksam werden, diesmal würde sie es endgültig schaffen. International, nicht nur im verschlafenen Graz. Mit dem Preisgeld konnte sie ihre nächsten Projekte finanzieren und musste nicht mehr so oft arbeiten.

Sie spürte es deutlich, der Durchbruch war zum Greifen nah. Sie war im Begriff, ihren Weg zu finden. Wenn *sie* ihr nicht wieder einen Strich durch die Rechnung machten. Aber diesmal war sie vorbereitet. Noch einmal würde das nicht passieren.

Als sie eine Stunde später auf dem Heimweg war, begegnete sie nur noch vereinzelten Menschen. Ein Zeitungsausträger fuhr mit seinem Fahrrad vorbei. Sie hatte die dunkle, seidene Weste fest um sich gewickelt und die Arme verschränkt. Die hohen Schuhe waren unangenehm, obwohl sie sie nur den halben Abend getragen hatte, aber in der Stadt ging sie ungern barfuß.

Plötzlich blieb sie stehen.

Um sie herum war es sehr still, sie war allein in der Annenstraße. In der Ferne hörte sie den Dieselmotor eines Autobusses brummen.

Sie schüttelte den Kopf und ging weiter, etwas langsamer, um erneut abrupt stehen zu bleiben. Die Stille der Nacht hüllte sie ein, sanft und kühl.

Sie war nicht allein.

Als sie ihren Weg fortsetzte, war sie sicher: Jemand folgte ihr. Jemand ahmte ihre Schritte nach und kaschierte so das Geräusch. Man musste sehr genau hinhören, aber das Geräusch war da.

Sie ging langsam weiter, ohne sich etwas anmerken zu lassen.

Warum wunderst du dich? Sie verfolgen dich doch schon den ganzen Abend.

Sie widerstand der Versuchung, noch einmal stehen zu bleiben und zu horchen, ob ihre Verfolger ebenfalls anhielten.

Wahrscheinlich hatten sie auch diesmal wieder eine Kamera im Hotelzimmer.

Annas Atem ging schneller. Sie konnte ihre Blicke förmlich in ihrem Nacken spüren.

Sie werden dich nie in Ruhe lassen, das kannst du vergessen.

Anna schüttelte den Kopf und begann zu laufen, unsicher in den hohen Schuhen.

Juri stand auf der Terrasse der Wohnung, lehnte sich ans Geländer und rauchte einen Joint. Von der Terrasse hatte er einen Blick über den Südtiroler Platz und konnte sogar einen Teil des Kunsthauses sehen. Der Hauseingang und die Tiefgarage befanden sich auf der Rückseite des Hauses, so war es hier immer relativ ruhig. Er dämpfte seinen Joint aus und wollte gerade wieder hineingehen, als er unten auf der Straße eine Stimme hörte. Jemand schien es eilig zu haben und sprach dabei vor sich hin. Die Gestalt blieb auf einmal stehen und sah sich um. Eine Frau, Juri sah es nun ganz deutlich. Eine junge Frau, die ihre Arme verschränkt hatte.

„Lasst mich endlich in Ruhe!“, rief die Frau. Erst an der Stimme erkannte er, dass es Anna war.

Als Anna die Wohnungstür aufschloss, lag Juri schon im Bett und stellte sich schlafend. Er spähte durch die halb offene Tür und horchte. Er hörte, wie sie den Schlüsselbund klimpernd auf das Vorzimmerkästchen legte, die Schuhe auszog und im Badezimmer verschwand. Dort hörte er nach einer Weile die Dusche angehen.

Nach einigen Minuten kam ihm etwas komisch vor. Anna duschte normalerweise nie lang. Sie seifte sich ein, spülte sich ab, und das war es. Nun lief das Duschwasser aber schon seit zehn Minuten – er hatte auf die Uhr gesehen.

Nach einer Viertelstunde hielt er es nicht mehr aus. Er stand leise auf und ging zur Badezimmertür. Hatte sie abgesperrt? Er hatte das Schloss nicht gehört. Juri atmete einmal tief durch und öffnete die Tür.

Heiße Luft schlug ihm entgegen. Das Licht blendete ihn. Durch dicke Dunstschwaden sah er Anna, die nackt auf dem Boden kniete und sich über die Duschwanne beugte. Darin lag ihr schwarzes Abendkleid, das Wasser prasselte darauf. Zuerst dachte er, dass sie das Kleid wusch. Doch dann sah er, dass sie auch ihre Schuhe und den Schmuck dazugelegt hatte, sogar die Handtasche. Es sah aus, als ob sie dazwischen etwas suchte.

Als sie sich zu ihm umdrehte, erschrak er heftig.

Noch Tage später sollte es ihm kalt den Rücken hinunterlaufen, wenn er an den Ausdruck in ihren Augen dachte.

4 Uhr

Es hatte keinen Sinn.

Baumgartner schaltete das Licht ein. Er konnte wieder nicht schlafen. Also richtete er sich auf, zog die Hose an und ging in die Küche, wo er sich an den Tisch setzte.

Dort saß er und horchte in die Stille der Nacht. Fern hörte er das Rauschen eines Autos.

Swobodas Rücksichtnahme hatte ihn gerührt, aber seine Zweifel waren davon nicht zerstreut worden. Ob es wirklich einen Sinn hatte, wenn er zur Arbeit ging? Wozu überhaupt? Um irgendwann wieder die Leitung der Gruppe zu übernehmen?

Die glorreichen Zeiten, als ihn die Medien gefeiert hatten, das schien Ewigkeiten her zu sein. Der Mathematiker-Mord, den er mit dem „Instinkt eines Spürhundes" gelöst hatte, wie die Zeitungen es ausgedrückt hatten. Er hatte immer gewusst, dass viel Glück dabei gewesen war und das auch gesagt, doch niemand hatte es hören wollen.

Wolf machte seine Sache nicht schlecht, das musste er zugeben. Er war ein guter Polizist. Etwas aggressiv vielleicht, aber effektiv dabei. Die Aggressivität war eine Eigenschaft, die Baumgartner fehlte. Er hatte das immer durch Hartnäckigkeit wettgemacht.

Eine Hartnäckigkeit, für die ihm inzwischen die Kraft fehlte. Er hatte nicht das Gefühl, dass diese Kraft je zurückkommen würde. Er war alt geworden, so einfach war das. Hatte sich übernommen und war dabei im Zeitraffertempo gealtert. Sein Verstand wusste es, aber ein Teil von ihm war einfach noch nicht bereit, es einzusehen. Wollte den Beteuerungen von Caroline und Rainer glauben, weil es einfach zu schwer war, die Wahrheit zu akzeptieren.

Baumgartner stand auf und ging zum Schrank im Vorraum. Er öffnete ihn, und der Geruch alter Schuhe kam ihm entgegen. Im untersten Fach waren Schuhkartons. Er nahm einen heraus und trug ihn zum Küchentisch. Dann ließ er sich ein Glas Wasser ein und setzte sich.

Er öffnete den Karton und nahm einen Stapel Zeitungsausschnitte heraus. Lauter Berichte von Fällen, die er gelöst hatte. Isabel hatte sie gesammelt. Ein müdes Lächeln umspielte seine Lippen, als er einen nach dem anderen überflog.

Die Geschichten trösteten ihn, und er konnte es gut gebrauchen. Etwas würde zumindest bleiben von seiner Arbeit. Es war nicht viel, was er erreicht hatte, aber es hätte weniger sein können. In ein paar Fällen hatten sie für Gerechtigkeit sorgen können.

Nachdem er die Ausschnitte durchgesehen hatte, blieb er noch eine Weile sitzen und trank sein Glas leer. Er packte den Stapel wieder in den Schuhkarton und trug ihn zurück in den Vorraum.

Als er ihn in den Schrank stellte, fiel ihm ein weiterer Karton auf. Weil er nicht mehr wusste, was drin war, hob er ihn heraus und öffnete ihn. Seine Überraschung war groß: Er fand eine Sammlung vergilbter Heftromane aus Jugendjahren. Warum er sie nicht längst weggeworfen hatte, konnte er nicht sagen. Er nahm den Karton, machte das Licht in der Küche aus und ging damit ins Bett.

Baumgartner nahm das erstbeste Heft und begann zu lesen. Wann hatte er das letzte Mal Science Fiction gelesen? Ein warmes, wehmütiges Gefühl durchströmte ihn. Er war sich nicht sicher, ob es gut war oder ob er sich nur selbst quälte, aber er las weiter.

Caroline hat wirklich recht, dachte er. Ich bin nie richtig erwachsen geworden.

Zwei der Hefte las er durch, das dritte legte er nach ein paar Seiten weg.

Die Zukunft ist auch nicht mehr das, was sie einmal war, dachte er. Zu verstehen, dass er nun in jener Zeit lebte, die einmal als phantastische Vision beschrieben worden war, hatte etwas Bedrückendes. Damals hatte man das unbeirrbare Vertrauen, dass allein durch den technischen Fortschritt alles besser werden würde. Doch vieles war nicht besser geworden, und zugleich hatte man auch dieses Vertrauen verloren.

Baumgartner stellte den Karton neben das Bett, machte die Leselampe aus und lag noch eine Stunde wach, bis er endlich einschlief.

Donnerstag, 10 Uhr

Gregor Wolf stand etwas im Hintergrund, als die Trauergesellschaft um das offene Grab auf dem Friedhof in Ehrenhausen stand. Wolf hatte den Namen Johann Egger auf dem Grabstein des Familiengrabes entdeckt. Der Name von Kunigunde fehlte noch. Der Pfarrer stand neben dem feuchten Erdhügel und hielt eine ruhige Trauerfeier, doch Wolf wurde das Gefühl nicht los, dass er nur leere Floskeln von sich gab.

Der Herr gibt und der Herr nimmt – es war nicht der Herr, der hier genommen hatte, dachte Gregor Wolf.

Der Pfarrer wusste wohl auch nicht, was er mit der Situation anfangen sollte. Man hatte ihm gesagt, dass es ein Unfall gewesen war, und das hatte er zu akzeptieren. Auch wenn er anderes gehört hatte.

Friederike Egger hatte Wolf inzwischen entdeckt, aber sie zog es vor, ihn zu ignorieren. Sie wirkte sehr gefasst, wie überhaupt auf der Trauerfeier nur wenige Tränen vergossen wurden. Vielleicht waren alle zu angespannt dafür. Michael Egger schien jedenfalls nüchtern zu sein.

Als die Trauerfeier beendet war und sich die Gesellschaft zum Parkplatz bewegte, um den kurzen Weg ins Ortszentrum mit den klimatisierten Autos zu fahren, wo beim Kirchenwirt der Leichenschmaus schon hergerichtet war, drängte Wolf sich durch die gemessen schreitenden Trauergäste, stieg ins Auto und fuhr zurück nach Graz.

10 Uhr 40

Als Baumgartner erwachte, strahlte ihm die Sonne ins Gesicht. Aus der Küche hörte er das Klingeln des Weckers von seinem Mobiltelefon.

Scheiße, dachte Baumgartner.

Er stand auf und wankte in die Küche, um den Weckton auszuschalten. Er sah auf die Uhr und schüttelte den Kopf. Keine Anrufe von seinen Kollegen. Er hatte nicht gefehlt, wie es aussah.

Ob er nun Probleme bekam?

Zumindest war er einigermaßen ausgeschlafen.

Baumgartner zog sich schnell an und machte sich auf den Weg zur Arbeit.

10 Uhr 45

„Wie geht es dir, Anna?"

Sie saß auf dem Sofa und schrieb ein SMS auf ihrem Arbeitshandy. Mit ein paar Kunden vereinbarte sie persönlich Termine, entweder über einen geheimen Chatroom oder über das Handy. Ein Service für die großen Kunden. Das gehörte zum Geschäft.

„Gut. Ich werde heute den Entwurf für die Agentur fertig machen. Es wird Zeit, dass ich das erledige."

Sie wirkte seltsam abwesend. Sie schien keine Veranlassung zu sehen, die Szene von letzter Nacht zu erklären. Erinnerte sie sich noch daran?

„Wie wäre es, wenn wir heute rausfahren, baden gehen oder so etwas?"

„Das geht nicht, ich muss das heute fertig bringen."

„Ein freier Tag tut dir vielleicht gut. Dann geht alles viel leichter."

Sie antwortete nicht.

„Du bist ziemlich im Stress, oder?“

„Weil ich kurz vor dem Durchbruch bin, das ist ganz normal. Ich hatte gestern ein sehr gutes Gespräch mit der Ausstellungschefin vom Kunsthaus.“

„Hat sie dir ein konkretes Angebot gemacht?“

„Natürlich nicht. Aber sie ist sehr interessiert. Ein super Kontakt.“

„Glaubst du denn, dass der Stress nachlässt, sobald du im Kunsthaus ausstellst?“

„Mir ist das wichtig, Juri. Ich will nicht immer im Escortservice arbeiten, das weißt du.“

„Mit wem hast du unten auf der Straße gesprochen, als du gestern nach Hause gekommen bist?“

Sie schwieg.

„Warum hast du das Kleid gewaschen?“, setzte er nach.

„Sie verfolgen mich“, erklärte sie. „Immer noch.“

„Wer?“

Sie schüttelte den Kopf, statt zu antworten.

Juri bekam kalte Hände.

Schon vor Monaten hatte sie ihm erzählt, dass da jemand war, der sie verfolgte. Damals hatte er das nicht ernst genommen. Eine schöne Frau wie sie, die nachts durch die Stadt geht, da kann es schon einmal passieren, dass man verfolgt wird.

„Warum hast du dein Kleid gewaschen?“, fragte er noch einmal.

„Wegen der Wanzen“, erklärte sie.

„Wanzen? Insekten, meinst du?“

Sie antwortete nicht. Er verstand sehr wohl, dass sie nicht von Insekten redete.

„Du glaubst, jemand hört dich ab? Mit Wanzen?“

„Ich muss das jetzt fertig schreiben“, sagte sie.

Er ließ nicht locker. „Warum sollte dich jemand mit Wanzen abhören?“

„Wegen meiner Arbeit natürlich, warum sonst? Sie wollen auch nicht, dass ich Karriere als Künstlerin mache.“

Juri verstand es nicht.

„Hast du gestern welche gefunden?“, fragte er. „Im Kleid?“

Sie tippte weiter in ihr Telefon. Er nahm es ihr aus der Hand. Sie starrte stattdessen die Wand an.

„Die lösen sich auf“, sagte sie.

„Aber du hast schon einmal eine gesehen?“, fragte er weiter.

„Nein, die lösen sich auf.“

„Sind da jetzt auch irgendwo Wanzen? Werden wir jetzt gerade abgehört?“

„Gib mir mein Handy wieder“, sagte sie. „Ich muss das fertig schreiben.“

Er gab es ihr nicht, und sie sandte ihm einen bösen Blick.

„Wo sind diese Wanzen? In deinem Kleid?“

„Ja, und im Schlafzimmer. Und jetzt gib mir das Handy!“

Sie versuchte, es ihm aus der Hand zu reißen, doch er hielt es fest.

„Im Schlafzimmer? Zeig mir eine. Suchen wir eine.“

Zu seiner Überraschung stand sie auf. „Gut, wenn du willst. Aber es wird nichts bringen.“

Sie gingen ins Schlafzimmer und begannen zu suchen. Juri suchte genau und gründlich, während Anna halbherzig in die Schubladen sah und unter das Bett. Es schien sie nicht zu interessieren. Nach etwa einer Viertelstunde hatten sie ein verlorenes Buch, einen Gummiball sowie ein paar Büroklammern gefunden, aber keine Wanze.

„Anna, nicht dass es mich überrascht, aber da sind keine Wanzen. Warum sollten da auch welche sein? Mich würde interessieren, wie du auf die Idee kommst, dass da Wanzen sein sollen."

„Die lösen sich auf", wiederholte sie nur, ohne ihn anzusehen. „Kann ich jetzt mein Handy wiederhaben?"

Er gab ihr das Mobiltelefon, und sie ging zurück ins Wohnzimmer.

Juri nahm ein Blatt Papier in die Hand und begann zu notieren.

Symptome:

- *Schlaflosigkeit*
- *Chronischer Stress*
- *Konzentrationsprobleme*

Er zögerte. Dann schrieb er:

- *Wahnvorstellungen*
- *Verfolgungswahn*

Er legte den Stift zur Seite und lehnte sich zurück.

Sie, dachte er, wer sind *Sie?*

Dieser Blick, als sie nackt über dem Kleid kniete und das Duschwasser auf ihren Kopf prasselte.

Er hätte es früher merken müssen. Daran, dass sie jede Nacht aufstand und durch die Wohnung ging. Dass sie meinte, verfolgt zu werden.

Wanzen, die sich auflösten.

Andererseits wirkte sie sehr klar. Sie machte ihre Arbeit, und es stimmte, der künstlerische Erfolg stellte sich langsam ein. Vielleicht übertrieb er? Es war womöglich nur eine Schrulle. Wie konnte man das beurteilen?

11 Uhr 15

„Tut mir leid“, sagte Baumgartner, als er in die Kanzlei kam und Caroline Meier ihn ansah. „Ich hatte mein Handy in der Küche und den Wecker nicht gehört.“

Sie seufzte. „Nichts passiert. Gregor hat es nicht gemerkt.“

„Was machst du gerade?“, fragte Baumgartner.

„Warten“, sagte sie. „Gregor ist auf der Beerdigung von Kunigunde Egger.“

„Hat er dir irgendwas aufgetragen?“

Sie zuckte mit den Schultern. „Wir warten noch auf den Unfallbericht des kleinen Johann.“

Baumgartner überlegte.

„Ich würde mir gern das abgebrannte Haus ansehen“, sagte er.

„Warum nicht?“, sagte sie. „Hier gibt es für dich nicht viel zu tun. Weißt du, wie du hinkommst?“

„Ja, wir sind daran vorbeigefahren.“

„Ich sag Gregor Bescheid“, meinte sie.

Baumgartner bedankte sich und ging.

11 Uhr 35

Sie roch frisch, als sie eine Stunde später auf nackten Sohlen durch die Wohnung spazierte. Ihre Haare waren noch nass, doch sie kümmerte sich nicht darum. Sie hatte gerade etwas anderes im Kopf.

Nach den Nächten, in denen sie gearbeitet hatte, duschte sie sich immer mehrmals. Auch das hätte ihm auffallen müssen.

„Juri, hast du mein Handy gesehen?“

Sie hob die Decke auf, die neben ihm auf der Couch lag.

„Nein. Hast du es nicht vor dem Duschen noch gehabt?"

„Ja, da war es noch da."

„Schau mal in der Küche."

„Dort ist es nicht."

Sie stand ihm gegenüber und sah ihn herausfordernd an.

„Keine Ahnung, wo du dein Handy hingetan hast!", sagte er schulterzuckend und stand auf.

„Ich gehe runter was essen", sagte er. „Kommst du mit?"

„Nein, ich muss mein Handy finden. Ein Kunde wartet auf meine Antwort."

Juri nickte.

„Kannst ja nachkommen, wenn du es gefunden hast."

11 Uhr 45

Wolf brauchte eine Viertelstunde, bis er den Schrebergarten von Kampl fand. Er hatte den Dienstwagen in der Floßlendstraße abgestellt und war zur Fuß zur Schrebergartensiedlung gegangen. Er war vor Jahren schon einmal hier gewesen, doch zuerst ging er in die falsche Richtung und musste sich eingestehen, dass er sich nicht mehr erinnern konnte. Wolf kehrte um, und plötzlich tauchte Kampls Gartenhütte mit dem Vordach auf der linken Seite auf. Er hatte sie rechts vermutet.

Der pensionierte Chefinspektor kniete über einem auseinandergeschraubten Rasenmäher und richtete sich auf, als er Wolf kommen hörte.

Kampl sah verändert aus. Sein Schnauzbart war dicht wie immer, doch sein Bürstenschnitt war sehr grau geworden, und das Gesicht wirkte hager. Wolf erschrak ein wenig. Das Alter war ihm anzusehen, er war jetzt an die siebzig. Doch als Kampl lächelte, konnte Wolf sofort sehen, dass er nichts von seiner Ausstrahlung verloren hatte, von dieser natürlichen Autorität.

„Gregor! Lang nicht gesehen. Was machst du denn hier?"

Wolf zwang sich, das Lächeln zu erwidern, trotz seiner Anspannung. Er freute sich ehrlich, Kampl zu sehen.

„Dienstlich", sagte Wolf. „Leider. Ich wollte dich schon länger besuchen kommen, aber es ging sich nie aus."

Kampl nickte nur.

„Komm, ich setz einen Kaffee auf. Oder willst du ein Bier?"

„Nein, Kaffee ist gut."

Kampl wies Wolf einen der beiden hölzernen Klappsessel zu und ging hinein. Wolf setzte sich widerwillig. Er hätte das eigentlich gern schnell erledigt, doch er verstand, dass der Alte nun sein eigenes Tempo hatte. Schnell war er ohnehin nie gewesen.

Nach ein paar Minuten hörte er, wie das Wasser in einer Mokka-Kanne zu kochen begann, und Kampl kam mit zwei Tassen ins Freie.

„Dienstlich also", sagte Kampl, nachdem er sich gesetzt hatte. „Worum geht es?"

„Familie Egger. Erinnerst du dich an die? Im Süden, bei Ehrenhausen."

Kampl starrte kurz in die Luft.

„Aber kein Mordfall, oder?"

„Nein, ich glaube nicht."

„Bauern?"

„Genau die", bestätigte Wolf.

Kampls Miene verfinsterte sich. „Das Kind, ich weiß schon wieder. Schlimm war das."

„Was kannst du mir darüber erzählen?“

„Warum fragst du?“, erwiderte Kampl neugierig.

„Ihr Haus ist abgebrannt“, erklärte Wolf. „Und es sieht aus, als hätte da jemand gezündelt.“

Kampl sah Wolf staunend an. „Das war doch in der Zeitung. Eine alte Frau ist verbrannt, oder? Das waren die? Ich wusste nicht mehr, dass die Egger hießen.“

Er schien einige Zeit zu brauchen, bis er es begriffen hatte.

„Tatsächlich“, sagte er schließlich. „Und nun glaubst du, das hat was mit dem Unfall von damals zu tun?“

„Na ja, das Komische ist, von dem Unfall habe ich gerade erst erfahren. Das haben sie uns verschwiegen.“

„Hast du nicht in den Akten nachgesehen?“, erwiderte Kampl.

„Nein, nicht gleich.“

Kampl nickte. „Das ist allerdings seltsam.“

„Was hattest du für einen Eindruck von den Eggers?“

„Du, ganz normal, denke ich. Eine Bauernfamilie. Ich habe sie halt in einer Ausnahmesituation kennengelernt. Ein Vater, der versehentlich seinen sechsjährigen Sohn mit dem Traktor überrollt. Kannst dir vorstellen, wie es dem gegangen ist. Er hat psychologische Betreuung gebraucht. Seine Frau hat mich beeindruckt damals. Die hat die Initiative übernommen, hat das alles in Würde geregelt. Was halt zu regeln war. Die war noch sehr jung damals.“

Wolf lachte verächtlich.

„Die Initiative hat sich auch diesmal übernommen. Sie behindert die Ermittlungen.“

„Wirklich?“, wunderte sich Kampl. „Das hätte ich mir nicht gedacht. Sie ist eine sehr intelligente Frau. Hat ihr Jus-Studium abgebrochen, weil sie von Egger schwanger war und ist zu ihm auf den Hof gezogen. Mutig.“

„Na ja. Mutig finde ich das nicht gerade. Wenn sie das Studium fertig gemacht hätte, das wäre vielleicht mutig gewesen."

„Finde ich nicht", erwiderte Kampl. „Raus aus der Stadt, ein Leben als Bäuerin, das musst du dich trauen. Viele Bauern hören auf, verkaufen den Hof, weil die Jungen nicht mehr wollen."

„Jedenfalls wollte sie mir verbieten, mit ihren Angehörigen zu reden."

„Tatsächlich?"

Kampl schüttelte ungläubig den Kopf.

„Wie auch immer, der Brand war kein Unfall."

Wolf erzählte von der Hochzeit, von der Kerze, die den Brand ausgelöst hatte. Kampl hörte schweigend zu.

„Fällt dir etwas dazu ein?", fragte Wolf schließlich.

Kampl verneinte. „Es klingt jedenfalls gar nicht nach der Familie, die ich kennengelernt habe. Du hättest sie sehen sollen damals, die Egger. Erhobenen Hauptes hat sie ihr Kind beerdigt. Ich war mir sicher, dass die wieder auf die Beine kommen."

„Sind sie auch. Der andere Sohn hat geheiratet. Es hat wohl alles gepasst, bis zu dem Brand."

„Nein", sagte Kampl. „Das passt trotzdem nicht zu der Frau."

Wolf nickte. Er bedankte sich und wollte gehen.

„Du, was ist denn das für eine Sache mit Baumgartner?", fragte Kampl plötzlich.

„Was meinst du?", fragte Wolf, obwohl er sehr genau wusste, was Kampl meinte.

„Er ist doch schon länger weg, oder? Stimmt es, er hat eigentlich gar keinen Urlaub?"

„Das musst du Sukitsch fragen."

Kampl wartete auf eine Erklärung.

„Jedenfalls ist er jetzt wieder da."

„Wirklich?“, sagte Kampl, und seine Miene hellte sich auf.

„Ja, wirklich“, wiederholte Wolf und ging.

11 Uhr 55

Die Ruine des Bauernhauses lag still da, als Baumgartner aus dem Auto stieg.

Er umrundete das Haus. Der Rasen sah immer noch gepflegt aus, nur die Blumen waren inzwischen verwelkt, ließen ihre bunten Häupter hängen, trotzdem hatte das Bild etwas Friedliches. Er fragte sich, ob man den Dachstuhl würde retten können. Er kannte sich mit solchen Dingen nicht aus. Womöglich mussten sie das Haus auch komplett abreißen. Baumgartner duckte sich und ging unter dem Absperrband hindurch ins Haus.

Auf dem rußigen Boden sah er unzählige Fußabdrücke. Als hätte jemand eine Party gefeiert, dachte er. Er sah, dass im Vorraum verkohlte Schranktüren und Schubladen offen standen. Die Familie dürfte hier gewesen sein, nachdem die Brandermittler und Wilszek das Haus freigegeben hatten, und nachgesehen haben, ob noch etwas zu retten war. Vielleicht hatten sie den einen oder anderen persönlichen Gegenstand in Sicherheit bringen können.

Baumgartner hörte ein Geräusch. Zuerst erschrak er, doch dann fiel ihm ein, dass es wahrscheinlich ein Tier war. Da flatterte auch schon ein Spatz über seinen Kopf hinweg ins Freie.

Er passierte einige Räume, bis er das Gerippe des Rollstuhls entdeckte. Er hatte das Zimmer der alten Frau gefunden. Das Bett war nicht mehr hier, nur noch der Rollstuhl. Baumgartner wandte sich ab und ging in den großen Raum, der einmal das Wohnzimmer gewesen war.

Hier war es passiert. Hier hatte das Feuer seinen Ausgang genommen.

Baumgartner stand in der Mitte des Raumes und sah sich um. Er ließ sich Zeit, drehte sich einmal im Kreis, doch er konnte nichts Auffälliges entdecken. Nicht, dass er das erwartet hätte, dafür war es natürlich viel zu spät.

Dennoch beschlich ihn ein komisches Gefühl.

Die Familie ist auf einer Hochzeit.

Im Nebenzimmer liegt eine alte Frau, schläft womöglich.

Und genau hier steht eine Person, die mit Feuer hantiert.

Ihm wurde bewusst, wie absurd die Situation war. Es passte hinten und vorne nicht zusammen.

Baumgartner schloss die Augen.

Du bist ruhig, dachte er. Was immer du tust, du lässt dir Zeit damit. Du zündest eine Kerze an.

Vielleicht zum Andenken an einen Verstorbenen? An Johann Egger? Hatte jemand für ihn eine Kerze angezündet?

Im Nebenzimmer liegt die alte Frau. Weißt du es nicht, oder ist es dir egal? Kennst du sie? Oder ist sie eine Fremde? Ist es überhaupt deine Absicht, dass das Haus zu brennen beginnt? Oder nur Unachtsamkeit?

Kann man mit einer Kerze versehentlich ein Haus anzünden?

Baumgartner öffnete die Augen wieder, sah sich ein letztes Mal um, bevor er verwirrt und nachdenklich das Haus verließ.

Es wurde immer heißer in der Stadt. Die Sonne brannte unbarmherzig auf die Köpfe der Menschen. Eine ältere Frau mit roter Wollweste, die viel zu warm schien, ging durch die Fußgängerzone, ihre gefärbten Haare wuchsen am Ansatz schneeweiß nach. Die Straßenbahn klingelte einen verirrten Radfahrer an, der zwischen den Schienen fuhr, der 99-Cent-Shop kündigte einen Totalabverkauf an.

Juri ging durch die Stadt und wusste nicht, was er tun sollte.

Er befühlte Annas Handy in der Tasche. Es war besser, wenn sie nicht mit ihren Kunden kommunizierte, zumindest bis auf Weiteres.

Er hatte große Lust, das Problem zu ignorieren. Bisher war nichts passiert, das unbedingt eine Reaktion erforderte. Er hätte sicher früher mit Anna reden sollen, als sie erwähnt hatte, dass jemand sie verfolgte. Eine gewisse Paranoia war heutzutage nicht einmal so abwegig. Vermeintlich Geisteskranke wie dieser Mollath, der angeblich seine Frau bedroht hatte, wurden rehabilitiert. Die Bankenskandale und Machenschaften, auf die Leute wie er aufmerksam machen wollten, existierten zum Teil wirklich. Juri kannte mehr als eine Person, die ihre Webcam am Laptop abgeklebt hatte. Vielleicht war Annas Schrulle nicht so schlimm.

Doch sein Bauchgefühl sagte etwas anderes. Dass hier etwas überhaupt nicht in Ordnung war. Warum genau er zu diesem Schluss kam, konnte er nicht sagen. Er hatte die letzten Jahre geglaubt, dass er sie verstand. Dass sie eine starke Person war, die ihr Leben im Griff hatte. Ein ungewöhnliches Leben, kein einfaches. Aber sie hatte ihm immer das Gefühl gegeben, dass sie diese Herausforderung auch brauchte. Sonst hätte er sie nie so weit in dieses Geschäft hineingezogen.

Er überlegte, dass er mit Charly darüber sprechen sollte. Wenn Anna wirklich ein Problem hatte, betraf es auch Charly. Doch er wusste nicht, was er ihm sagen sollte. Er schüttelte den Kopf. Die Situation überforderte ihn, er musste mit jemandem darüber reden, um einen klaren Kopf zu bekommen.

Juri nahm sein Handy aus der Tasche und wählte.

„Ja, hallo."

Charly meldete sich am anderen Ende der Leitung. „Hallo. Alles klar bei dir?"

„Hmm. Bin mir nicht so sicher."

„Geht's dir nicht gut?"

„Schon, aber es gibt da vielleicht ein Problem."

„Was für ein Problem?"

„Ich weiß nicht, wie ich es sagen soll."

„Schlimm?"

Juri antwortete nicht.

„Aha", sagte Charly.

„Du, eine Frage, kennst du einen guten Psychiater?", fragte Juri.

„Dir geht es wirklich nicht gut", stellte Charly fest.

„Ach, Unsinn. Mach dir um mich keine Sorgen."

„Worum geht es dann?"

„Erzähl ich dir ein anderes Mal, in aller Ruhe. Aber ich brauche wirklich dringend einen guten Psychologen, einen Psychiater, irgendwen. Jemanden, dem ich trauen kann."

„Ich weiß da jetzt auf die Schnelle auch niemanden. Willst du mir nicht sagen, worum es geht?"

„Ach, wahrscheinlich ist es gar nichts. Nicht der Rede wert. Tut mir leid, dass ich angerufen habe. Wenn wir uns das nächste Mal sehen, erzähle ich dir alles. Ich habe nur gedacht, du weißt vielleicht jemanden."

„Nein, wie gesagt, mir fällt niemand ein. Ich wüsste wirklich gern, was los ist. Du klingst seltsam. Wofür brauchst du einen Psychiater?"

„Ich meld mich bei dir", sagte Juri und beendete das Gespräch.

Es war keine gute Idee gewesen, Charly anzurufen. Er musste sich selbst darüber klar werden, bevor er ihn da mit hineinzog.

Juri betrat gerade das Gasthaus zur Alten Press, wo er sich etwas zu essen bestellen wollte, als er eine SMS bekam.

Charly nannte ihm die Kontaktdaten eines Psychiaters.

13 Uhr 5

Ein Hupen ertönte. Baumgartner blickte auf und sah, dass die Ampel grün geworden war. Ob er überhaupt Auto fahren durfte mit den Tabletten, die er nahm? Darüber hatte er noch gar nicht nachgedacht.

Er legte den Gang ein und fuhr los. Da sah er im Rückspiegel, dass jemand wild gestikulierte.

„Schon gut!", sagte er.

Er war im Begriff, in die Einfahrt des Landeskriminalamts einzubiegen, als er plötzlich stutzte. Baumgartner sah nochmals in den Rückspiegel und erkannte, dass Doris Wallner im Auto hinter ihm saß und ihm zuwinkte. Er winkte zögerlich zurück, doch da begann ein wildes Hupkonzert. Sie standen mitten auf der Kreuzung.

Baumgartner fuhr am Landeskriminalamt vorbei und bog in die nächste Einfahrt. Doris Wallner parkte hinter ihm, und sie stiegen aus.

Er sah, dass Wallner sich sehr freute, ihn zu sehen, und zum Reden ansetzte, bevor sie plötzlich zögerte.

„Geht es Ihnen gut?", fragte sie.

Baumgartner wusste nicht, was er sagen sollte.

„Und Ihnen?"

Sie sah gut aus, fand er. Sie trug eine rote, eng geschnittene Lederjacke und wie immer hohe Schuhe. Rundlicher war sie geworden. Es stand ihr.

„Ja, passt schon. Beruflich läuft es gut", sagte sie. „Und bei Ihnen?"

„Ich bin wieder im Dienst", antwortete er.

„Wirklich? Das freut mich. Ich habe mich nur gewundert, Sie waren nirgends zu erreichen. Die letzten Ermittlungen hat Ihr Kollege geleitet."

„Er leitet auch aktuell die Ermittlungen."

Das überraschte Wallner. „Warum?"

Baumgartner antwortete nicht.

„Ihr Kollege hat gesagt, er weiß nicht, wo Sie sind", hakte sie nach.

„Ich glaube nicht, dass ich mit der Presse darüber reden sollte."

Da lächelte Wallner. „Über dieses Stadium sind wir doch hinaus, oder? Ich frage Sie als Freundin, nicht als Journalistin."

Baumgartner zögerte.

„Sie müssen ja nichts erzählen. Aber haben Sie Zeit für einen Kaffee?"

Dass er keine Zeit hätte, wäre tatsächlich eine Lüge gewesen.

„Gut“, sagte er.

Sie ließen die Autos stehen und setzten sich in das Café auf der anderen Straßenseite.

„Baumgartner, wenn Sie nichts sagen wollen, ist das in Ordnung. Aber Sie haben mich wirklich neugierig gemacht. Sie waren jetzt länger weg, oder?“

Baumgartner nickte.

„Etwas Gesundheitliches?“

Da musste er nachdenken.

„Eigentlich nicht“, sagte er.

Warum er dann plötzlich davon erzählte, konnte er später selbst nicht mehr genau sagen.

„Ich habe jemanden gesucht“, sagte er.

„Wen?“

Baumgartner antwortete nicht.

„Aber dafür ist man doch keinen Monat weg“, sagte Wallner. „Haben Sie ihn nicht gefunden?“

Er schüttelte den Kopf.

„Das müssen Sie genauer erklären.“

„Es ist aber schwer zu erklären“, sagte er.

Wallner stützte ihr Kinn auf die Hände.

„Und mit Ihren Kollegen war das abgesprochen? Oder nicht?“

Als er nicht antwortete, wurden ihre Augen groß.

„Okay, ich glaube, jetzt verstehe ich langsam. Ging es um einen Cold Case? Ich weiß, dass viele Polizisten so etwas haben. Einen Fall, der sie nicht mehr loslässt.“

Baumgartner sah aus dem Fenster. Er hatte mehr erzählt, als er gewollt hatte.

„Machen Sie sich keine Sorgen, ich werde das nicht schreiben. So bin ich nicht. Ich freue mich jedenfalls, dass Sie wieder da sind. Mit Ihrem Kollegen kann ich nicht so gut, wissen Sie.“

Baumgartner hätte ihr nun erklären müssen, dass sie weiterhin mit Wolf würde arbeiten müssen, und zwar wahrscheinlich noch länger, doch er war zu müde. Er stand auf.

„Können Sie für mich zahlen?“, fragte er und kramte einen Fünf-Euro-Schein hervor. „Ich muss wirklich zurück zur Arbeit.“

„Klar, meinte sie. „Und, Baumgartner: gute Besserung!“

Im Nachhinein ärgerte sie sich, das gesagt zu haben.

13 Uhr 25

Juri ließ die Hälfte seines Gemüsestrudels stehen und verlangte die Rechnung. Das Essen lag ihm im Magen, und er musste rülpsen. Der Hunger war so plötzlich vergangen, wie er gekommen war.

Juri bezahlte und ging hinaus auf die Straße, wo er sich eine ruhige Ecke suchte und die Nummer aus Charlys SMS wählte. Eine tiefe Stimme meldete sich.

„Doktor Tanner?“

„Hallo. Hier spricht Juri Ivanow.“

„Tut mir leid – kennen wir uns?“

„Nein, wir kennen uns nicht. Ein Freund von mir hat mir Ihre Nummer gegeben.“

„Das ist meine private Nummer. Wenn Sie einen Termin wollen, bitte wenden Sie sich an meine Sekretärin. Die Nummer finden Sie im Internet.“

„Warten Sie noch, Herr Doktor Tanner! Es ist leider wirklich dringend. Es geht um meine Freundin. Sie ... es geht ihr schlecht. Ich habe Angst um sie.“

Tanner schwieg. Juri fragte sich, ob er noch da war.

„In zwei Stunden bin ich wieder in meiner Ordination. Ich habe etwa zehn Minuten Zeit. Kennen Sie die Adresse?"

„Warten Sie –"

Juri öffnete die SMS und las ihm die Adresse vor, ein Haus in der Rosenhainstraße.

„Gut. In zwei Stunden."

Die Verbindung wurde unterbrochen.

14 Uhr 30

Als Baumgartner zurück in die Kanzlei kam, wo Meier und Swoboda saßen, fühlte er sich völlig erschöpft. Meier sah es.

„Ich mach Kaffee. Franz, magst du einen?"

„Danke, ich habe gerade einen getrunken", antwortete er.

Er wandte sich den Akten zu, die auf seinem Schreibtisch lagen. Obduktionsbericht, Bericht der Brandermittler. Er versuchte herauszufinden, wie weit er gestern gekommen war, doch es gelang ihm nicht. Alles erschien ihm neu und fremd.

Er bemerkte, dass er sich keine zwei Sätze lang konzentrieren konnte.

Er sah auf zu Meier.

„Du, Caroline, glaubst du, es ist ein Problem, wenn ich heute früher Schluss mache? Ich habe gestern Nacht so schlecht geschlafen. Gregor scheint mich ja nicht zu brauchen."

Sie sah auf. „Ich glaube nicht", meinte sie. „Und wenn, dann melde ich mich."

„Danke", sagte er und stand auf.

„Kein Problem, Franz, wirklich. Das wird schon wieder."

14 Uhr 50

Sukitsch sah von seinem Schreibtisch auf. „Ja?"

Die Tür öffnete sich und Meier lugte herein.

„Mario, hast du einen Moment Zeit?"

„Klar", sagte er. „Was gibt's?"

Sie trat ein und schloss die Tür, vorsichtig, als wollte sie keinen Lärm machen.

„Bitte", sagte er und wies auf einen der Sessel vor seinem Schreibtisch.

Meier setzte sich und brauchte einige Zeit, bis sie zu sprechen begann. Es schien ihr schwer zu fallen.

„Es ist wegen Franz", sagte sie. „Ich glaube, es geht ihm nicht gut."

Sukitsch wartete.

„Du weißt, dass Isabel ihn verlassen hat?"

Sukitsch nickte. Da seufzte Meier. Und plötzlich schniefte sie und wischte sich über die Augen.

„Seien wir ehrlich: Er ist zu nichts zu gebrauchen. Ich weiß nicht, was ich tun soll. Ich will ihm helfen, du weißt, wir verstehen uns gut. Aber ich glaube nicht, dass die Mordgruppe im Moment der richtige Ort für ihn ist."

„Und was ist der richtige Ort für ihn?", fragte Sukitsch.

„Das weiß ich auch nicht", antwortete Meier. „Ich finde nur, er und Gregor, das hat überhaupt keinen Sinn."

„Streiten sie?"

„Nein, aber Gregor lässt ihn links liegen. Und das Schlimme ist, ich kann es ihm nicht einmal verdenken."

Meier starrte auf den Boden. „Er bricht auseinander“, sagte sie. „Ohne Isabel. Und ich ertrage es nicht, dabei zuzusehen.“

„Ich verstehe“, sagte Sukitsch. „Es kann schon sein, dass das anstrengend ist für euch.“

„Darum geht es überhaupt nicht!“, erwiderte Meier entrüstet. „Anstrengend oder nicht, ich frage mich nur, was wir tun sollen! Ist das Landeskriminalamt wirklich gut für ihn? In diesem Zustand?“

„Das Landeskriminalamt erhält ihn am Leben“, entgegnete Sukitsch.

„Blödsinn!“, sagte Meier. „Es war die Arbeit, die ihn zerstört hat! Dieser Druck, den er sich selbst macht.“

Da lächelte Sukitsch dünn.

„Franz ist stark“, sagte er dann. „Viel stärker, als du glaubst. Er sehnt sich nur nach Normalität. Bei uns bekommt er die noch am ehesten. Wo soll er denn hin? In die Berge fahren? Ans Meer? Franz? Nicht er. Geduld, Caroline. Du musst ihm ja nicht helfen, ich glaube, das will er gar nicht. Normalität will er. Die kannst du ihm geben.“

„Ich weiß ja selber kaum, was das ist, Normalität.“

Sukitsch grinste. „Du bist normaler, als du glaubst. Nur weil du mit einer Frau zusammenlebst? Ich bitte dich.“

Meier stutzte. Darüber hatten sie nie geredet. „Ich war mir gar nicht sicher, ob du das weißt.“

„Klar weiß ich das. Und wie läuft es sonst? Wie gehen die Ermittlungen voran?“

Meier lachte abschätzig. „Wir treten auf der Stelle, um ehrlich zu sein.“

„Findest du, dass Gregor seine Sache gut macht?“

Da zögerte Meier mit ihrer Antwort.

„Du weißt, ich kann nicht gut mit ihm. Ich könnte da kein objektives Urteil abgeben.“

„Ich frage nur", erklärte Sukitsch, „weil Sonnleitner letztens gemeint hat, wie zufrieden er mit Gregors Arbeit ist."

Meier starrte ihn ungläubig an.

„Ihr tretet auf der Stelle, hast du gesagt?", vergewisserte sich Sukitsch.

„Total", sagte sie.

Da nickte Sukitsch nachdenklich. „Danke, das wollte ich nur wissen."

Staatsanwalt Sonnleitner setzt sich für Wolf ein, dachte er. Eigentlich wundert es mich nicht.

15 Uhr 30

Juri war mit einem Taxi in die Rosenhainstraße gefahren und stand vor einem schmiedeeisernen Tor, das auf beiden Seiten von dichtem Wald gesäumt war. „Dr. Tanner" stand auf einem Schild. Juri läutete, und eine Seitentür wurde mit einem Summen entriegelt. Er stieg mit großen Schritten einen sehr steilen Weg hinauf und erreichte einen ebenen Parkplatz, auf dem ein schwarzer Porsche Cayenne stand. Das Haus dahinter sah aus wie ein kleines Schloss. Juri stieg ein paar Stufen zur Tür hinauf und drückte die Klinke nach unten. Es war nicht abgeschlossen.

Doktor Tanner kam ihm entgegen, ein rundlicher Mann in Hemdsärmeln, der etwas kleiner war als er.

„Herr Ivanow?"

„Ja. Guten Tag."

Sie schüttelten sich die Hand.

„Wo ist sie?", fragte Tanner.

„Ich bin allein hier."

„Bitte“, sagte Tanner und bat ihn in einen dunkel möblierten Raum mit einer Sitzgarnitur aus schwarzem Leder. Sie setzten sich.

„Zehn Minuten. Was kann ich für Sie tun?“

„Es geht um meine Freundin. Ich mache mir Sorgen um sie.“

Tanner nickte ihm, fortzufahren. Juri tat sich schwer, es auszusprechen.

„Ich glaube, sie wird paranoid“, sagte er. „Ich meine, so richtig. Verfolgungswahn.“

„Bitte beschreiben Sie das genauer. Was tut sie?“

Juri erklärte, wie sie abends nach Hause gekommen war und ihr Kleid gewaschen hatte. Wie sie gemeinsam nach Wanzen gesucht hatten. Tanner hörte alles an, ohne Reaktion. Als Juri fertig war, sah er den Psychiater erwartungsvoll an.

„Was ist los mit ihr?“, fragte er.

„Das lässt sich aus der Ferne natürlich nur schwer beurteilen“, antwortete Tanner. „Aber ich denke, Sie sollten mit ihr ins Krankenhaus fahren und sie untersuchen lassen.“

„Muss ich mir Sorgen machen? Glauben Sie, es ist ernst?“

„Das wird Ihnen der Arzt sagen können.“

„Es ist nur so, wir haben einen Urlaub geplant“, log Juri, „der hat eine Menge Geld gekostet. Glauben Sie, das hat Zeit bis nachher?“

Juri glaubte zu sehen, wie Tanner ungeduldig wurde.

„Ich glaube, Sie sollten gleich zum Arzt gehen. Wenn Sie nicht ins Krankenhaus wollen, kann ich Ihnen da den Namen eines Kollegen aufschreiben“, sagte er und nahm eine Visitenkarte aus einer Schachtel auf dem Couchtisch. Er notierte etwas auf der Rückseite der Karte. „Sie bekommen noch diese Woche einen Termin.“

Tanner sah auf die Uhr.

„Bitte“, sagte Juri. „Was kann es sein?“

Tanner seufzte. „Was Sie beschrieben haben, sind Symptome, die auf Schizophrenie hindeuten können.“

„Wie kann man das behandeln?“

„Mit Medikamenten und einer Therapie.“

„Es ist also heilbar?“

„Die Symptome lassen sich in den Griff kriegen“, sagte Tanner und stand auf. „Die zehn Minuten sind um. Ich erwarte gleich einen Patienten.“

„Welche Medikamente verschreibt man bei so etwas?“

„Neuroleptika. Aber machen Sie sich da erst einmal nicht zu viele Gedanken. Rufen Sie meinen Kollegen an. Er wird Ihnen alles Weitere sagen.“

Juri sah, dass er hier nichts mehr erfahren würde und ging, ohne sich zu verabschieden.

Schizophrenie.

15 Uhr 45

Als Doris Wallner die Redaktion von „Graz Kompakt“ betrat, fiel Horst Almer sofort auf, dass sie nachdenklich war.

„Was ist passiert?“, fragte er.

„Baumgartner“, sagte sie. „Er ist wieder da.“

„Wirklich?“, entgegnete Almer. Seine Stimmung hellte sich auf. Endlich wieder eine interessante Geschichte! Das Sommerloch hatte dieses Jahr die Ausmaße eines mittleren Alpentales.

„Ich war gerade mit ihm einen Kaffee trinken. Er sieht fertig aus, aber er ist wieder da.“

Und da erzählte sie ihm in kurzen Worten, was sie von ihm erfahren hatte.

„Großartig!“, meinte Almer.
„Ja, nur kann ich das unmöglich schreiben.“
„Warum nicht?“
„Ich hab es ihm versprochen.“
„Aha“, antwortete Almer.

18 Uhr

Baumgartner schaltete den Fernseher aus. Das Programm ging ihm seit Stunden auf die Nerven, doch er hatte Angst vor der Stille gehabt und ein paar amerikanische Serien ertragen, mit denen er nichts hatte anfangen können.

Als er in die Küche ging, um einen Schluck Wasser zu trinken, fiel ihm plötzlich auf, dass er heute noch keine einzige Tablette genommen hatte. Er hatte einfach darauf vergessen. Aus irgendeinem Grund stürzte ihn diese Erkenntnis in eine tiefe Mutlosigkeit.

Nicht einmal das kriege ich auf die Reihe. Nicht einmal die einfachsten Dinge.

Er nahm die Tabletten heraus, versuchte, sich auf die Aufschrift zu konzentrieren. Sollte er einfach die doppelte Menge nehmen? Eigentlich wäre es die dreifache, aber er wusste nicht, ob man das durfte.

Baumgartner warf die Schachtel Tabletten gegen die Wand und setzte sich an den Küchentisch.

Wenigstens trinken dürfte ich jetzt, dachte er. Er wusste, er wäre letztes Mal länger bei Caroline geblieben, wenn er ein, zwei Gläser Wein getrunken hätte. Das wäre vielleicht wichtiger gewesen als diese dummen Tabletten, die ohnehin nicht wirkten.

Ihm fielen die Heftromane wieder ein, die er letzten Abend gefunden hatte. Er holte den Karton an den Tisch und suchte die Ausgaben durch, bis er ein Coverbild entdeckte, das ihn als Jugendlichen wahnsinnig fasziniert hatte. Er versuchte, sich das Gefühl von damals wieder zu vergegenwärtigen, doch es machte ihm Mühe. Das Bild war in Wirklichkeit sehr schlecht gemacht, selbst für seinen unprofessionellen Blick war das ersichtlich. Damals hatte er das nicht gemerkt, dies war sein Lieblingsbild gewesen: ein riesiges Raumschiff, mit einer ganzen Stadt darin, unter einer Glaskuppel, viel Wald und Vegetation, sogar einem See. Er wunderte sich, wie so ein schlechtes Bild solche Emotionen auslösen konnte. Fast hatte er das Gefühl, dass ihm etwas weggenommen wurde. Er war wütend auf sein erwachsenes Urteilsvermögen, das ihm diese Freude verdarb. Nun saß er da, wäre dankbar gewesen über irgendetwas, das so eine naive Freude in ihm auslösen hatte können. Die Geschichte des Erwachsenwerdens ist eine Geschichte des Verlusts, dachte er.

Er schlug das Heft auf und begann zu lesen. Die Sprache war einfach, aber es fiel ihm trotzdem schwer, sich zu konzentrieren. Nach einer halben Seite wollte er fast schon aufgeben, doch auf einmal fing ihn die Geschichte, und irgendwann fiel ihm auf, dass er glücklich war, auf eine sehr oberflächliche Art und Weise, aber doch glücklich.

Als er das Heft zur Hälfte durchgelesen hatte, schob er einen Sessel vor den Küchenschrank, auf dem die alte Weinflasche stand, die Reserve, die seit Jahren unangetastet dort gestanden war. Er hob sie vorsichtig herunter, entkorkte sie und schenkte sich ein Glas ein.

Juri saß im Wohnzimmer in der Dunkelheit vor seinem Laptop. Er widerstand der Versuchung, über die Schulter zu schauen. Er wusste, dass Anna nicht schlief, auch wenn es so aussah. Sie schlief kaum noch in den letzten Monaten. Und er wusste, dass sie verdammt leise sein konnte, wenn sie wollte. So zog er einfach die Schultern ein und bemühte sich, nicht ständig in die Stille zu horchen. Immer wieder glaubte er, ihre Schritte zu hören.

Nun drehe ich auch langsam durch.

Juri durchforstete seit einer halben Stunde das Internet nach Informationen über Schizophrenie. Er wusste, dass viele Leute darunter eine gespaltene Persönlichkeit verstanden – zwei Personen in einem Körper, wie bei Jekyll und Hyde. Das war ein verbreiteter Fehler, dieses Phänomen nannte man nicht Schizophrenie, sondern „Multiple Persönlichkeitsstörung", und trotz der Verbreitung in der Spannungsliteratur schien es Zweifel zu geben, ob dieses Krankheitsbild überhaupt existierte, beziehungsweise „iatrogen" war, also erst durch die Therapie selbst erzeugt wurde.

Schizophrenie dagegen war eine verbreitete und perfide Krankheit, die Menschen Schritt für Schritt ihren Bezug zur Realität und damit ihre Freiheit nahm. Wirklich heilbar schien sie nicht zu sein, sie begleitete die meisten ein Leben lang. Oft gab es einen Auslöser, ein traumatisches Erlebnis. Eine Gesprächstherapie war also Teil der Behandlung, allerdings war es, sobald die Krankheitssymptome ausbrachen, eigentlich längst zu spät dafür. Der Prozess ließ sich nicht umkehren. Die Symptome – das Hören von Stimmen, Wahnvorstellungen, Halluzinationen – ließen sich mit

Medikamenten nicht völlig ausschalten, sondern nur dämpfen, mit dem Nebeneffekt, dass auch alles andere gedämpft wurde.

Juri wurde immer übler, je mehr er darüber las.

Er fand weiters eine genaue Klassifikation der Symptome. ICD 10 hieß der Standard, nach dem eine Krankheit aufgrund bestimmter Kriterien als Schizophrenie eingestuft wurde. Als er sich die Liste der Symptome durchlas, schwanden seine letzten Zweifel.

„Was machst du?"

Er erschrak so sehr, dass er fast den Laptop vom Tisch geworfen hätte. Sie stand hinter ihm, er sah ihr fahles Gesicht, das sich im Display des Rechners spiegelte. Schnell kappte er den Laptop zu.

„Ich kann nicht schlafen", erklärte er. „Du auch nicht?"

Sie antwortete nicht, kam nur zu ihm und legte die Arme um ihn. Er tastete nach ihr und drückte sie. Ein Gefühl der Verzweiflung stieg in ihm auf und schnürte ihm die Kehle zu.

Anna war krank.

Was zur Hölle sollte er jetzt tun?

1 Uhr

Baumgartner hörte zu lesen auf. Ihm war gerade ein Gedanke gekommen.

Er hatte sich den ganzen Tag nicht konzentrieren können, und er verstand auf einmal, warum. Es war ihm etwas eingefallen, als er in dem abgebrannten Haus gestanden war. Etwas hatte nicht gepasst, doch er hatte den Gedanken nicht festhalten können. Dieses Gefühl, dass etwas nicht stimmte, hatte ihn den ganzen Tag begleitet und abgelenkt.

Nun wusste er, was es gewesen war.

Die SMS-Nachricht. *es gibt da noch wen.*

Sie hatten geglaubt, dass sich das auf den verstorbenen Sohn bezog. Doch warum hieß es dann *gibt* und nicht *gab*?

Freitag, 8 Uhr 25

Baumgartner bemerkte, dass er schon wieder verschlafen hatte, aber wenigstens war es nicht so spät wie am Vortag.

Er stand auf und ging in die Küche, wo noch die leere Weinflasche auf dem Tisch stand. Er trank ein halbes Glas Wasser, hob die Schachtel Tabletten vom Boden auf, drückte sich eine heraus und spülte sie mit dem Wasser hinunter.

Er ging auf die Toilette, zog sich an und fuhr zum Landeskriminalamt.

8 Uhr 40

„Okay, Leute, ich hatte da gestern einen Gedanken."

Augenblicklich wurde es still im Besprechungsraum. Meier, Swoboda und Sukitsch lauschten gespannt.

„Was, wenn der Brand wirklich ein Unfall war? Aber kein gewöhnlicher?"

Wolf hatte sich diese Rede am Vorabend zurechtgelegt und genoss die Aufmerksamkeit seiner Kollegen.

„Es gibt mehrere Aspekte an diesem Fall, die auf den ersten Blick nicht zusammenpassen, aber doch ein sehr klares Gesamtbild ergeben, wenn man genauer darüber nachdenkt. Zum einen haben wir da die Funde am Tatort: ein Feuer, das im Wohnzimmer ausbricht. Das von einer Kerze ausgeht. Zum anderen haben wir zwei tragische Todesfälle in einer Familie, ein bedauerlicher Zufall, könnte man meinen. Aber was, wenn es eben kein Zufall ist? Wenn es einen Zusammenhang zwischen den beiden Unglücksfällen gibt?"

„Worauf willst du hinaus?", fragte Sukitsch.

„Ich habe mit Kampl gesprochen. Der Tod des sechsjährigen Sohnes war offensichtlich ein Unfall. Aber es wäre möglich, dass dieses Ereignis auf irgendeine Art und Weise die zweite Tragödie herbeigeführt hat.“

Wolf sah seine Kollegen ernst an.

„Nur wie? Gestern ist es mir klargeworden: die Kerze. Man zündet Kerzen an, um Toten zu gedenken.“

Damit überraschte er sie. Meier war erstaunt.

„Das wäre tatsächlich eine Erklärung“, sagte sie. „Aber wer trauert um einen Sechsjährigen, der seit vielen Jahren tot ist? Die ganze Familie war bei der Hochzeit, das wissen wir.“

„Genau das ist die Frage“, antwortete Wolf.

„Du meinst also, wir suchen jemanden mit Verbindungen zur Familie, aber kein Familienmitglied?“, fragte Sukitsch.

„Von dem vielleicht auch die SMS an Franz stammt?“, ergänzte Meier.

„So ist es. Wir müssen also in die Vergangenheit schauen: Wer hatte mit Johann Egger zu tun? Sein Umfeld, Kindergarten, Babysitter. Da muss es eine Handvoll Leute gegeben haben, die müssen wir finden.“

Da ging die Tür auf, und Baumgartner platzte in die Besprechung. Alle drehten sich zu ihm um.

„Hallo“, sagte er. Als niemand antwortete, fügte er hinzu: „Tut mir leid, ich habe verschlafen.“

„Setz dich“, sagte Sukitsch und wollte sich wieder Wolf zuwenden.

„Ich muss euch etwas sagen“, fuhr Baumgartner dazwischen.

„Das hat Zeit bis später“, sagte Wolf. „Ich bin noch nicht fertig.“

„Es geht um die SMS-Nachricht“, sagte Baumgartner. „Ich glaube, wir haben das falsch interpretiert. Der

Hinweis bezog sich gar nicht auf den Tod von Johann Egger."

„Auf wen denn sonst?", fragte Meier.

Baumgartner holte sein Handy heraus und las die Passage vor: *„Es gibt da noch wen."*

„Ja, und?", fragte Wolf, der nun genervt war.

„Sollte es nicht heißen, *es gab da noch wen*?"

Ein Raunen ging durch den Besprechungsraum. Sukitsch wirkte wütend, Meier senkte den Blick.

„Franz, wie wäre es, wenn du uns hier arbeiten lässt? Wir können später darüber reden, wenn du willst."

Baumgartner schien die Reaktion seiner Kollegen gar nicht wahrzunehmen.

„Bist du sicher, dass wir die Eggers alle kennen? Habt ihr das Melderegister überprüft?"

„Natürlich haben wir das!", ereiferte sich Wolf. „Glaubst du, ich bin ein Vollidiot?"

„Soll ich die Meldedaten vielleicht noch einmal überprüfen?", fragte Baumgartner.

Da lächelte Wolf plötzlich und sagte sehr freundlich: „Ja, das ist eine gute Idee. Mach das."

Baumgartner sah ihn an, dann die anderen. Er schien nicht zu wissen, wie ihm geschah.

„Gut, dann werde ich das machen", sagte er und ging.

9 Uhr

Juri hörte, wie die Tür ins Schloss fiel. Anna war auf dem Weg in den Rotor, sie hatte etwas bei ihrer Ausstellung zu erledigen. Als sie weg war, stand er auf und ging in die Küche, nahm einen kleinen Spiegel ohne Rahmen und eine verschraubbare Dose aus dem Küchenkasten und legte beides auf den Tisch. Er bereitete zwei Lines mit Koks vor, die er nacheinander schnupfte. Danach ging er ins Bad, kontrollierte seine Nase und putzte sich die Zähne.

Dann ging er zurück in die Küche, räumte den Tisch ab und holte sein Handy aus der Hose, die immer noch im Schlafzimmer lag. Er wählte eine Nummer, die mit einem falschen Namen verknüpft war. Eine verschlafene Stimme meldete sich am anderen Ende.

„Ja? Was gibt's?"

„Ich brauche diesmal was anderes", erklärte Juri. „Hast du auch Neuroleptika?"

Der Mann am anderen Ende der Leitung schien aufzuwachen.

„Wie bitte?"

„Du hast mich verstanden."

„Neuroleptika? Wofür bitte?"

„Gegen Schizophrenie."

„Ich weiß, dass die gegen Schizophrenie verschrieben werden. Wofür brauchst du Medikamente gegen Schizophrenie?"

„Das geht dich nichts an", sagte Juri ruhig. „Kannst du so etwas auftreiben?"

„Prinzipiell schon. Aber wozu bitte? Da gibt es ganz andere Dinge, die man nehmen kann."

„Kümmer dich um deine eigenen Angelegenheiten und besorg mir etwas. Was ist das Gängigste?"

„Ich weiß nicht. Haldol? Aber du weißt, dass das Zeug erst nach Wochen gegen Schizophrenie wirkt."

Das hatte Juri nicht gewusst.

„Es wirkt also erst so spät?"

„Ja, Latenzzeit. Wenn es etwas Akutes ist, brauchst du vielleicht eher gewöhnliche Beruhigungsmittel."

„Dann eben so etwas."

„Du brauchst das nicht für dich selbst?"

„Nein."

Stille in der Leitung.

„Ich weiß nicht. Ich glaube, das ist mir zu schräg."

„Halt die Klappe und sag mir, wie viel es kostet."

Der Mann schien zu überlegen. Schließlich nannte er einen völlig überhöhten Fantasiepreis.

„Gut", sagte Juri. „Wie lang brauchst du?"

„Bis morgen."

„Dann treffen wir uns abends, gleicher Ort wie immer. Ich nehme das Geld in bar mit."

9 Uhr 15

„Frau Manninger? Guten Morgen, mein Name ist Chefinspektor Baumgartner vom Landeskriminalamt."

Baumgartner erklärte der Frau, was er brauchte. Das zentrale Melderegister war in Wien angesiedelt, er hatte die Nummer noch im Handy.

„Hat da nicht erst unlängst eine Kollegin von Ihnen angerufen? Ich glaube, die wollte genau dasselbe. Meier, so hieß die."

„Das ist möglich", bestätigte Baumgartner. „Aber bei uns ist der Verdacht aufgetaucht, dass es noch eine Person geben könnte, die wir übersehen haben. Könnten Sie bitte so nett sein und noch einmal nachsehen? Vielleicht haben wir da etwas durcheinandergebracht."

„Einen Moment", sagte Manninger.

Baumgartner hörte, wie sie sehr schnell tippte.

„So", sagte sie, „haben Sie etwas zu schreiben?"

„Ja", log Baumgartner.

„Also, an der von Ihnen genannten Adresse sind gemeldet: Michael Egger, Friederike Egger, Maximilian Egger und Romana Egger, geborene Fritsch."

Maximilian und Romana mussten das frisch vermählte Paar sein, dachte Baumgartner.

„Kunigunde Egger wohnte dort, verstorben, außerdem Johann Egger, verstorben. Weiter gehen meine Aufzeichnungen hier nicht zurück."

„Wie weit?"

„1990."

Baumgartner schüttelte den Kopf.

„Und wenn jemand seither dort gewohnt hätte, dann würden Sie das sehen?"

„Ja."

Baumgartner dachte nach, eine Pause entstand.

„Was suchen Sie eigentlich?", fragte Manninger.

„Ach, macht nichts. Ich dachte nur ..."

„Normalerweise stimmen unsere Daten, aber unter uns gesagt, es gibt auch Fehler. Karteileichen, Leute, die sich nie umgemeldet haben."

„Ja? Das kommt vor?"

„Leider. Sie könnten selbst aufs Meldeamt gehen und dort nachfragen. Oder Sie gehen aufs Standesamt der Gemeinde und sehen sich die Geburten und Eheschließungen an. Falls Sie jemanden suchen."

Baumgartner glaubte plötzlich, sich an Manninger zu erinnern. Sie hatte ihm schon einmal weitergeholfen. Aber Menschen, zu denen er kein Gesicht hatte, konnte er sich nur schwer merken.

„Danke für Ihre Mühe!", sagte Baumgartner. „Vielleicht mache ich das."

Sie verabschiedeten sich.

Baumgartner stieg in Ehrenhausen aus dem Auto und blickte verstohlen durch die Fenster eines Cafés im malerischen Zentrum des kleinen Ortes. Er hatte eigentlich auf dem Weg frühstücken wollen und war in Seiersberg von der Autobahn abgefahren, doch dort hatte es sich gestaut, und ihm war die Lust auf ein Frühstück in dem wahrscheinlich überfüllten Einkaufszentrum vergangen. Also hatte er kurz vor Ehrenhausen bei einem Supermarkt haltgemacht und eine in Plastik verpackte Nussschnecke gekauft, die er im Auto gegessen hatte, bevor er weitergefahren war. Nun bereute er, schon gegessen zu haben. Das Café „Rumpelkammer" sah nett aus. Ein Apfelstrudel im Café wäre ihm lieber gewesen.

Immerhin habe ich wieder Appetit, dachte er.

Da fiel ihm ein, dass er die Tabletten in der Wohnung vergessen hatte. Er musste auf der Rückfahrt dort haltmachen, am besten noch vor dem Mittagessen, sonst vergaß er das. Wieder.

Die Frau im Standesamt war sehr jung und behandelte ihn zuerst abweisend. Erst als er seine Polizeimarke zeigte und erklärte, dass es wichtig war, taute sie auf und widmete sich seinem Anliegen mit Einsatz.

„Egger? Ja, die kenne ich. Die hatten doch gerade erst eine Hochzeit!"

Baumgartner nickte. Die junge Frau brachte ihm sämtliche Heiratsurkunden der letzten drei Generationen der Familie: Maximilian und Romana, Michael und Friederike und zuletzt Wilfried und Kunigunde.

„Das ist alles? Sind Sie sicher?"

Sie nickte. Baumgartner wagte nicht, weiter nachzubohren. Stattdessen bat er um die Geburtsurkunden.

Diesmal brauchte sie länger. Erst zehn Minuten, dann eine Viertelstunde. Als sie zurückkehrte, sah Baumgartner gleich, dass etwas nicht stimmte.

11 Uhr

Baumgartner war in Gedanken versunken, als er die Kanzlei der Mordgruppe betrat. Caroline Meier saß an ihrem Schreibtisch und sah zu ihm auf.

„Und, ist was herausgekommen bei den Meldedaten?", fragte sie. Ihr Lächeln war bemüht.

„Ich habe sie nicht gefunden", antwortete er. Er stand unschlüssig im Raum.

„Ich glaube, ich geh was essen."

War so etwas möglich? Dass ein ganzer Stapel Geburtsurkunden verschwand? Darunter sämtliche der Familie Egger? Natürlich war das möglich. Alles war möglich. Und vielleicht hätte er die Sache auf sich beruhen lassen.

Wenn da nicht die anonyme SMS gewesen wäre.

Er versuchte, sich in den Schreiber hineinzuversetzen. Je länger er darüber nachdachte, desto sicherer war er, dass es nicht um den kleinen Johann ging.

Nein, hier ging es um jemand völlig anderen.

11 Uhr 25

Baumgartner fand die Wohnung in einer Seitengasse der Triesterstraße gleich wieder. Die Häuser hier hatten sich überhaupt nicht verändert. Selbst die Lokale, vor denen Leute an den Tischen in der Sonne saßen, sahen gleich aus. Dass sie inzwischen türkische Pächter hatten, sah man erst auf den zweiten Blick.

Als er Kampls Türklingel gefunden hatte, spürte er plötzlich Widerwillen. Er hatte seinen alten Chef seit ein paar Monaten nicht gesehen und befürchtete, dass dieser neugierige Fragen stellen würde.

So war er irgendwie erleichtert, als sich auf sein Klingeln hin nichts rührte. Doch plötzlich hörte er über sich, wie ein Fenster entriegelt wurde.

„Franz!"

Er blickte auf und sah Kampls Gesicht, das aus einem offenen Fenster lugte.

„Hallo", sagte Baumgartner. „Wie geht es dir? Kann ich mit dir reden?"

„Warte, ich komm runter", antwortete Kampl und schloss das Fenster.

Ein paar Minuten später ging die Haustür auf, und ein ergrauter und trotzdem sehr lebendig wirkender Kampl erschien mit einem Grinsen im Gesicht.

„So lang hat mich keiner besucht, und nun gebt ihr euch die Klinke in die Hand."

Baumgartner verstand nicht.

„Gregor war auch schon bei mir", erklärte Kampl. „Wollen wir einen Kaffee trinken gehen?"

„Du hättest nicht runterkommen müssen", meinte Baumgartner.

„Ach was, ich komme sowieso viel zu wenig raus. Das da drüben ist nett."

Kampl deutete die Gasse hinauf. Baumgartner dachte daran, dass Kampl allein lebte. Er glaubte plötzlich, seine eigene Zukunft zu sehen, und er wusste nicht, ob ihm der Gedanke gefiel.

Sie gingen zu einem der Cafés, die Baumgartner gesehen hatte, und setzten sich auf zwei weiße Gartenstühle aus Plastik, die sich bogen und auf der unebenen Pflasterung der Terrasse wackelten.

„Geh, mach uns zwei Türkische“, sagte Kampl, als der Kellner zu ihnen trat.

Sie musterten einander, ohne zu sprechen. Baumgartner dachte daran, dass er wohl nicht besonders gut aussah. Er hatte in letzter Zeit dunkle Augenringe, wenn er in den Spiegel sah. Doch falls Kampl es bemerkte, zeigte er das nicht. Als der Alte direkt zur Sache kam, war Baumgartner sehr dankbar darüber.

„Also, was ist da los mit den Eggers? Deshalb bist du hier, oder?“

Baumgartner nickte. Er erzählte Kampl von der SMS. Inzwischen brachte der Kellner zwei kleine Tabletts mit Kupferkännchen und Espressotassen darauf.

„Davon hat Gregor gar nichts gesagt.“

„Vielleicht weil die Nachricht an mich ging.“

„Ach so, verstehe“, sagte Kampl.

„Das Problem ist, ich glaube nicht, dass sich die SMS überhaupt auf den Tod des Kindes bezieht.“

„Worauf sonst?“, fragte Kampl erstaunt.

Baumgartner zeigte ihm die Nachricht auf seinem Handy. Kampl beugte sich vor, um sie zu lesen.

„Ich verstehe, was du meinst“, sagte Kampl und war plötzlich sehr ernst.

„Ich war auf dem Standesamt“, erklärte Baumgartner weiter, „doch dort kann man die Geburtsurkunden der Eggers nicht finden.“

Kampl machte ein erschrockenes Gesicht. „Was soll das heißen?“, fragte er.

„Das ist sicher nur Schlamperei“, meinte Baumgartner.

Kampl schüttelte den Kopf.

„Mit wem von der Familie Egger hattest du zu tun?", fragte er scharf.

Baumgartner dachte nach.

„Die alte Frau ist tot. Friederike, die Mutter, Michael, der Vater, und dann ist da noch der Sohn."

Kampl nickte nachdenklich. „Und die jüngere Tochter?", fragte er.

„Du meinst, die Schwiegertochter?"

„Nein, die Tochter."

„Welche Tochter?", fragte Baumgartner.

12 Uhr 40

Meier öffnete unwillkürlich den Mund, als Kampl die Kanzlei betrat. Swoboda wirkte verwirrt.

„Hannes? Was machst du denn da?"

Kampl nickte kurz. „Hallo Caroline, hallo Rainer. Ist Gregor da?"

„Nein, der ist unterwegs."

„Ruf ihn an."

Meier stellte keine weiteren Fragen und hob den Hörer ab. Mario Sukitsch kam herein, um nachzusehen, was da los war. Als er Kampl sah, hellte sich seine Miene auf.

„Servus! Lang nicht gesehen."

Die Männer tauschten eine kurze Umarmung aus.

„Das ist kein zufälliger Besuch, oder? Etwas Wichtiges?", fragte Sukitsch.

„Darauf kannst du wetten. Warten wir auf Gregor."

Sukitsch nickte. „Da bin ich jetzt sehr neugierig. Gehen wir schon einmal in den Besprechungsraum."

Wolf kam als Letzter. Er wirkte schockiert, als er Kampl sah.

„Ist etwas passiert?“, fragte er.

„In gewisser Weise. Franz war bei mir und wir sind auf etwas draufgekommen.“

„Ihr habt geredet? Ohne mir was zu sagen?“, fragte Wolf in Richtung Baumgartner.

Kampl strich sich nachdenklich mit dem Daumen über den Schnauzbart. Seine Hände wirkten knorrig, die Haut war voller Altersflecken.

„Ihr untersucht gerade den Todesfall der alten Frau Egger. Ich hatte ja, wie ihr wisst, selbst mit der Familie zu tun, als Michael Egger tragischerweise seinen eigenen Sohn überfahren hat. Vor achtzehn Jahren. Was ich mich damals gefragt habe, ist, wie die kleine Tochter damit umgehen wird.“

Kampl ließ seine Worte wirken. Es dauerte einige Sekunden, bis alle verstanden hatten.

„Wir wissen nichts von einer Tochter“, sagte Sukitsch.

„Eben“, antwortete Kampl. „Ein kleines blondes Mädchen, etwas älter als Johann. Sie war dabei, als der Unfall passierte.“

„Das kann nicht sein“, fuhr Wolf dazwischen. „Wir haben das überprüft! Es gibt keine Tochter.“

„Wenn ich es dir doch sage!“

„Sie kommt in dem Polizeibericht nicht vor.“

„Ja, weil sie nicht vernommen wurde. Sie war damals zu klein.“

„Im zentralen Melderegister ist sie auch nicht.“

„Richtig. Aber Franz hat die Geburtsurkunden überprüft und etwas Seltsames gefunden.“

Kampl bedeutete Baumgartner mit einer Geste, fortzufahren. Baumgartner hätte es vorgezogen, wenn

Kampl weitergesprochen hätte, doch er erklärte, dass die Geburtsurkunden nicht auffindbar gewesen wären.

„Was, keine?“

„Nein, zumindest von den Eggers.“

Die Luft war wie elektrisiert. Kampl lächelte. Sie spürten eine alte Begeisterung, wie sie nur Kampl verströmt hatte. Weder Baumgartner noch Wolf konnten eine vergleichbare Spannung erzeugen. Er muss die Arbeit vermisst haben, dachte Baumgartner.

„Dann hat Franz also recht gehabt“, stellte Meier fest.

Kampl sah sie fragend an.

„Dass sich die anonyme Nachricht nicht auf den kleinen Johann Egger bezog.“

Sie sahen Wolf an, der den Blick gesenkt hielt. Niemand wagte, etwas zu sagen.

„Da hätten wir beide eigentlich draufkommen können, als du bei mir warst“, sagte Kampl zu Wolf.

„Eine Tochter, na und? Das bedeutet gar nichts“, sagte Wolf.

Im Raum nebenan klingelte das Telefon. Man hörte es gedämpft durch die Tür.

„Reiß dich zusammen, Gregor“, entgegnete Sukitsch streng. „Franz hat recht gehabt, das ist nicht zu leugnen. Das ist ein Punkt, an dem wir sofort ansetzen müssen. Es gibt eine Frau, die wir noch nicht kennen. Warum wussten wir bisher nichts von ihr? Ihre Eltern haben sie uns verschwiegen. Außerdem fehlen die Geburtsurkunden, das ist kein Zufall. Die ganze Sache ergibt Sinn. Wir dürfen keine Zeit verlieren – an die Arbeit!“

Sukitsch klatschte in die Hände. Das Klingeln hatte soeben aufgehört.

„Und du“, sagte er zu Kampl, „hast du Zeit für einen Kaffee?“

„Selbstverständlich“, sagte der Alte.

„Was jetzt?“, fragte Meier. Ihre Stimme klang genervt.

Zehn Minuten waren sie im Besprechungsraum gesessen und hatten auf Gregor Wolf gewartet, der ihnen befohlen hatte, sitzenzubleiben. Als er gekommen war, hatte er sich nur hingesetzt, ohne jemanden anzusehen.

„Was schon?“, sagte er. „Es gibt nur eine Möglichkeit.“

„Klär uns auf“, forderte Meier.

„Die ganze Familie festnehmen.“

Ein Raunen ging durch den Raum.

„Mit welcher Begründung?“, fragte Meier.

„Verdunkelungsgefahr.“

Sie verschränkte die Hände und sagte nichts. Sie schien zu warten, ob jemand anderer widersprach.

„Wie wäre es, wenn du sie observieren lässt?“, fragte Baumgartner. In seiner Stimme war keine Verlegenheit zu bemerken, es war ein ernst gemeinter Vorschlag. Wolf sah ihn an, als wollte er ihm an die Gurgel gehen.

Abermals klingelte das Telefon im Nebenraum.

„Kann da irgendwer rangehen?“, sagte Wolf.

Meier sprang auf und verschwand durch die Tür. Die anderen hörten, wie sie den Anruf entgegennahm.

„Und sie hat gemeint, sie kommt her? Wann?“

Meier wirkte aufgeregt, aber es hätte auch der Ärger von vorhin sein können.

„In Ordnung“, sagte sie und legte auf.

Mehrere finstere Gesichter wandten sich ihr fragend zu, als sie zurückkam.

„Romana Egger. Sie versucht schon den ganzen Tag, uns zu erreichen, sagt sie. Sie hat uns etwas zu sagen.“

„Warum nicht gleich?“, brummte Swoboda.

„Sie wird in einer Viertelstunde hier sein“, sagte Meier. „Rainer, holst du die ab? Ich gehe schon einmal in den Vernehmungsraum.“

Alle standen auf, nur Wolf blieb noch einen Moment sitzen.

14 Uhr 45

„Woher wissen Sie, dass mein Kollege auf dem Standesamt war?“, fragte Wolf. „Kontrollieren Sie uns etwa?“

Romana Egger war überrascht, wie scharf der Ton des Polizisten war. Sie war der Meinung, etwas Wichtiges berichten zu können und war nicht darauf eingestellt, sich rechtfertigen zu müssen.

„Ich kenne die Frau vom Standesamt, die Ihrem Kollegen geholfen hat. Genauer gesagt kenne ich ihre Schwester. Wir sind gute Freundinnen.“

„Ist nicht so wichtig“, beruhigte Meier.

„Weiß Ihre Schwiegermutter, dass Sie hier sind?“, fragte Wolf.

„Nein, natürlich nicht“, sagte die junge Frau. „Aber das ist egal. Ich bin jetzt nämlich auch ein Mitglied dieser Familie. Und ich habe ein Recht, mich einzumischen, wenn alles vor die Hunde geht.“

Wolf schaltete das Aufnahmegerät ein.

„Sie wollten uns etwas über die Familie Egger erzählen“, begann Meier. „Geht es etwa um die verschollene Tochter?“

Plötzlich wurden Eggers Augen groß.

„Sie wissen davon?“

„Nichts Genaues, leider. Und ehrlich gesagt, sind wir nicht besonders glücklich darüber, dass wir es erst jetzt erfahren. Bitte erzählen Sie uns alles, was Sie wissen.“

„Ihr Name ist Maria. Sie müssen wissen, ich habe sie nie kennengelernt. Und es ist auch nie offen von ihr gesprochen worden. Nur mein Mann hat die eine oder andere Andeutung gemacht."

Caroline Meier schrieb den Namen auf.

„Wie lange kennen Sie die Familie Egger schon?"

„Seit über sieben Jahren."

„Und da haben Sie diese Maria nie getroffen?"

„Nein."

Wolf fand, dass die Sache immer verwirrender wurde.

„Es ist nämlich so", begann Romana Egger, „sie ist mit siebzehn von Zuhause weggelaufen. Wenn jemand fragt, erzählt meine Schwiegermutter, dass sie in London studiert, weil sie es nicht zugeben will."

„Wann war das genau?", wollte Meier wissen.

„Vor acht Jahren. Glaube ich."

„Haben Sie dafür irgendeinen Beweis?", fragte Wolf.

Egger verneinte. „Nur das, was mein Mann erzählt hat. Und einige Andeutungen."

„Sie wissen also auch nicht, wo sie sich aufhält?"

„Niemand weiß das."

„Wie ist so etwas möglich?", fragte Wolf.

„Woher soll ich das wissen? Jedenfalls gibt es überhaupt keinen Kontakt zu ihr. Vielleicht ist sie tot. Das ist sogar wahrscheinlich, finde ich. Oder sie sonnt sich an irgendeinem karibischen Strand."

Das glaube ich nicht, dachte Baumgartner. Er meinte plötzlich mit Sicherheit zu wissen, dass Maria Egger der Schlüssel zu diesem Fall war.

„Frau Egger, haben Sie irgendeine Erklärung dafür, warum die Geburtsurkunden Ihrer Familie fehlen?", fragte Baumgartner. „Ihre ist noch da, sie liegt bei Fritsch."

Die junge Frau schüttelte den Kopf. „Die vom Standesamt können sich das nicht erklären. Das hat es noch nie gegeben, nicht in den letzten fünfzig Jahren."

„Was glauben Sie?", fragte Meier.

Egger sah sie an, dann Wolf. Sie kratzte sich am Kopf.

„Jetzt reden Sie schon", drängte Meier. „Es liegt nahe, dass die Urkunden gestohlen wurden. Ist es das, was Sie denken? Steckt Ihre Schwiegermutter dahinter?"

Romana Eggers Augen wurden groß. Sie verneinte entschieden.

„Das würde sie nicht tun."

„Warum sind Sie sich so sicher?"

Sie konnte es nicht erklären.

„Frau Egger, halten Sie es für möglich, dass Maria den Brand gelegt hat?"

Die Frage schien sie völlig unvorbereitet zu treffen. Sie erbleichte, und ihre Gesichtszüge erstarrten.

„Aber sie ist doch seit Jahren fort", stotterte sie. „Warum sollte sie ..."

„Genau das möchten wir herausfinden."

Romana Egger schien plötzlich den Tränen nahe. Meier hatte Mitleid mit ihr. Die junge Frau schien bitter zu bereuen, dass sie hierhergekommen war.

„Danke, dass Sie gekommen sind", sagte Meier. „Sie haben uns sehr weitergeholfen. Gibt es noch etwas, das sie uns sagen möchten?"

Egger schüttelte hastig den Kopf.

„Melden Sie sich einfach, wenn Ihnen doch noch etwas einfällt. Hier ist meine Telefonnummer."

Meier stand auf und führte Romana Egger hinaus.

Als sie zurückkam, saßen ihre Kollegen bereits wieder in der Kanzlei. Wolf wirkte sehr ruhig. Meier dagegen war hektisch, fast aggressiv.

„Wir sollten schnellstmöglich die Observierung einleiten, wie Franz vorgeschlagen hat. Gregor, soll ich das machen?"

Wolf nickte.

„Gut. Für uns ist das Ziel eindeutig: Maria Egger. Wer ist sie? Lebt sie noch? Vor allem brauchen wir ein Foto."

„Sie war damals ein kleines Kind", gab Swoboda zu bedenken.

„Das macht nichts. Wir können es elektronisch altern lassen. Besser als nichts. Solange wir kein Foto haben, macht es keinen Sinn, eine Fahndung rauszugeben. Kann sich jemand darum kümmern?"

Sie selbst hatte einen anderen Plan. Meier setzte sich an ihren Computer und öffnete Google Maps. Es gab zwei Volksschulen in unmittelbarer Umgebung des Hofs der Familie Egger. Sie fand die Telefonnummern für die beiden Schulen im Netz und notierte sie. Sie wollte gerade nach dem Telefonhörer greifen, als sie eine andere Idee hatte und sich noch einmal dem Rechner zuwandte. Nach fünf Minuten hatte sie eine Website für das Auffinden ehemaliger Mitschüler entdeckt. Dort konnte man angeben, auf welche Schule man gegangen war und die Namen von Klassenkameraden eintragen, zusammen mit deren Kontaktdaten, wenn man sie besaß. Meier registrierte sich mit einem Fantasienamen und fand, dass eine der beiden Schulen im System registriert war.

„Helft mir mal", bat Meier. „Maria Egger ist mit siebzehn ausgerissen. Vor acht Jahren. Wann wäre sie in die Schule gekommen?"

Baumgartner und Swoboda versuchten sich im Kopfrechnen. Meier nahm einen Zettel zur Hand und notierte die Zahlen.

„Jahrgang 1996. Kann das stimmen?"

Swoboda nickte. „Ich glaube, das stimmt."

Meier gab an, im Jahr 1996 die Schule besucht zu haben. Sofort erschien eine Liste möglicher Mitschüler, mit der Aufforderung, weitere hinzuzufügen.

„Ich hab sie", stellte Meier fest.

„Was?", fragte Swoboda. „Wie hast du das gemacht?"

Meier drehte nur stolz den Bildschirm in seine Richtung.

„Fahrt ihr zu der Schule", sagte sie. Seht zu, dass ihr ein altes Klassenfoto auftreibt. Ich werde noch heute eine Observierung der Familie Egger in die Wege leiten. Sie werden bald erfahren, dass wir von Maria Egger wissen. Mich würde interessieren, wie sie dann reagieren."

Meier sah in die Runde.

„Gregor? Noch irgendwas von deiner Seite?"

Wolf schüttelte den Kopf.

„Dann also los!"

15 Uhr 20

„Mario? Darf ich kurz stören?"

„Klar, komm rein!"

Sukitsch und Kampl saßen beim Kaffee und wirkten munter, als hätten sie gemeinsam gelacht.

„Was gibt es?", fragte Sukitsch?

Meier erklärte ihm knapp, was Romana Egger erzählt hatte. Da wurde Sukitsch ernst.

„Was wollt ihr tun?", fragte er.

„Observieren. Aber es sollte schnell gehen. Es ist offensichtlich, dass sie uns Dinge verheimlichen. Vielleicht haben sie Kontakt zu ihrer Tochter."

Sukitsch nickte. „Soll ich das übernehmen? Ich werde Druck machen, dass das schnell geht."

„Danke“, sagte Meier und wollte gehen.

„Warte noch“, meinte Sukitsch. „Sag Gregor, dass ich ihn sprechen will! Er soll heute um fünf zu mir in die Kanzlei kommen.“

„Ich sag es ihm“, antwortete Meier.

„Nicht vergessen“, sagte Sukitsch.

Ihr war klar, was das hieß. Sie hatte es in Sukitschs Stimme gehört.

Gregor Wolf war in Schwierigkeiten.

Sie versuchte, sich nicht darüber zu freuen.

16 Uhr

Das Schulgebäude, vor dem Swoboda und Baumgartner den Dienstwagen parkten, war überraschend bunt. Baumgartner hatte instinktiv ein schweres altes Schulhaus wie aus seiner Kindheit erwartet, doch dieses war offensichtlich modern, keine zehn Jahre alt, zwei Stockwerke hoch und irgendwie schief. Er erkannte, dass die Geometrie des Hauses zwar rechteckig war, dass man aber mit roten hölzernen Wandverkleidungen die Regelmäßigkeit gebrochen hatte. Eine große Glasfläche am Eingang war mit Kinderzeichnungen beklebt. Baumgartner fragte sich, ob die Kinder hier gern zur Schule gingen.

Die Polizisten putzten sich auf dem Fußabstreifer die Schuhe ab und gingen durch die Vordertür hinein. Sie betraten einen großen Vorraum, in dem dutzende Flugdrachen aus Seidenpapier von der Decke hingen. Mit schwarzem Filzstift hatten Kinder ihre Namen draufgeschrieben.

Baumgartner sah sich um und fand eine Tür, neben der das Schild „Direktion“ hing. Er klopfte. Als keine

Reaktion kam, drückte er die Klinke nach unten, doch die Tür war versperrt.

„Suchen Sie jemanden?“, sagte eine Stimme hinter ihnen.

Baumgartner drehte sich um und sah eine sehr kleine Frau. Er fragte sich unwillkürlich, wie eine so kleine Person so eine feste Stimme haben konnte.

„Ja, ich möchte mit dem Direktor sprechen. Ist er da?“

„Ja, sie ist da. Sie stehen vor ihr.“

Baumgartner war sein Fehler sehr peinlich.

„Wir sind vom Landeskriminalamt“, rettete ihn Swoboda. „Dürfen wir Ihnen ein paar Fragen zu einer ehemaligen Schülerin stellen?“

Baumgartner musterte die Frau. Er fragte sich, ob sie alt genug war, um schon Maria Egger unterrichtet zu haben. Er schätzte sie auf über vierzig, hielt es also für möglich. Baumgartner wagte nicht, sie danach zu fragen, weil er sich nicht noch einmal blamieren wollte, und überließ Swoboda das Reden.

„Es ist schon einige Jahre her. Maria Egger hieß sie.“

Die Frau legte die Stirn in Falten. „Kann ich Ihre Ausweise sehen?“, fragte sie.

„Natürlich“, antwortete Swoboda. Sie zückten ihre Marken und die Ausweise. „Mein Name ist Oberinspektor Swoboda, das ist Chefinspektor Baumgartner.“

„Wieland“, sagte sie und sah sich die Ausweise an.

„Danke! Gehen wir am besten hinein. Dann können wir in Ruhe reden.“

Sie sperrte die Direktion auf und hielt den beiden Männer die Tür auf.

„Wie hieß sie noch einmal? Egger?“

„Genau. Maria Egger. Sie kam 1996 zu Ihnen.“

Sie schien nachzudenken.

„Fällt mir jetzt nicht ein. Sehen wir nach!"

Sie ging hinüber zu einem großen Regal, in dem eine Reihe von Büchern mit fast identischen Buchrücken stand. Es handelte sich um Jahrbücher. Wieland fand das Buch des Jahres 96 und zog es heraus. Sie blätterte darin, dann hielt sie den Polizisten eine Liste von Namen hin.

„Maria Egger, da ist sie. Sie hatten recht. Ich konnte mich nicht mehr erinnern."

Baumgartner war auf einmal aufgeregt. Das war der erste Beweis, dass sie wirklich existierte.

„Haben Sie auch ein Foto?"

Wieland schlug eine neue Seite auf. Das Bild war ein schlechter Schwarz-Weiß-Druck eines Fotos von einer Schulklasse. Die Direktorin suchte eine Weile, bevor sie mit dem Finger auf eines der Gesichter zeigte.

„Das ist sie. Ich erinnere mich an sie."

Das Gesicht war sehr schlecht zu sehen. Offensichtlich ein blondes Mädchen, wie Kampl es beschrieben hatte. Sie lächelte, aber Baumgartner merkte gleich, dass das Foto für sie wertlos war.

„Was war Maria für ein Kind? Wissen Sie das noch?"

„Das ist lange her. Ich war damals noch Lehrerin, ganz neu."

Sie überlegte.

„Ruhig war sie, glaube ich. Ist nicht ihr Bruder gestorben?"

„Genau", bestätigte Swoboda.

„Ich weiß schon wieder. Furchtbar war das."

„Hat sie darunter gelitten?"

„Selbstverständlich. Jedes Kind würde darunter leiden. Aber sie hat es nicht nach außen getragen. Das war nicht ihre Art."

„Hatte sie gute Noten?"

„Ja, sehr brav, wenn Sie das meinen. Hat sie etwas angestellt?“

„Das wissen wir nicht“, wich Swoboda aus.

„Haben Sie vielleicht auch ein späteres Foto? Sie war ja mehrere Jahre an der Schule.“

Wieland legte das Buch auf einen großen Tisch in der Mitte des Raumes und holte drei weitere Jahrbücher.

„Das ist das letzte, warten Sie ...“

Sie fand das Foto, das diesmal in Farbe war. Man sah sofort, dass einige Jahre vergangen waren. Baumgartner nickte.

„Gut. Mach bitte ein Foto, Rainer.“

„Bin schon dabei“, antwortete Swoboda und zückte sein Smartphone. Baumgartner wunderte sich, wie routiniert er es bediente. Etwas daran kam ihm falsch vor.

„Können Sie mir sagen, worum es geht?“, fragte Wieland, der die Sache unheimlich wurde.

„Derzeit würden wir darüber gerne Stillschweigen bewahren“, erklärte Swoboda. „Es wird bald eine Presseaussendung geben. Darf ich Sie noch etwas fragen?“

„Bitte.“

„Hatten Sie in den letzten Jahren Kontakt zu Maria? Seit sie mit der Schule fertig wurde?“

Da musste Wieland nachdenken. Schließlich schüttelte sie den Kopf.

„Ich kann mich nicht erinnern. Nein, ich glaube nicht. Ist etwas passiert?“

„Vielleicht haben Sie es in der Zeitung gelesen: Das Haus der Familie Egger ist abgebrannt. In diesem Zusammenhang müssen wir die Familie befragen.“

Wieland stand die Sorge nun ins Gesicht geschrieben.

„Es gibt keinen Hinweis, dass es ihr nicht gut geht“, meinte Baumgartner. „Falls Sie das beruhigt.“

Das schien die Direktorin ein wenig zu besänftigen. „Sie können die Jahrbücher auch mitnehmen", sagte sie.

Baumgartner bedankte sich und nahm die Bücher unter den Arm. Wieland begleitete sie hinaus.

17 Uhr 10

Als Baumgartner und Swoboda zum Landeskriminalamt zurückkehrten, war die Kanzlei der Mordgruppe bereits leer.

„Sieht aus, als bekämen wir dieses Mal ein Wochenende", stellte Swoboda fest. „Wegen morgen hat niemand etwas gesagt, oder?"

Baumgartner zuckte mit den Schultern. „Vielleicht sollten wir Caroline anrufen und sie fragen."

Swoboda schien über den Vorschlag nachzudenken, wirkte aber davon nicht begeistert. Da hörten sie Schritte auf dem Gang. Es klopfte kurz, dann öffnete Sukitsch die Tür.

„Hallo. Ist Gregor da?"

Baumgartner schüttelte den Kopf. „Ich glaube, der ist heimgegangen."

Sukitschs Blick suchte die Kanzlei ab. Er schien nachdenklich.

„Gibt es irgendein Problem?"

Oberst Sukitsch antwortete nicht, sondern wandte sich ab.

„Warte", rief ihm Swoboda nach. „Weißt du, ob wir morgen Dienst haben?"

„Frag Caroline", antwortete Sukitsch im Gehen.

Es war sehr dunkel, trotzdem wusste Baumgartner, wo er war: Er befand sich im Haus der Eggers, das wie durch ein Wunder unversehrt war. Von einem Brand war nichts zu merken. Er war wieder zurückgekommen, um noch einmal über das Unglück nachzudenken. Er verstand, dass da etwas war, das er übersah. Es schien manchmal zum Greifen nah zu sein, der Gedanke löste sich auf, sobald er ihn festhalten wollte. Es war sinnlos, also konzentrierte er sich wieder auf das Haus der Eggers. Der Gang war nett eingerichtet, fand er. Schränke aus hellem Vollholz, eine staubige Stickerei an der Wand. Rustikal, aber gemütlich. Er merkte, dass er sich hier wohlfühlte. Ein guter Ort, gute Menschen. Hier konnte man leben, glücklich sein. Er folgte dem Gang weiter, als er merkte, dass er nicht allein war. Vor ihm lag das Wohnzimmer, das wusste er mit Sicherheit, und dort war jemand.

Baumgartner sah die halb offene Tür vor sich. Ein schwacher Lichtschein drang durch den Spalt. Ein flackernder Lichtschein. Baumgartner drückte die Tür langsam auf und blickte in den Raum. Nun sah er die Quelle des Lichts.

Auf dem Parkettboden stand eine hohe, schmale Kerze, die seltsam verziert war. Davor hockte ein kleines Mädchen mit blonden Locken, das ihm den Rücken zuwandte. Es trug ein weißes Nachthemd, mit dem es wie ein Engel aussah. Baumgartner wusste, dass es Maria Egger war, die er da sah. Sie hatte etwas in der Hand, das sie über die Kerze hielt. Baumgartner versuchte zu erkennen, worum es sich handelte, doch es gelang ihm nicht. Er sah nur, dass Rauch aufstieg, als es in der Hitze der Flamme verbrannte.

Baumgartner wagte nicht, näher zu kommen. Er wollte sie nicht stören, auch wenn er das Gefühl hatte, dass etwas Schlimmes passieren konnte, wenn sie weitermachte. Was genau, konnte er nicht sagen. Es war ihm, als führe sie ein geheimes Ritual durch, das eine Verbindung zu einer alten Macht herstellte. Diese Verbindung zu unterbrechen, konnte ebenfalls gefährlich sein. Baumgartner überlegte, was er tun sollte. Wenn er nur hätte sehen können, was sie da in der Hand hielt! Er wusste, dass es wichtig war. Vielleicht konnte er dann verstehen, mit welchem Zauber er es hier zu tun hatte.

Baumgartner nahm seinen Mut zusammen und trat einen Schritt weiter in den Raum. Plötzlich spürte er, dass sie ihn bemerkt hatte. Sie rührte sich nicht, aber sie war sich seiner Anwesenheit bewusst. Nun befand er sich selbst in Gefahr. Als sie sich zu ihm umdrehte, erschrak er. Sie sah ihm genau in die Augen, ihr kleines Gesicht war ernst.

„Du wirst sie nie vergessen können“, sagte die kleine Maria Egger. „Das weißt du, oder? Isabel wird dich dein ganzes Leben verfolgen.“

Baumgartner erwachte mit einem Schrei. Er erkannte, dass es nur ein Traum gewesen war. Sofort spürte er, wie ihn das schlechte Gewissen drückte, mitten in der Nacht laut zu schreien. Er hielt die Luft an, um ihn herum war es absolut still, kein Auto war auf der Straße, niemand rührte sich in den Nachbarwohnungen.

Da erst verstand sein träger Geist, dass es egal war. Nur eine alte Angewohnheit aus der Zeit, wo Isabel neben ihm gelegen war. Darauf musste er jetzt nicht mehr achten, solche Dinge konnte er sich abgewöhnen.

Auf einmal spürte er einen Knoten im Hals, ohne genau zu wissen, warum. Er bekam plötzlich keine Luft mehr, röchelte und hustete.

Dann kamen die Tränen. Er versuchte noch, sich zu wehren, doch es war zu spät. Heftige Schluchzer schüttelten Baumgartner, ließen das Bett knarren, es brach über ihn herein, und er weigerte sich, dagegen anzukämpfen. Weil es egal war.

Sie würde wirklich nicht zurückkommen. Niemals. Das war nun sein Leben. Bis gerade eben war der Gedanke nicht zu ihm durchgedrungen.

Er richtete sich auf, saß eine Viertelstunde heulend im Bett und wartete darauf, dass es vorbeiging. Irgendwie war er froh über diesen Ausbruch. Er erleichterte ihn. Als das Schluchzen nicht nachließ, stand er auf, wankte in die Küche. Es fiel ihm ein, dass er gestern zu Mittag und abends wieder die Tabletten vergessen hatte. Polternd durchsuchte er die Küchenkästen, warf dabei ein Glas zu Boden, Splitter verteilten sich auf dem Parkett. Er ging in den Vorraum, schlüpfte in seine Schuhe und suchte weiter, bis er eine kleine Flasche Magenbitter fand. Er drehte die Kapsel herunter und sog an der Flasche. Als sie leer war, ging er zurück ins Schlafzimmer und begann, den Wandschrank auszuräumen. Er fand Pyjamas, die Isabel gehört hatten, Hemden, die sie ihm geschenkt hatte. All das warf er auf einen Haufen. Irgendwann versiegten die Tränen, er bemerkte es kaum. Er legte die leere Flasche Magenbitter in die Küche und setzte seine Arbeit fort. Als er fertig war, standen drei gefüllte Müllsäcke im Vorraum. Baumgartner hatte eigentlich vorgehabt, sie gleich hinunterzubringen, doch er war auf einmal so müde, dass er zurück ins Schlafzimmer ging und sofort einschlief.

Samstag, 8 Uhr

Als Baumgartner aufwachte, hörte er, dass sein Telefon klingelte. Zugleich meldete sich der Warnton, der einen leeren Akku anzeigte. Das Klingeln kam aus dem Nebenraum. Baumgartner rappelte sich auf und schleppte sich in die Küche, wo er fast in die Glasscherben vom Vortag getreten wäre. Er blieb stehen und streckte sich, bis er mit den Fingerspitzen das Jackett erreichte, das über der Sessellehne hing. Er holte das Handy aus der Seitentasche, sah, dass Sukitschs Name angezeigt wurde und hob ab.

„Franz? Geht es dir gut?"

Baumgartner hatte keine Lust zu antworten.

„Was gibt es?", fragte er heiser.

„Du hast heute noch nicht die Zeitung gelesen, oder?"

„Warum?", fragte Baumgartner.

„Graz Kompakt. Ich melde mich in einer halben Stunde noch einmal."

8 Uhr 20

Der härteste Job der Welt – wie Polizisten an ihrem Beruf zerbrechen
von Horst Almer

Vor wenigen Monaten noch galt er als der ganze Stolz seiner Zunft, als der Vorzeigepolizist der Nation, nun ist er ausgebrannt und bringt seinen Alltag kaum noch auf die Reihe. Die Rede ist von Franz Baumgartner, ehemaliger Leiter der Mordgruppe des Grazer Landeskriminalamts und vielleicht der bekannteste Polizist des Landes. Wie Graz Kompakt aus Baumgartners Umfeld erfuhr, blieb er eines Tages plötzlich unentschuldigt vom Dienst fern, war wochenlang verschollen, bis er völlig verwirrt in der Innenstadt aufgegriffen und in die Abteilung für Neurologie des LKHs gebracht wurde. Er dürfte einen Nervenzusammenbruch erlitten haben. Seither nimmt er starke Antidepressiva – ob er je wieder gesund wird, ist unklar. „Ich habe ja geahnt, dass das passieren wird“, sagt Antonia Reiter, seine Cousine, die ihn nach dem Zusammenbruch bei sich aufnahm. „Er nahm die Arbeit immer viel zu schwer, hatte überhaupt keinen Ausgleich.“ Das Landeskriminalamt war für eine Stellungnahme nicht zu erreichen. Dem Vernehmen nach hat er jemanden gesucht, wen, bleibt unklar. Mit seinem Beruf dürfte die ominöse Suche jedenfalls nichts zu tun gehabt haben. Die Frage, ob er je wieder als Polizist wird arbeiten können, verneint Reiter entschieden: „Die Polizei hat ihn krank gemacht. Warum sollte er dort wieder hin? Er braucht endlich einen normalen Beruf, etwas, das nicht so belastend ist.“ Einen Beruf, wie es ihn kaum noch gibt in der heutigen Zeit, möchte man anmerken. Baumgartners Schicksal ist kein Einzelfall …

Baumgartner traute seinen Augen kaum. Er fühlte sich seltsam leicht, als würde er schweben. Alles erschien unwirklich.

Das Telefon klingelte abermals.

„Hast du es vor dir?“, meldete sich Sukitsch.

Baumgartner grunzte.

„Tolle Verwandtschaft hast du da, Franz.“

„Ich hätte Lust, ihr die Nase zu brechen“, sagte Baumgartner.

„Jetzt reiß dich aber zusammen! Über so was macht man keine Witze."

Baumgartner war sich nicht so sicher, ob er Witze machte. Aber ihm wurde auch bewusst, wie aufgewühlt er war, dass er gerade nicht in der Lage war, rational zu reagieren.

„Du hast aber nicht mit der Presse geredet, oder?", fragte Sukitsch. „Die sind ja ziemlich gut informiert!"

Baumgartner dachte an das Gespräch mit Doris Wallner. War es möglich, dass sie ihn hintergangen hatte?

„Hast du, oder hast du nicht?", setzte Sukitsch nach.

Baumgartner hatte keine Lust zu lügen. „Ich habe mit Wallner gesprochen. Sie hat mir zugesagt, dass es vertraulich bleibt."

„Dann ist sie die Quelle. So muss es sein."

Im Hintergrund hörte man ein lautes Geräusch, als hätte Sukitsch irgendwo mit der Faust dagegengeschlagen.

„Warum zum Teufel schüttest du dein Herz einer Journalistin aus? Hast du denn sonst niemanden?"

Baumgartner begann zu überlegen, wen er sonst hatte. Es stimmte, er hätte mit Caroline reden sollen. Abgesehen von der Tatsache, dass er eigentlich mit überhaupt niemandem darüber reden wollte.

„In einer Stunde im Landeskriminalamt. Ich ruf die anderen an."

Sukitsch legte auf.

9 Uhr 35

Die Stimmung war auf dem Tiefpunkt, als sich die Mordgruppe im Besprechungsraum versammelte, eine Ansammlung träger Gestalten mit schlaffen Gesichtern. Swoboda hatte vergessen, sich die Haare zu kämmen, sie standen in alle Richtungen. Wolf fehlte. Nur Sukitsch strahlte eine aggressive Dynamik aus, als er den Raum betrat. Er schloss die Tür und warf wortlos die aktuelle Ausgabe von Graz Kompakt auf den Tisch.

„Habt ihr es alle gesehen?"

Meier rührte sich nicht, wich den Blicken der andern aus. Nur Swoboda sah sich staunend im Raum um, suchte nach einer Erklärung.

„Lies", befahl Sukitsch, ohne sich zu setzen. „Wir warten."

Swoboda griff nach der Zeitung und sah gleich Baumgartners Bild. Er las den Artikel zwei Mal, bevor er die Zeitung sehr leise wieder auf den Tisch legte, als wäre sie ein Sprengkörper, der bei Erschütterung explodieren könnte.

„Woher wissen die das?", fragte Meier.

„Franz hat mit Doris Wallner geredet", sagte Sukitsch. Ein tiefes Seufzen entfuhr Meier. „Aber man muss dazusagen, dass sie Stillschweigen vereinbart hatten."

Diese Tatsache schien Meier nicht zu beruhigen. Sie sah Baumgartner, der neben ihr saß, nicht an.

„Dazu kommt, dass Franz eine geschwätzige Cousine hat. Das ist auch nicht wirklich sein Fehler. Er brauchte ja eine Unterkunft."

„Das stimmt gar nicht", erklärte Baumgartner. „Sie hat mich vom Krankenhaus abgeholt, das ist alles."

Sukitsch schnaubte. „Ich denke, wir sollten überlegen, ob wir Rechtsmittel einsetzen wollen. Das ist ein Skandal."

„Franz soll seine Cousine klagen?", warf Meier ein. „Das ist nicht dein Ernst, oder?"

Sukitsch wusste keine Antwort darauf.

„Jedenfalls bin ich mit Horst Almer befreundet, zumindest dachte ich das. Ich werde ihn zur Rede stellen. Und Franz, du solltest wirklich überlegen, was du gegen Doris Wallner unternehmen willst. Es ist ein Wahnsinn, dass sie dich so hintergeht, nach allem, was passiert ist. Wir müssen auch irgendwie zeigen, dass wir uns nicht alles gefallen lassen."

Da hob Meier die Hand.

„Wenn ich etwas einwerfen darf?"

Sukitsch nickte ihr zu.

„Ich will euch die Laune nicht verderben, aber haben sie nicht zum Teil auch recht?"

Drückende Stille im Besprechungsraum. Meier wandte sich an Baumgartner.

„Franz, sei ehrlich."

„Das geht niemanden etwas an", entgegnete dieser. Als er weitersprach, wurde er laut: „Und überhaupt, glaubst du, ich schaffe es nicht? Vielleicht stimmt das sogar! Willst du mir das damit sagen? Hier und jetzt? Vielleicht gehe ich daran zugrunde, du hast recht! Danke für deine Ehrlichkeit!"

Meier erschrak. Diesen Ton hatte sie in seiner Stimme noch nie gehört.

„Tut mir leid, Franz. Das war völlig daneben. Ich entschuldige mich."

„Ist mir scheißegal, was du oder irgendwer über mich sagt. In Wirklichkeit hat es mich noch nie gekümmert. Ich mach weiter, solange ich kann. Ob dir das passt oder nicht. Ihr müsst mich schon rausschmeißen, wenn ihr mich loswerden wollt."

Nun bereute Meier zutiefst, was sie gesagt hatte. Was war nur in sie gefahren? Baumgartner hatte die Entschuldigung nicht akzeptiert. Wie konnte sie nur so blöd sein? Sie musste später noch einmal versuchen, das richtigzustellen. Aber gerade hatte sie das Gefühl, einen Freund verloren zu haben.

„Genug jetzt“, ging Sukitsch dazwischen. „Diese Sache ist passiert, und es ist auf keinen Fall allein unsere Schuld. Wir müssen nun überlegen, wie wir darauf reagieren.“

„Hast du einen Vorschlag?“, fragte Swoboda, als niemand etwas sagte.

„Ja, ich habe einen. Ich möchte wissen, was ihr davon haltet.“

Swoboda deutete ihm, fortzufahren.

„Ich habe gestern noch die Observierung angeordnet. Inzwischen müsste jemand bei den Eggers sein. Ich werde gleich noch einmal nachfragen. Die Medien wissen immer noch nichts von unseren Ergebnissen, was den Brand angeht: dass er wahrscheinlich gelegt wurde. Und es wird Zeit, dass wir sie über die Fahndung nach Maria Egger informieren.“

Sukitsch sah sie erwartungsvoll an.

„Du willst also gar nicht erst mit den Eggers reden?“, fragte Meier. „Sie sollen aus den Medien erfahren, dass wir nach Maria suchen?“

„Wir haben doch schon mit Romana Egger geredet, das genügt!“, erklärte Sukitsch.

„Sie hat sicher nicht mit ihrer Schwiegermutter gesprochen“, gab Meier zu bedenken.

„Wir sind der Schwiegermutter keine Rechenschaft schuldig.“

Grimmiges Schweigen im Raum. Niemand war unglücklich darüber, der schwierigen Frau eins auszuwischen.

„Und du glaubst, Friederike Egger wird mit ihrer Tochter Kontakt aufnehmen?“

„Möglich ist es. Ich kann mir einfach nicht vorstellen, dass sie gar keinen Kontakt mehr haben. Mutter und Tochter, so etwas gibt es nicht. Was müssen eine Mutter und eine Tochter einander antun, dass sie den Kontakt völlig abbrechen? Ich glaube, wir haben eine Chance, dass Friederike Egger uns zu ihr führt."

Meier und Swoboda nickten.

„Und was machen wir damit?", fragte Swoboda und deutete auf die Zeitung.

Da lächelte Sukitsch finster. „Die Pressekonferenz gibt uns Gelegenheit, auch das richtigzustellen. Wir werden erklären, dass wir uns von der Darstellung distanzieren, dass uns keine Möglichkeit eingeräumt wurde, dazu Stellung zu nehmen. War doch so, oder? Keiner von euch ist um eine Stellungnahme gebeten worden. Bei der Presseabteilung wussten sie auch nichts davon. Wir werden erklären, dass wir davon absehen werden, Rechtsmittel einzusetzen. Und den anderen Medien für ihre gute Kooperation danken."

„Du willst Graz Kompakt diskreditieren?", fragte Meier.

„Genau. Dafür brauche ich dich, Franz."

Baumgartner schwieg.

„Wir können diese Sache richtigstellen, aber du musst mit mir auf diese Pressekonferenz."

„Wann soll das stattfinden?", fragte Meier.

„Heute Nachmittag."

„Es ist Samstag!", entrüstete sich Meier. „Das ist viel zu knapp."

„Sie werden kommen", erklärte Sukitsch nur. „Franz, kann ich auf dich zählen?"

Da schüttelte Baumgartner den Kopf.

„Gerade habt ihr noch gesagt, ich werde es nicht schaffen. Und nun soll ich vor die Kameras gehen?"

„Niemand hat gesagt, dass du es nicht schaffen wirst!“, entgegnete Sukitsch. Doch er verstand sofort, dass er verloren hatte. Baumgartner konnte nicht bei der Pressekonferenz auftreten. Er würde etwas sagen, das einen größeren Skandal auslöste als der Artikel in Graz Kompakt.

„Auch egal, dann mach ich es allein.“

„Was ist mit Gregor?“, fragte Meier. „Hast du ihm Bescheid gesagt, dass wir heute Besprechung haben?“

„Natürlich“, antwortete Sukitsch.

„Und wo ist er?“

„Sag du es mir.“

14 Uhr 5

Sukitsch räusperte sich, und es wurde still im Raum. Ursprünglich hatten sie einen Besprechungsraum im Erdgeschoß des Landeskriminalamts für die Pressekonferenz vorgesehen, doch als der Andrang immer größer wurde, hatten sie die Veranstaltung in den Eingangsbereich des Landeskriminalamts verlegt. Niemand konnte sich erinnern, je an einem Wochenende eine so große Pressekonferenz im Landeskriminalamt gesehen zu haben. Zwei große Scheinwerfer beleuchteten den Tisch, hinter dem Sukitsch saß. Nicht nur der ORF, auch ein Privatsender hatte einen Scheinwerfer mitgebracht.

„Sehr geehrte Damen und Herrn, geschätzte Medienvertreter. Danke für Ihr kurzfristiges Kommen. Vor nicht ganz einer Woche haben wir Sie informiert, dass wir im Zusammenhang mit dem Großbrand eines Bauernhofs bei Ehrenhausen Ermittlungen eingeleitet hatten. Wie Sie wissen, ist die Pensionistin Kunigunde

Egger dabei tödlich verletzt worden. Es bestand der Verdacht einer vorsätzlichen Inbrandsetzung."

Sukitsch machte eine Kunstpause. Ein Schweißtropfen lief seine Schläfe hinunter.

„Dieser Verdacht hat sich leider erhärtet. Es ist uns gelungen, ein Missgeschick mit Bestimmtheit auszuschließen. Infolgedessen konzentrieren sich unsere Ermittlungen nun auf die Frage, welche Person sich Zugang zum Haus verschafft hat, während die Familie, der das Haus gehört, in der Kirche war. Die Frage nach dem Motiv ist derzeit völlig unklar, ein Eigentumsdelikt können wir ebenfalls mit großer Sicherheit ausschließen. Bei unserer Suche nach Personen, die ein mögliches Motiv haben könnten, sind wir auf eine Person gestoßen, die womöglich mit der Tat im Zusammenhang steht."

„Ein Verdächtiger?", fragte ein Journalist von der größten Lokalzeitung.

„Nein, derzeit besteht kein konkreter Tatverdacht. Dennoch halten wir es für sehr wichtig, mit dieser Person Kontakt aufzunehmen, deshalb haben wir sie zur Fahndung ausgeschrieben. Ihr Name ist Maria Egger, die Enkelin der Verstorbenen."

Nun war es totenstill im Raum. Nach einigen Sekunden erhob sich Geschnatter, alle hatten plötzlich zugleich Fragen.

„Bitte noch um etwas Geduld. Ich werde gleich Ihre Fragen beantworten. Derzeit kennen wir den Aufenthaltsort von Maria Egger nicht, aber wir verfolgen eine Spur. Wir fahnden nach der jungen Frau und ersuchen Sie hiermit, unsere Bitte nach sachdienlichen Hinweisen weiterzuleiten. Als Fahndungsfoto dient uns dieses digital veränderte Bild, das auf einem Kindheitsfoto beruht."

Sukitsch hob einen A4-Zettel vom Tisch auf und hielt ihn in Richtung der Kameras. Das Bild war sehr sauber gemacht, man sah nicht, dass es digital bearbeitet war.

„Wer glaubt, diese Frau gesehen zu haben, soll sich unter folgender Mailadresse melden."

Sukitsch stand auf, nahm einen anderen Zettel vom Tisch und ging damit zur Flipchart im Hintergrund, wo er die Adresse notierte. „Wir schicken Ihnen all diese Informationen und auch das Bild gern per Mail. Nach der Pressekonferenz liegt eine Liste auf, da können Sie sich eintragen." Er ging zum Tisch zurück und setzte sich.

„Irgendwelche Fragen dazu?"

Sofort wurden Hände gehoben. Sukitsch rief wahllos Leute auf. Die Fragen drehten sich um Maria Egger, von der noch niemand zuvor etwas gehört hatte. Die Journalisten fanden die Situation verwirrend. Etwas passte hier nicht, das spürte man. Dass es an der fehlenden Zusammenarbeit der Familie lag, realisierte aber niemand. Sukitsch beantwortete die Fragen knapp, gab sich kryptisch. Als sich die Fragen zu wiederholen begannen, hob er die Hand.

„Das ist vorerst alles, was ich Ihnen zu dieser laufenden Ermittlung sagen kann", schloss Sukitsch. „Ich möchte nun kurz ein unangenehmes Thema ansprechen, das leider über Gebühr Aufmerksamkeit erregt hat."

Die Spannung stieg. Alle wussten, was nun kam.

„Ich persönlich glaube, dass Graz Kompakt, ein Medium, zu dem wir eigentlich bisher ein gutes Verhältnis pflegten, sich mit dem unglücklichen Artikel von heute Morgen selbst keinen Dienst erwiesen hat. So gut wie alle Informationen, die darin gebracht wurden, sind falsch. Ein einfacher Anruf bei unserer Presseabteilung hätte genügt, um das herauszufinden. Was das über die journalistische Qualität dieses Blattes sagt, können Sie, verehrte Anwesende, vielleicht besser beurteilen als ich."

„Da widerspreche ich dir entschieden, Mario", unterbrach Horst Almer, der bisher unbemerkt im Publikum gesessen hatte. „Unsere Informationen sind korrekt. Meine Mitarbeiterin hat versucht, den Leiter der Mordgruppe, Gregor Wolf, für eine Stellungnahme zu gewinnen. Die er verweigert hat. Und wie Sie sehr genau wissen, hatten wir andere Quellen. Unter anderem Herrn Baumgartner selbst."

Scheiße, dachte Sukitsch. Sie hatten mit Wolf geredet. Warum war er nicht darauf gekommen?

„Dem Ihre Mitarbeiterin Stillschweigen versprochen hat", entgegnete Sukitsch.

Da lachte Almer. „Das ist nicht dein Ernst, oder? Warum redet man mit einem Journalisten? Weil man will, dass er darüber schweigt?"

Gelächter im Raum.

„Stimmt es, dass Herr Baumgartner krank ist?", fragte jemand. „Dass er Medikamente nimmt?"

„Nein, das ist nicht wahr", erklärte Sukitsch. „Und wenn er welche genommen hätte, wie so viele Menschen, deren Serotoninhaushalt durcheinandergerät, dann wäre es seine Privatsache und wohl kaum Gegenstand einer seriösen Kriminalberichterstattung."

„Wo war Baumgartner? Stimmt es, dass er wochenlang nicht zum Dienst erschienen ist?"

„Wo Herr Baumgartner hingeht, wenn er nicht in der Arbeit ist, ist ebenfalls seine Privatsache. Ich werde Ihnen darüber keine Auskunft geben."

„Aber ihm wurde die Leitung der Mordgruppe entzogen. Gregor Wolf leitet doch nun die Mordgruppe. Gibt es ein Disziplinarverfahren?"

„Nein“, sagte Sukitsch.

„Franz Baumgartner ist also nach wie vor der Leiter?“

„So ist es“, erklärte Sukitsch und erhob sich. „Und wenn Sie das nächste Mal Informationen zur Mordgruppe wollen, die auch korrekt sind, wenden Sie sich an unsere Presseabteilung. Die gibt Ihnen gerne Auskunft. Einen schönen Samstag noch.“

Sukitsch ignorierte die weiteren Fragen und verließ steif die Schar der Pressevertreter. Als er gerade die Stiege hinaufgehen wollte, stand plötzlich Horst Almer neben ihm.

„Du Arschloch“, sagte Almer. „Das hier ist noch nicht vorbei!“

„Und wie es das ist“, antwortete Sukitsch.

Erst später kam er immer mehr ins Grübeln, ob er nicht einen Fehler gemacht hatte.

14 Uhr 30

Die zwei Männer in einem zivilen PKW auf dem Parkplatz des Weinguts Plankenwarter, die sich langweilten, während im benachbarten Gastgarten Menschen Wein tranken und lachten, bemerkten die verdächtige Person sofort. Ein junger Mann verließ das aufgelassene Gasthaus auf der gegenüberliegenden Straßenseite und stieg in den alten Mercedes der Familie Egger.

Inspektor Zorn, der auf dem Beifahrersitz saß, sah nochmals die Fotos durch, die Oberst Sukitsch ihm gegeben hatte. Er nahm das Mikrofon des Funkgeräts aus der Halterung und rief seinen Chef an.

„Hallo? Hier ist Zorn. Maximilian Egger hat soeben das Haus verlassen. Wir nehmen die Verfolgung auf.“

Er beendete das Gespräch.

„Los", sagte er zu seinem Kollegen Poschinger, der den Motor anließ.

Als Egger junior auf die Autobahn in Richtung Graz auffuhr, sagte Zorn, dass er ganz bestimmt zu seiner Schwester fuhr, die wahrscheinlich mitten in Graz wohnte. Poschinger meinte, das sei zu einfach und fragte, ob sie wetten wollten. Kurz vor Graz kamen sie überein, dass der Einsatz ein Bier sein sollte.

Es war Zorn, der gewann.

15 Uhr 10

„Franz? Bist du schon zu Hause?"

„Hmm. Was gibt's?"

Sukitsch war aufgeregt. „Maximilian Egger hat den Köder geschluckt. Er ist vor einer halben Stunde ins Auto gestiegen und zu einer Adresse in der Grazer Innenstadt gefahren."

„Zu seiner Schwester?"

„Wissen wir noch nicht. Er hat angeläutet, aber es hat ihm niemand aufgemacht. Wir sind ziemlich sicher, dass er bei *Ivanow* geläutet hat. Defreggergasse 3. Wir versuchen gerade, den Eigentümer der Wohnung festzustellen."

„Ivanow ..."

„Ich glaube nicht, dass es ein Zufall ist. Fünf Minuten nach Erscheinen der ersten Online-Meldungen von der Pressekonferenz fuhr er los. Es ist das erste Mal seit dem Brand, dass er eine weite Strecke fuhr."

„Du glaubst, sie wohnt in Graz?"

„Ich glaube gar nichts! Aber wir müssen dieser Wohnung einen Besuch abstatten, die Nachbarn befragen, ob sie das Fahndungsbild erkennen. Kannst du das machen?"

„Jetzt gleich?"

„Wann sonst?"

Schweigen am anderen Ende der Leitung.

„Soll ich Caroline oder Rainer damit beauftragen?"

„Nein, passt schon. Ich kümmere mich drum."

„Wenn du nicht kannst, sag Bescheid."

„Nein, ich mache es."

„Noch etwas, Franz, wegen der Pressekonferenz. Hast du heute schon im Internet die Nachrichten gelesen?"

„Nein, warum?"

„Ich habe ihnen gesagt, dass du der Leiter der Mordgruppe bist."

„Hast du mit Gregor gesprochen?"

„Nein, ich erreiche ihn seit gestern nicht."

„Und, bin ich es?"

„Was?"

„Leiter der Mordgruppe?"

„Ja, Franz. Meine Geduld mit Gregor ist am Ende."

Als Baumgartner nichts mehr sagte, legte Sukitsch den Hörer auf und sah ihn an, als wäre er ein giftiges Insekt.

Kein Wort des Dankes, überhaupt kein Kommentar.

Er hätte schwören können, dass Baumgartner betrunken gewesen war.

15 Uhr 45

Baumgartner parkte sein Auto in der Kernstockgasse und machte sich zu Fuß auf die Suche nach der Adresse, die Sukitsch ihm genannt hatte. Nachdem er zwei Mal die Vorbeckgasse auf- und abgegangen war, fand er die Defreggergasse. Er suchte die richtige Hausnummer auf der linken Seite und sah das Schild mit dem Klingelknopf, von dem Sukitsch gesprochen hatte.

Baumgartner zögerte. Er hätte gern Maier oder Swoboda dabei gehabt. Ihm fiel auf, dass er nicht einmal etwas zu schreiben mitgenommen hatte.

Er fluchte leise und drückte den Klingelknopf.

Nichts passierte.

Noch zwei Mal probierte er es, ohne Ergebnis. Baumgartner überlegte, bei den Nachbarn zu klingeln, doch er beschloss, ein anderes Mal wiederzukommen, besser vorbereitet und in besserer Verfassung.

18 Uhr 30

Juri war ungewöhnlich nervös, als er in den Volksgarten ging. Der Dealer hatte den ursprünglich vereinbarten Treffpunkt aufgekündigt und einen neuen genannt. Juri war zu perplex gewesen, um einen Alternativvorschlag zu machen, deshalb war er nun hier. Er hatte beschlossen, den Park nicht von der Volksgartenstraße aus zu betreten, die offen einsehbar war, sondern von der anderen Seite.

Sofort waren zwei junge Männer bei ihm, die ihm in gebrochenem Deutsch Haschisch anboten. Er ignorierte sie und ging über die Wiese zu der buddhistischen Stupa, einer runden, weißen Blase aus glasierten Fliesen, die ihn um gut zwei Meter überragte. In ihrem Schatten stand bereits der Mann, dessen wirklichen Namen er bis heute nicht kannte. Der Mann war hager und sah aus wie fünfzig, doch Juri vermutete, dass er viel jünger war. Er trug trotz der Hitze eine schwarze Lederjacke, die auf seinen knochigen Schultern hing wie auf einem Kleiderbügel. Juri ging zu ihm, ohne ihn zu begrüßen.

„Hast du es?“

„Zuerst das Geld.“

„Ich überweise dir Bitcoins, wie immer.“

Sie redeten aneinander vorbei, bewegten dabei kaum die Lippen.

„Nein. Das musst du bar zahlen.“

Juri spürte, wie die Wut in ihm aufstieg. Wenn es nicht so dringend gewesen wäre, hätte er dem Kerl eine Lektion erteilt.

„Was ist jetzt?“

Juri kramte widerwillig seine Geldbörse hervor und nahm alles Bargeld heraus, das er hatte. Dabei ließ er seinen Blick über den Park streifen. Idiotisch, hier noch mit Geld zu hantieren.

„Mehr hab ich nicht dabei.“

Der Dealer reagierte nicht.

„Dreihundert, wie ausgemacht.“

„Du nimmst jetzt sofort das Geld, sonst brech ich dir beide Beine und lass dich liegen, bis die Polizei dich aufklaubt.“

Aus dem Gesicht des Mannes sprach purer Hass.

„Dann also Bitcoins. Aber wehe, du verarscht mich. Vierhundert.“

„Was?“

„Zinsen“, sagte der Dealer und hielt ihm in der Handinnenfläche zwei Medikamentenschachteln hin.

„Was ist es?“

„Zwei Beruhigungsmittel. Ein starkes und ein schwaches. Vergiss die ganzen Antipsychotika. Das dauert zu lang. Ich nehme nicht an, dass du eine Woche Zeit hast, oder?“

„Wer weiß“, sagte Juri und ging, ohne sich zu verabschieden.

Das Ballett war Gregor Wolfs Geheimnis.

Er sah sich fast jede Produktion in der Grazer Oper an, bevorzugt traditionelle Inszenierungen, die immer seltener wurden, aber ab und zu musste es eben auch etwas Moderneres sein. Er wusste, dass ein Freund ihm ermäßigte Karten hätte besorgen können, doch er hatte ihn nie danach gefragt, weil er seine Leidenschaft nicht an die große Glocke hängen wollte.

Diesmal konnte er sich kaum konzentrieren. Zum einen hatte er Schwanensee schon zweimal gesehen und die Inszenierung gefiel ihm nicht, zum anderen beschäftigte ihn, was in den letzten Tagen passiert war.

Wolf fragte sich, warum er sich das antat. Immer der Außenseiter zu sein. Es gab Momente, in denen er zweifelte, wenn er in die Bude zu seinen Freunden von der Burschenschaft ging. Ihm war klar, dass er nur wegen seiner politischen Einstellung von der Gesellschaft zum Außenseiter gestempelt wurde. Es wäre so einfach, wenn er sich anpasste. Er musste zugeben, dass er manchmal die Zeit bei der Mordgruppe genoss, wenn sie nicht gerade über Politik sprachen. Es gab ihm einen Eindruck von Normalität, ganz anders als die bedeutungsvolle Schwere in der Burschenschaft, wo man sich über die Außenseiterrolle hinwegtröstete mit dem Stolz, schlauer zu sein als die anderen und etwas Wichtiges zu verfolgen, das sonst niemand sehen wollte. Das Selbstmitleid des zu Unrecht Verfolgten war eine Droge, von der man schwer loskam. Manchmal wollte Wolf genau das: einen Entzug machen, Normalität finden.

Er war klug genug zu verstehen, dass es nicht irgendein diffuser Fremdenhass war, aus dem sich seine Überzeugungen nährten. Er war nicht einmal sicher, ob es seine eigenen Überzeugungen waren. Man wurde in so etwas hineingeboren, genauso wie all die Linken, die sich für etwas Besseres hielten. „Gutmenschen" hatte er sie früher genannt, doch seit Sukitsch diesen Ausdruck für Baumgartner verwendete, war er schal geworden, hatte seinen Reiz verloren. Wolf wusste genau, dass seine Kollegen von der Mordgruppe ebenso an seiner Stelle hätten sein können, mit anderem Elternhaus, einer anderen Erziehung. Tatsächlich hegte er nicht einmal besonderen Hass gegen die Linken. Er konnte sich sogar vorstellen, dass eine Gesellschaft so funktionierte. Aber er verstand, dass man sich zu einem gewissen Zeitpunkt entschied, welche Welt man für die beste hielt. Von da an war es logisch, dieser Überzeugung zu folgen. Sich selbst zu verleugnen konnte zu gar nichts führen. Auch er wollte eine bessere Welt! Dies war vielleicht das Einzige, das ihn wirklich wütend machte: dass diese Tatsache infrage gestellt wurde. Dass so viele Leute glaubten, alle Menschen könnten glücklich werden, unabhängig von Herkunft und Rasse, wenn man nur alle Regeln fallen ließ und die Grenzen öffnete. Es war nicht etwa naiv, es war irrational.

Andererseits wusste er, dass nicht alle seine Freunde eine derart reflektierte Sicht der Dinge hatten. Das war auch das Tragische bei ihren politischen Ambitionen, dass sie so wenige gute Leute hatten. Nicht nur einmal hatte man auch ihn überreden wollen, ein kleineres politisches Amt zu übernehmen. Er wusste, dass der Weg schnell nach oben führen würde, positive Wahlergebnisse vorausgesetzt. Gerade deshalb wehrte er sich dagegen.

Vielleicht wäre es einfacher, ohne Weltanschauung zu leben, wie so viele Menschen. Unterzugehen in der

Masse und sich mitreißen zu lassen. Aber wer blieb ihm dann noch übrig? Seinen bisherigen Freundeskreis konnte er vergessen. Womöglich sah er nur das nicht ein: dass von ihm verlangt wurde, seine Freunde im Stich zu lassen.

Nein, seine Entscheidung war richtig. Er hatte sie zu Mittag getroffen. Ein Anruf hatte genügt, und vor zwei Stunden hatte er die Rückmeldung bekommen. Er hatte sich lang genug mit den Macken seiner Kollegen herumgeschlagen. Das hatte nun ein Ende.

23 Uhr 45

Baumgartner war kurz davor gewesen, den Brief einfach zum Altpapier zu werfen. Einen Brief im A4-Format, der gestern gekommen war. Stattdessen hatte er ihn ignoriert, liegen gelassen wie das feuchte Taschentuch eines Kranken.

Der Absender lautete auf Isabel Baumgartner-Koch.

Baumgartner hatte ihn schon fast vergessen gehabt, aber als er einige Werbesendungen vom Tisch abräumte, weil das Weinglas schief gestanden war und beinah umgefallen wäre, hatte er ihn wiedergefunden. Es war ein dicker Umschlag. Isabel hatte nie lange Briefe geschrieben, und Baumgartner glaubte nicht, dass sie plötzlich damit angefangen hatte. Der Brief enthielt etwas anderes.

Baumgartner stand auf und legte den Brief ins Vorzimmer, damit er ihn nicht mehr sehen musste, dann ging er zurück an den Tisch, wo er sich den letzten Schluck Wein aus der Flasche eingoss.

Er musste plötzlich an ein Gespräch denken, das er vor einiger Zeit mit Caroline Meier geführt hatte. Vor ein paar Monaten, als die Welt noch in Ordnung gewesen war. Sie hatten über den letzten Fall gesprochen, den die Medien *Mathematiker-Mord* genannt hatten.

Caroline hatte ihn auf einen Aspekt ihrer Arbeit aufmerksam gemacht, der ihm seither nicht mehr aus dem Kopf ging.

„Was ich nicht verstehe: Es gibt hier keine Misshandlung. Klar, es gibt in jeder Kindheit Dinge, die für das Kind schrecklich sind, aber über die man hinwegkommt. Man vergisst vieles, und manches arbeitet man mithilfe von Freunden oder den Eltern auf. Aber manche unserer Täter zerbrechen an Kleinigkeiten, scheint mir."

„Was willst du damit sagen?", hatte Baumgartner gefragt.

„Ich will damit sagen, es gibt immer mehr Menschen mit Problemen ohne einen konkreten Auslöser. Diese Menschen scheinen an der Welt selbst krank zu werden. An der Normalität."

„Du meinst, an dem, was man uns als Normalität verkauft", hatte Baumgartner entgegnet. „Ich habe das Gefühl, so etwas wie Normalität gibt es gar nicht mehr."

„Jetzt übertreibst du."

„Vielleicht. Aber immer mehr Menschen leben in einem Zustand chronischer Existenzbedrohung. Sammer lebte so. Viele Künstler leben so. Das kann auch in Ordnung sein, manche mögen diesen Kampf. Was ich sagen will: Ein Gewaltausbruch ist aus der Sicht solcher Menschen vielleicht nicht so etwas Außergewöhnliches. Nicht extremer als der Zustand, in dem sie bisher gelebt haben."

Das Anzünden eines Hauses, dachte Baumgartner. Die Person, mit der sie es hier zu tun hatten, könnte so jemand sein.

Normalität.

Baumgartner überlegte, ob er wusste, was das bedeutete.

War das nicht ein Zustand, den man konstruierte, sich mithilfe von Dingen, die einen umgaben, selbst zusammensetzte, indem man bei ihnen verweilte und sich daran gewöhnte?

Man gewöhnt sich an die unglaublichsten Dinge, dachte Baumgartner.

Deshalb ist Polizeiarbeit so eigenartig, dachte er. Sobald etwas, wie schlimm es für die direkt Betroffenen auch sein mag, in unseren Wirkungsbereich gelangt, wird es in etwas Normales verwandelt. Es wird eingezäunt, fotografiert, dokumentiert, katalogisiert. Wie ein scheues Tier. Seht her, eine neue Spezies wurde entdeckt, sehr selten. Wenn man etwas vermessen hat, muss man keine Angst mehr davor haben, wer hatte das geschrieben?

Polizisten leben in einer Parallelwelt, dachte er. Sie erklären Dinge für normal, die kein vernünftiger Mensch für normal halten kann, weil sie es müssen.

Deshalb sind wir so zerrissen. Weil wir in zwei Welten leben, doch nur eine davon kann unsere Normalität sein.

Ich habe mich für die falsche entschieden, dachte Baumgartner. Es war eine andere als die von Isabel.

Sonntag, 8 Uhr

In einem Skihotel in Hintertux, am Fuß des Gletschers, in der Familiensuite, machte ein Mann mit Halbglatze in einem weißen Skianzug, der nach einer Woche auf der Piste schon ein wenig nach Schnee und Schweiß roch, seine Kinder fertig für einen neuen Skitag, als ein Anruf auf seinem Privathandy kam.

Unten wartete schon der Bus, und der Mann überlegte, den Anruf zu ignorieren. Doch als er die Nummer auf dem Display sah, wusste er, dass er das Gespräch annehmen musste. Er hatte sehr deutlich gemacht, dass er nicht gestört werden wollte, unter keinen Umständen. Ein Vormittag in der Woche war fürs Geschäft reserviert, der Rest der Zeit war tabu. Die Anruferin zielte also darauf ab, echte Probleme zu bekommen – oder sie hatte etwas zu sagen, das so wichtig war, dass sie dieses Risiko einging.

Der Mann im Skianzug, der Lobo Petrov hieß und Hauptanteilseigner eines Telekommunikationsunternehmens war, nahm das Gespräch also an und hörte sich an, was die Frau, die von allen nur „Die Walküre“ genannt wurde, zu sagen hatte. Seine Kinder tobten durch die Wohnung, die Kleinste stolperte über den Rand eines weißen Schaffells, das als Bettvorleger diente, fiel der Länge nach hin und begann zu weinen. Der Mann blieb sehr ruhig und hielt sein Telefon ans Ohr.

„Jürgen Miklauc heißt der Mann?“

Dann nickte er.

„Unternehmen Sie vorerst nichts“, sagte er auf Russisch. „Ich melde mich später mit genauen Instruktionen.“

Bevor er auflegte, sagte er noch: „Danke, dass Sie angerufen haben.“

Juri lag im Bett und wagte nicht, sich zu rühren. Anna schlief neben ihm und schnarchte leise. Er konnte sich nicht erinnern, wann er sie das letzte Mal wirklich schlafen gesehen hatte.

Er dagegen war die ganze Nacht wach gelegen und hatte gegrübelt. Er war immer müder geworden und zugleich immer aufgekratzter. Sein Herz hatte wie wild geklopft. Er suchte nach Auswegen aus seiner Lage, spielte alle Möglichkeiten durch.

Auch einige sehr unangenehme Möglichkeiten.

Juri überlegte, bei der Nummer anzurufen, die der Psychiater ihm gegeben hatte. Immer wieder dachte er an diese Variante. Doch er wusste, dass es unmöglich war.

Anna durfte keine Gesprächstherapie machen. Es war nicht möglich, nicht hier in Österreich. Eventuell im Osten. Vielleicht waren seine alten Kontakte dort noch etwas wert. Vielleicht fand er dort Ärzte, denen er sie anvertrauen konnte.

Das war keine gute Option, aber die einzige, die er hatte. Die andere Option kam nicht infrage. Noch nicht.

In diesem Augenblick erhellte ein diffuses Licht den Raum. Das Display seines Mobiltelefons war zum Leben erwacht, jemand rief ihn an. Er drehte sich vorsichtig um und sah, dass es Charly war.

Juri zögerte, bevor er sich so leise wie möglich aus dem Bett wälzte.

„Ja?"

Juri stand auf der Terrasse und warf einen Blick zurück in die Wohnung. Anna war ihm nicht gefolgt.

„Was zum Teufel ist da los?", fragte Charly.

„Was meinst du?“

„Spiel hier nicht den Ahnungslosen! Du fragst mich nach einem Psychiater, gestern. Und gerade eben ruft mich ein Kunde von Anna an und sagt, sie hätte ihn versetzt.“

„Welcher Kunde?“

„Glaub mir, das willst du nicht wissen. Also, was ist los? Gibt es ein Problem mit Anna?“

Juri überlegte. „Ja“, sagte er. „Aber ich habe es unter Kontrolle.“

„Unter Kontrolle? Warum ruft mich dann ein Kunde an? Sie ist nicht erreichbar. Warum ist sie nicht erreichbar? Verdammte Scheiße, Juri, wir sind doch Partner! Du musst mir Bescheid sagen, wenn es ein Problem gibt!“

„Nun weißt du Bescheid. Aber es ist nichts Ernstes, ich habe es unter Kontrolle. Anna geht es nicht so gut. Sie wird nicht arbeiten in nächster Zeit, also mach dir keine Gedanken. Es ist alles in Ordnung.“

Stille auf der anderen Seite.

„Irgendwie habe ich es immer geahnt“, sagte Charly. „Wer ist sie wirklich? Mit wem lebst du da zusammen, Juri? Was ist es, das ich nicht weiß?“

„Ich verstehe nicht, wovon du redest“, sagte Juri. „Sag dem Kunden, es ist alles in Ordnung, er soll sich keine Gedanken machen. Wir tun alles, was nötig ist, um Diskretion zu gewährleisten, hörst du? Alles.“

„Mir ist egal, was du tust. Aber tu etwas.“

Juri beendete das Gespräch und bemerkte, dass er schweißnasse Hände hatte.

Nun war er sich selbst nicht mehr sicher, was eigentlich los war.

Er dachte an die Tabletten, die er in seinem Schreibtisch versteckt hatte.

Es blieb dabei, erst einmal musste er Zeit gewinnen.

Eine halbe Stunde später hatte er einen Geistesblitz und öffnete die Wohnungstür. War da nicht etwas in der Zeitung gewesen? Er hob die neue Ausgabe von Graz Kompakt auf und blätterte sie mit zittrigen Fingern durch.

Da war von einem Brand die Rede. In einem Bauernhof südlich von Graz.

Die Polizei suchte nach einer weiblichen Person.

Neben dem Artikel war ein Phantombild abgedruckt.

10 Uhr 10

Baumgartner erwachte spät an diesem Sonntag, darüber war er dankbar. Er stand auf und ging schläfrig in die Küche, um Kaffee aufzusetzen. Sein Hals war trocken.

Als er mit der Tasse am Küchentisch saß, fiel sein Blick auf die drei Müllsäcke, die immer noch neben der Wohnungstür standen. Er trank in Ruhe seinen Kaffee – schwarz, die Milch war schlecht geworden. Danach zog er sich einen Bademantel und Schuhe an und trug die Säcke nach unten.

Als er wieder nach oben kam, überlegte er kurz, bevor er einen weiteren Müllsack von der Rolle riss und den Kühlschrank öffnete. Abgelaufener Käse, verschimmeltes Gemüse, eine offene Packung passierte Tomaten, deren Inhalt er durch die Öffnung nicht sehen konnte, all das wanderte in den Müllsack. Die leere Weinflasche auf dem Tisch warf er dazu, ebenso wie die halb leere Packung mit den Tabletten.

Er stellte den Sack in die Mitte der Küche und durchsuchte noch einmal die ganze Wohnung. Er fand Geschirr, das ihn an Isabel erinnerte, eine Tasse, die sie ihm geschenkt hatte, ein Foto von einem gemeinsamen Urlaub, Schminkzeug, eine Geburtstagskarte, die er ihr vor ein paar Jahren geschrieben hatte, und eine ungeöffnete Packung Tampons. Im Schlafzimmer fand er noch einen Teddybären und eine Packung Kondome, die schon sehr alt waren. Danach war er sicher, dass er fertig war. Er zog den letzten Müllsack zu und trug auch ihn hinunter.

Er bemerkte, dass er hungrig war und öffnete nochmals den Kühlschrank, der nun aber fast leer war, bis auf ein Stück Salami, zu der er kein Brot hatte.

Als er gerade wieder die Schuhe anzog, um etwas essen zu gehen, bekam er einen Anruf auf seinem Handy. Er war überrascht, als er die Nummer von Doris Wallner sah. Ohne lang zu überlegen, drückte er sie weg und machte sich auf den Weg.

Den Notizblock packte er diesmal ein.

Nach einem lustlosen Essen im Ungerhof, zwischen älteren Männern, die wie er Bier tranken, und zwei Familien mit Kindern, stand er wieder vor dem Haus in der Defreggergasse. Er läutete, doch nichts passierte. Als er zum zweiten Mal läutete, kam eine junge, dicke Frau in schwarzen Leggins durch die Tür ins Freie. Sie trug einen Karton, der sehr schwer aussah. Baumgartner dachte zuerst daran, durch die offene Tür ins Haus zu gehen, überlegte es sich aber anders und sprach die Frau an.

„Grüß Gott, Baumgartner. Darf ich Sie was fragen?"

„Tut mir leid, ich hab es furchtbar eilig."

„Kennen Sie Herrn Ivanow? Das ist ein Nachbar von Ihnen."

„Nein, sagt mir leider gar nichts. Sorry, ich muss weiter!"

Sie trug ihren Karton auf die Straße und verschwand damit um die Ecke.

Was hatte es mit der Wohnung auf sich? Sollte wirklich Maria Egger hier wohnen? Er konnte es sich eigentlich nicht vorstellen. Es war nur eine weitere Sackgasse.

Plötzlich stieg Ärger in ihm hoch. Es konnte doch nicht sein, dass dieser blöde Fall sie zum Narren hielt! Noch immer wussten sie so gut wie nichts, nur, dass diese Familie Leichen im Keller hatte und dass der Brand kein Zufall gewesen war. Eine alte Frau war tot, die außer ihrer Familie mit niemandem Kontakt gehabt hatte. Kein Pflegepersonal, nur ein Arzt, der auch nichts wusste.

Das war genau so ein Fall, der irgendwann zu den Akten kam. Einfach, weil die Polizei müde wurde. Weil die Fortschritte so langsam kamen, dass er von neuen Fällen verdrängt wurde.

Baumgartner dachte an den Traum mit dem kleinen Mädchen, von dem er das unbestimmte Gefühl hatte, dass er etwas bedeutete. Dabei war es nur ein Traum. Man interpretierte da oft zu viel hinein, es war eine persönliche Sache. Solche Dinge durfte man nicht in die Ermittlungen hineintragen.

Doch wie lange er es auch hin- und herwendete, die Wut wollte nicht weggehen. Vielleicht hatte sie noch einen anderen Grund?

Baumgartner beschloss, sich in der Nähe ein Gasthaus zu suchen und ein Bier zu trinken, damit er wieder einen klaren Kopf bekam.

Den nachdenklichen Mann, der ihm entgegenkam, als er sich gerade umdrehte, um zu gehen, bemerkte er nicht. Auch der überraschte Blick des Mannes, der ihn wiedererkannt hatte, entging ihm.

Als Baumgartner zwanzig Minuten später vor einem halb leeren Glas Bier saß, beruhigten sich seine Gedanken. Und nun wurde ihm auch klar, was ihn so beschäftigte.

Dass Sukitsch in Eigenregie beschlossen hatte, ihm die Leitung der Mordgruppe zurückzugeben. Als er daran dachte, kam der Ärger zurück, und er hatte Mühe, sich wieder zu beruhigen.

Er war wütend auf Caroline Meier gewesen, als sie in den Raum gestellt hatte, der Zeitungsartikel könnte recht haben. Er hatte das geschmacklos gefunden, aber er verstand zugleich, dass der Einwand berechtigt war. Er fand es schwer, sich wieder einzuarbeiten, doch er glaubte, dass es ihm gelingen würde, auch wenn vielleicht nichts mehr so sein würde wie vorher.

Aber ihm gerade in dieser Situation die Leitung wieder zu übertragen, das war Schwachsinn. Was sollte das bringen? Oberst Sukitsch trug hier einen privaten Streit auf seinem und Gregor Wolfs Rücken aus.

Andererseits musste er zugeben, dass Gregors Abwesenheit eigenartig war. Sukitsch erreichte ihn offenbar nicht. Zwar musste man bedenken, dass Wolf als Chef eigentlich zu entscheiden hatte, ob wochenends gearbeitet wurde, und man ihm kaum vorhalten konnte, wenn er nicht erreichbar war. Doch spätestens nach dem Artikel in Graz Kompakt hätte man sich doch zumindest kurz über eine gemeinsame Strategie unterhalten müssen.

Vielleicht sollte er Gregor Wolf aufsuchen, um herauszufinden, was los war. Baumgartner trank sein Bier aus und machte sich auf den Weg.

12 Uhr 30

Juri zwang sich zur Ruhe, als er die Pistole prüfte. Er benutzte sie selten, aber sie war gut gepflegt, die Mechanik war leichtgängig. Er lud das Magazin, schob es in den Griff und sicherte die Waffe.

Er hatte den Polizisten gleich wiedererkannt. Die Zeitungsmeldung machte ihn sicher.

Baumgartner, so hieß er. Ein Mann, der Gewaltverbrechen und Morde bearbeitete. Es war kein Zufall, dass er hier war.

Ihm blieb nicht viel Zeit.

13 Uhr

Gregor Wolf wohnte in einem kleinen Reihenhaus in der Andersengasse. Baumgartner war erst einmal hier gewesen, aber er fand die Adresse sofort. Als er läutete, wurde die Tür keine zehn Sekunden später geöffnet, und er stand Wolf gegenüber. Dieser stutzte kurz, bevor er in Gelächter ausbrach.

„Franz! Lang nicht gesehen. Du bist mir nicht böse, wenn ich dich nicht hereinbitte, oder?"

„Zieh dir Schuhe an. Wir müssen reden."

Wolf wurde ernst, schien kurz zu überlegen. „Gut", sagte er.

Sie schlenderten langsam die Gasse entlang. Wer die beiden nicht kannte, hätte meinen können, zwei Freunde machten einen gemütlichen Sonntagsspaziergang. Vielleicht sogar zwei Brüder.

„Du hast gehört, was Mario bei der Pressekonferenz gesagt hat?"

„Ich weiß nicht genau, was du meinst. Sukitsch hat offenbar vieles gesagt auf dieser Pressekonferenz. Nichts davon hat mich besonders interessiert."

„Ihr habt nicht darüber geredet, oder? Du hast nicht auf seine Anrufe reagiert."

„Ich wollte nicht mit ihm reden", erklärte Wolf.

„Wie soll es jetzt weitergehen?", fragte Baumgartner. „Was denkst du?"

Da lachte Wolf wieder.

„Es wird gar nicht weitergehen", antwortete er. „Du glaubst, es geht alles weiter wie vorher? Verstehst du es immer noch nicht, Baumgartner? Deine Zeit ist vorbei, du hast den Bogen überspannt. Du wirst mit wehenden Fahnen untergehen, und Sukitsch wirst du mitreißen."

„Ich brauche einfach noch etwas Zeit", sagte Baumgartner. „Es wird schon wieder."

„Es wird gar nicht wieder! Keiner will dich hier mehr, merkst du das nicht? Du bist eine Last! Du hast mich meine Karriere gekostet. Und Sukitsch wird der Nächste sein."

„Ich brauche dich im Team, Gregor. Ohne dich geht es nicht."

„Du hast mir überhaupt nicht zugehört, oder? Dringt überhaupt noch irgendwas zu dir durch? Erde an Baumgartner, bitte kommen!"

Sie waren stehen geblieben und standen unschlüssig nebeneinander. Baumgartner schwieg eine Weile, schließlich sagte er: „Es geht hier gar nicht um mich, glaube ich. Auch nicht um Mario. Sondern um dich. Um ein Problem, das du hast und das wir nicht lösen können. Du verlangst, dass wir deine politische Einstellung akzeptieren."

Baumgartner sah sich um. Sie waren umgeben von netten, kleinen Einfamilienhäusern.

„Ich habe mich immer gefragt, warum du gerade hier wohnst. Du weißt, was hier passiert ist, Gregor, oder?"

Wolf hatte die Hände in den Hosentaschen, sagte nichts.

„Das Lager Liebenau. Hier wurden Menschen verscharrt, Dutzende, genau da, wo wir jetzt stehen. Ungarische Juden, die auf dem Weg nach Mauthausen hier in einem Zwischenlager untergebracht waren. Viele waren von den Strapazen und der Vernachlässigung krank, da hat man sie erschossen. Eine Grazer Journalistin hat das vor Kurzem aufgearbeitet, davor hat es keinen interessiert. 53 Leichen hat man später exhumiert, aber längst nicht alle. Sie liegen hier irgendwo unter uns."

Baumgartner sah sich um.

„Ich meine, das hier ist Graz. Es will irgendwie nicht in meinen Kopf. Du kannst es dir auch nicht vorstellen, oder?"

Wolf reagierte zuerst gar nicht, bevor er plötzlich den Kopf schüttelte.

„Davon bin ich ausgegangen", fuhr Baumgartner fort. „Wie könntest du es sonst mit diesen Leuten aushalten? Wie kann man das System verklären, das dafür verantwortlich war? Ohne irgendeinen Grund."

„Die wenigsten haben gewusst, was passiert ist. Es traf alle wie ein Schock. Du glaubst doch nicht im Ernst, dass ich das gutheiße?"

„Und wenn schon. Heute weiß man es, und dass die Juden verschwanden, hat man damals schon mitbekommen. Dennoch lauft ihr den alten Geschichten nach."

„Die alten Geschichten, immer die alten Geschichten. Was ist mit dem, was gerade passiert?"

„Was meinst du?"

„Die Flüchtlingsproblematik etwa. Wer sonst spricht das an? Die ganze Wahrheit, meine ich, dass es viel zu viele sind."

„Es ist nicht einfach, da hast du wohl recht. Und ich möchte nicht in der Haut der Politiker stecken. Man muss menschliche Lösungen finden. Man muss."

„Menschliche Lösungen. Welche? Bringt irgendwer von euch irgendeinen Vorschlag? Ihr seht doch nicht einmal das Problem."

„Es ist schwer."

„Du hörst dich an wie eine hängende Schallplatte."

„Noch sind die Probleme nicht bedrohlich, wobei es darüber geteilte Meinungen gibt. Aber indem ihr die Mörder von damals verklärt, nehmt ihr euch selbst jegliche Berechtigung, über aktuelle Probleme zu urteilen", sagte Baumgartner. „Wie könnt ihr einen Anspruch auf Glaubwürdigkeit stellen?"

„Bist du deshalb gekommen?", fragte Wolf.

„Wir müssen das ausreden, wenn wir je wieder zusammenarbeiten wollen. Ich verlange nicht von dir, dass du jetzt sofort verstehst, dass du im Unrecht bist", fuhr Baumgartner fort. „Aber irgendwann, wenn du älter bist, musst du das einsehen. Ich habe eine hohe Meinung von dir, Gregor. Deshalb glaube ich, du wirst es irgendwann verstehen."

Wolf schüttelte den Kopf.

„Es ist mir egal, was du sagst. Es interessiert mich nicht mehr. Ich werde woanders hingehen, wo ich akzeptiert werde. Wo ich wie ein erwachsener Mensch behandelt werde. Das darf ich verlangen, verstehst du?"

„Ja, das verstehe ich. Es tut mir leid, wenn das, was ich dir an Akzeptanz geben kann, zu wenig ist. Aber mehr kann ich dir nicht geben, angesichts der Bewegung, die du unterstützt. Ich verstehe, es ist lange her, und viele Leute wollen einen überrumpeln mit den Bildern von dem Wahnsinn, der passiert ist damals. Ich selbst habe manchmal das Bedürfnis, mich zu wehren, weil ich mich schwertue, mir mein eigenes Bild zu machen. Aber irgendwann hat man Momente, wo man bereit ist, zu akzeptieren, wie groß das Unrecht war. So war es bei mir. Man kann nicht einfach Millionen Menschen umbringen aufgrund irgendwelcher Überzeugungen. Du wirst das auch sehen."

„Leck mich am Arsch, Baumgartner. Diese Besserwisserei, ich kann sie nicht mehr hören."

„Es tut mir leid, Gregor. Ich wünschte, wir könnten anders miteinander umgehen."

Wolf drehte sich um und ging zurück zu seinem Haus. Baumgartner blieb noch eine Weile stehen, dann ging er bedrückt und nachdenklich zum Auto.

Später am Abend musste Baumgartner vor allem über eine einzige Bemerkung nachdenken: *Es wird gar nicht weitergehen.*

15 Uhr 5

Juri war froh, als er endlich hörte, wie die Wohnungstür aufgesperrt wurde. Anna war kurz nach seinem Telefongespräch mit Charly aufgestanden und ausgegangen. Juri wusste nicht, wohin, und er hatte gefürchtet, dass sie etwas anstellen würde.

Außerdem war er nicht ganz sicher, ob sie nicht doch etwas von dem Gespräch mit Charly mitgehört hatte.

Nun werde ich langsam auch paranoid, dachte er.

Er sah durch die offene Wohnzimmertür in den Vorraum, wo sie die Schuhe auszog, bevor sie zu ihm ins Wohnzimmer kam.

„Hallo."

„Hallo", gab er zurück.

Er saß auf dem Sofa und sah sie an.

„Wir müssen etwas tun wegen meinem Handy", sagte sie. „Ich finde es nicht mehr."

Er nickte.

Es fiel ihm schwer, das zu tun, was nötig war.

Juri griff hinter sich, wo die Pistole versteckt war. Er hob sie auf, kontrollierte kurz, dass die Waffe entsichert war und richtete sie auf Anna.

„Setz dich hin", befahl er.

Sie betrachtete die Waffe neugierig, schien nicht überrascht.

„Tu es", sagte er.

Sie lächelte plötzlich und tat, wie ihr geheißen. Aus ihrem Gehabe sprach Überlegenheit.

„Warum lachst du?", fragte er.

„Du gehörst auch zu ihnen", sagte sie. „Glaubst du, ich weiß es nicht?"

Juris Hände begannen zu schwitzen.

Sie ist schon so weit weg, dachte er. Wie habe ich das übersehen können?

Er deutete mit der Pistole auf den Tisch zwischen ihnen. Dort stand ein Glas Wasser und eine Schachtel mit Tabletten.

„Nimm drei von diesen Tabletten", sagte Juri.

Sie rührte sich nicht.

„Du weißt, dass du ein Problem hast", sagte er. „Oder? Wenn du ganz ehrlich zu dir bist, weißt du, dass du nicht wirklich verfolgt wirst. Du bildest dir das ein."

„Und diese Pistole", sagte sie, „bilde ich mir die auch ein?"

„Ich will dir helfen. Ich kann dir helfen, aber wir brauchen etwas Zeit. Inzwischen muss ich sicher sein, dass nichts passieren kann."

„Was sind das für Tabletten?"

„Beruhigungsmittel."

„Ich hätte es tun sollen", sagte sie.

„Was?"

„Im Schlaf", fuhr sie fort. Ihre Stimme war völlig neutral. „Zweimal war ich kurz davor. Erinnerst du dich, dass ich die Küchenmesser frisch geschliffen habe?"

Er musste plötzlich husten.

„Wenn du zur falschen Zeit aufgewacht wärst, hätte ich es getan."

„Wir stehen das durch", sagte er mit heiserer Stimme. „Nimm jetzt die Tabletten."

Sie wandte den Blick ab und sah aus dem Fenster. Juri war völlig ratlos. In ihm reifte die Erkenntnis, einen Fehler gemacht zu haben. Selbst, wenn er dazu fähig gewesen wäre, er konnte hier gar nicht schießen. Nicht in seiner eigenen Wohnung, die auf ihn gemeldet war. Nicht, nachdem die Polizei bereits nach ihm suchte.

Als er versuchte, im Kopf seine Optionen durchzugehen, griff sie plötzlich nach der Tablettenschachtel. Sie drückte sich nicht drei, sondern vier Tabletten heraus und spülte sie mit dem Wasser hinunter.

Beide blieben sitzen. Juri legte die Pistole auf seinen Schoß und wartete. Nach ein paar Minuten konnte er sehen, dass Annas Augenlider schwer wurden. Irgendwann kippte sie auf die Seite und Juri tat einen tiefen Seufzer.

Nun musste es schnell gehen. Er nahm sein Mobiltelefon zur Hand und rief Charly an.

„Hallo Charly. Ich brauche deine Hilfe."

„Was denn?"

„Ich muss aus meiner Wohnung raus. Kannst du mir ein Zimmer für die Nacht geben?“

„Mit Anna?“

„Ja.“

„Nein“, antwortete Charly. „Du kannst nicht bei mir bleiben.“

„Ich komme in einer Stunde.“

„Komm nicht her, Juri! Komm auf keinen Fall her!

16 Uhr 40

Das Packen hatte viel länger gedauert, als Juri geglaubt hatte. Zuerst hatte er sich vorgenommen, nur das Nötigste einzupacken. Doch dann hatte er überlegt, dass die Polizei hierherkommen würde. Er hatte also begonnen, alte Geschäftsordner zu durchforsten, persönliche Notizen, die zwar nicht ganz einfach zu entziffern waren, aber trotzdem nicht der Polizei in die Hände fallen sollten. Er fand Tankrechnungen aus Rumänien, Bewerbungsschreiben von Mädchen, die zu ihm gekommen waren, weil sie als Models Karriere machen wollten, zum Teil von Frauen, die immer noch in Graz arbeiteten, komplett mit Porträtfoto. Er verbrannte diese Dinge über der Klomuschel und spülte die Asche hinunter.

Als er glaubte, fertig zu sein, richtete er sich noch zwei Lines mit Koks her, bevor er auch die Dose einpackte. Zwei große schwarze Reisetaschen standen im Vorraum bereit. Juri hatte Angst, dass es jeden Moment an der Tür läuten könnte.

Die Taschen konnte er hinunterbringen. Er fragte sich nur, wie er Anna zum Auto tragen sollte, ohne Aufmerksamkeit zu erregen. Sie lag immer noch auf der Couch. Er hatte sie zur Sicherheit mit Klebeband gefesselt. Inzwischen ging er bei ihr überhaupt kein Risiko mehr ein.

Da entdeckte Juri, dass ihre Hose nass war, und plötzlich verließ ihn der Mut. Er würde das nicht schaffen.

Du musst zu Charly, sagte er sich. Er ist dein Partner, er muss dir helfen.

Schließlich hob er Anna auf und trug sie ins Badezimmer. Er zog ihr die Hose aus und machte sie sauber, dann suchte er im Schlafzimmerschrank eine neue Hose.

Als er mit ihr fertig war, nahm er sich einige Sekunden Zeit, um tief durchzuatmen. Danach öffnete er die Wohnungstür und warf einen Blick auf den Gang.

Er horchte. Alles war still.

Juri ging zurück in die Wohnung, nahm die Pistole, die noch auf dem Sofa lag, und steckte sie in eine der Reisetaschen. Er vergewisserte sich, dass er die zwei Schachteln Munition eingepackt hatte, schloss den Reißverschluss, öffnete die Wohnungstür und ging zum Lift. Er drückte den Rufknopf und holte währenddessen eine der Taschen, mit der er die Lifttür blockieren wollte, als diese sich mit einem synthetischen Glockengeräusch öffnete. Er horchte noch einmal, bevor er in die Wohnung ging und Anna holte.

Er hatte vorgehabt, sie zu stützen und mit ihr gemeinsam zum Lift zu gehen, doch sie war völlig weggetreten, also musste er sie tragen. An ihren Armen, die herunterhingen, sah man noch rote Spuren vom Klebeband, das er wieder gelöst hatte.

Juri stieg mit ihr in den Lift und versuchte, mit dem Schuh die Tasche in die Kabine zu ziehen, doch sie war dafür zu schwer. Irgendwann gab er es auf, trat ein paarmal dagegen, bis sie auf dem Gang lag und die Lifttür sich schloss. Er drückte mühevoll den Knopf für den Keller und fuhr hinunter.

Während der Lift sich in Bewegung setzte, war er sich auf einmal nicht mehr sicher, ob er den Autoschlüssel eingesteckt hatte. Er wollte nachsehen, doch er konnte Anna nirgends hinlegen, also musste er warten.

Zu Juris Glück war auch die Tiefgarage menschenleer. Er legte Anna auf die Motorhaube des BMW und fand den gesuchten Schlüssel in der Hosentasche. Das Adrenalin strömte durch seine Adern, als er aufschloss und Anna auf den Beifahrersitz setzte. Er hantierte eine Weile am Sitz und am Gurt herum, bis sie aufrecht sitzen blieb. Er fuhr wieder nach oben, um die Taschen zu holen. Im ersten Stock stieg eine junge Frau zu, die mit einem Arzt zusammenwohnte. Sie roch nach Schweiß und hatte eine Sporttasche dabei, aus der der Griff eines Tennisschlägers ragte. Die beiden nickten sich zu. Die Frau stieg im ersten Stock wieder aus.

Fünf Minuten später fuhr er aus der Tiefgarage.

Nun näherte er sich Charlys Club. Juri verließ die Straße und hatte kaum eingeparkt, als Charly schon vor das Haus trat. Er trug eine schwarze Baseballkappe und eine Sonnenbrille und hatte die Arme verschränkt. Charly trug normalerweise nie Kopfbedeckungen, er war stolz auf seine langen Haare, die ein Andenken an seine Musikerkarriere waren und die er sorgfältig färbte. Die Kappe wirkte völlig fremd an ihm, lächerlich.

Als Juri ausstieg, kam er zum Auto.

„Du hast sie nicht wirklich hergebracht, oder?“, fragte Charly.

„Natürlich hab ich sie hergebracht. Wir sind Partner. Du kannst dich nicht so einfach aus der Affäre ziehen.“

„Ich war immer dagegen, dass sie für uns arbeitet.“

Juri packte Charly beim Hemd.

„Du hast gut verdient an ihr, also halt die Luft an. Hilf mir, sie aus dem Auto zu heben."

Charly schüttelte Juris Hände ab.

„Du hörst gar nicht zu, oder? Du kannst sie nicht hier reinbringen!"

Juri ignorierte ihn, ging ums Auto herum und öffnete die Beifahrertür. Charly lief auf der anderen Seite zur Tür und stieß sie wieder zu.

Die beiden Männer sahen sich kurz an. Juri hatte plötzlich die Pistole in der Hand. Er richtete sie auf Charlys Bauch. Der hob die Hände neben den Kopf.

„Verschwinde, Juri. Und wenn ich dir einen Rat geben darf, sieh zu, dass du sie loswirst. Du weißt, wer ihre Kunden waren. Da geht es um Diskretion. Die Sache wird sehr schnell ungemütlich werden. Lass dir das gesagt sein."

Juri atmete laut durch die Nase. Der Finger am Abzug zuckte. Schließlich wich er zurück und stieg wieder ins Auto.

17 Uhr

„Ja, hier ist Baumgartner."

Sukitsch schien sich aus irgendeinem Grund über den Anruf zu freuen.

„Was gibt's?"

„Ich war noch einmal in der Defreggergasse. Dort hat wieder niemand aufgemacht. Wir müssen morgen reingehen, so oder so. Wir müssen wissen, wer dort wohnt."

„Dafür brauchen wir einen Durchsuchungsbefehl."

„Genau."

„Ich weiß nicht, ob wir schon so weit sind. Es gibt doch keinen konkreten Verdacht. Dem Staatsanwalt wird das nicht gefallen."

„Ist mir ehrlich gesagt ziemlich wurscht, ob es ihm gefällt. Die Ermittlungen schleppen sich dahin, weil wir ständig auf Widerstand stoßen. So kommen wir nicht weiter. Wenn jetzt nicht bald etwas passiert, können wir es gleich bleiben lassen."

„Ich finde, du übertreibst."

„Ich übertreibe gar nicht. Du selbst hast Gregor in die Wüste geschickt. Doch hoffentlich nicht aus persönlichen Gründen? Es ist zu wenig weitergegangen. Das werden wir jetzt ändern."

„Was hältst du davon, wenn wir morgen in aller Früh darüber reden? Ich werde noch einmal Gregor anrufen. Er soll auch kommen. Ich muss mich bei ihm entschuldigen, ich glaube, das war nicht in Ordnung am Samstag."

„Gregor wird nicht kommen. Und ich will morgen in diese Wohnung."

„Franz –"

„Habe ich jetzt die Leitung der Mordgruppe, oder nicht?"

„Du hast die Leitung, Franz."

„Dann besorg mir diesen Untersuchungsbefehl."

Die Verbindung wurde unterbrochen.

Zwei Stunden später erhielt Mario Sukitsch einen Anruf von Oberst Maili, dem Chef der Fremdenpolizei. Maili informierte ihn, dass Gregor Wolf den Wunsch geäußert hatte, zurück zur Fremdenpolizei zu gehen. Er, Maili, habe diesem Wunsch entsprochen. Man könne sich im Lauf der Woche auf ein ausführlicheres Gespräch treffen, falls es noch etwas zu klären gab.

Sukitsch antwortete, dass er das zur Kenntnis nehme, und legte auf.

Montag, 7 Uhr 30

Eva Brandner kontrollierte den Inhalt ihrer Handtasche. Lippenstift, Reserve-Haargummi, Kaugummis – sie hatte immer schlechten Atem, wenn sie nervös war – und Eyeliner. Fehlte noch etwas? Schminke war eigentlich nicht ihr Ding, aber zur grauen Hose sah es seltsam aus, wenn man nicht ein wenig Lippenstift trug.

Die Uhr auf ihrem Smartphone zeigte sieben Uhr fünfunddreißig. Sie sah aus dem Fenster. Der Himmel über Wien war bedeckt, doch die Wettervorhersage hatte einen weiteren heißen Tag prophezeit.

Eva sah, dass Werner in der Tür stand.

„Findest du, es geht so?"

„Du siehst wunderbar aus", antwortete er.

Sie lächelte kurz. „Das sagst du immer, egal, was ich anziehe. Du bist keine große Hilfe, weißt du."

„Warum ziehst du es an, wenn du dich nicht wohlfühlst?"

„Weil mich die Chefin sehen will, das weißt du", erklärte sie. „Die Schmitt."

„Ich bin mir sicher, du könntest auch in Jeans kommen. Das erwartet man doch von euch Nerds. Wahrscheinlich wollen sie dir einen Bonus auszahlen."

„Ich bin Statistikerin. Die arbeiten normalerweise in Banken und tragen alle Anzüge."

Sie sah ihn an. Wie ein Fels stand er da. Die Wellen brachen an ihm, doch ihn erschütterte es nicht. *Buddha* nannten ihn seine Kollegen im Orchester. Es gefiel ihr nicht. Er war überhaupt nicht dick, fand sie. Etwas fester vielleicht. Aber das Lächeln passte, das musste sie zugeben.

„Lass es“, sagte sie, „heute funktioniert es nicht. Es gibt irgendein Problem, das weiß ich.“

Er kam zu ihr und nahm sie in den Arm.

„Du bist wirklich völlig durch den Wind, oder? Hast die Tür zum Arbeitszimmer offen gelassen. Der Rauch ist schon in der ganzen Wohnung.“

„Tut mir leid“, antwortete sie, den Kopf an seiner Brust. Manchmal war es ihr unangenehm: Wenn sie so an seiner großen Gestalt lehnte, kam sie sich sehr zerbrechlich vor. Als würde sie umfallen, wenn er sie nicht hielt. Aber es war eben so angenehm, dieses Loslassen.

„Die Zigaretten, das ist es, was ich vergessen habe.“

Sie löste die Umarmung und wollte sich umdrehen, doch er hielt ihr die Schachtel hin.

Sie wusste nicht, was sie sagen sollte. Stattdessen gab sie ihm einen schnellen Kuss.

„Ich muss los.“

Sie hatte ihre Tasche unter den Arm geklemmt, als sie zum Auto ging, vorbei an den denkmalgeschützten Ziegelwänden der Wiener Gasometer und dem futuristischen Zubau, der für sie immer noch aussah, als würde er gleich umfallen. Normalerweise nahm sie gern einen Rucksack, aber zum Hosenanzug konnte man keinen Rucksack tragen.

Sie hoffte, dass die Frisur sich nicht komplett auflöste. Sie sperrte ihren Toyota auf, setzte sich ans Steuer, klappte die Sonnenblende herunter und kontrollierte ihr Spiegelbild. Ein paar Strähnen hatte es ihr schon aus dem Haarband gezogen. Ich muss wohl in der Firma nochmals auf die Toilette, dachte sie. Sie drehte den Schlüssel im Zündschloss und fuhr los.

Zwei Minuten später stand sie auf der Südosttangente im Stau.

Ihr Puls beschleunigte sich. Damit hätte sie rechnen müssen. Langsam wurde es richtig knapp.

Sie tastete in ihrer Handtasche auf dem Beifahrersitz nach dem Handy, um auf die Uhr zu sehen.

8 Uhr

Als Franz Baumgartner an diesem Morgen die Kanzlei der Mordgruppe betrat, saßen Sukitsch, Meier und Swoboda im Raum und tranken Kaffee. Sukitsch saß auf Baumgartners Sessel, Wolfs Sessel war frei. Die Szene wirkte wie eine Trauerfeier, wo man sich an einen lieben Menschen erinnert.

„Du hast es noch nicht gehört, oder?", fragte Sukitsch. „Gregor Wolf kommt nicht mehr. Er ist zurück zur Fremdenpolizei gegangen."

Baumgartner sah in die Runde. Er nickte.

„Wusstest du es etwa?", fragte Meier, die niedergeschlagen wirkte. Baumgartner hätte erwartet, dass sie sich freute.

„Nein, nicht sicher", erklärte er. „Aber es wundert mich nicht. Ich habe gestern mit ihm gesprochen."

Alle wurden hellhörig.

„Wann? Was hat er gesagt?", fragte Meier.

„Darf ich mich irgendwo hinsetzen?", fragte Baumgartner.

„Natürlich", sagte Sukitsch und stand auf. Er ging in eine Ecke und lehnte sich an die Wand. Baumgartner ließ sich in seinen Sessel fallen.

„Ich war bei ihm zu Hause, wollte mit ihm reden. Aber es kam nichts dabei raus. Ich habe ihm gesagt, dass ich seine Weltanschauung nicht in Ordnung finde. Doch es war nichts zu machen."

Meier schüttelte den Kopf. „Das hast du ihm gesagt?"

„Natürlich", antwortete Baumgartner, der die Frage nicht verstand. „Man kann doch darüber reden, oder?"

„Nicht, wenn ohnehin schon der Wurm drin ist."

„Warum nicht?"

„Dann wissen wir jetzt zumindest, dass er endgültig weg ist", seufzte Sukitsch. „Ich habe gedacht, ich rede noch einmal mit ihm, aber das kann ich mir jetzt sparen."

„Ich habe gesagt, dass wir ihn brauchen. Dass er gut ist", verteidigte sich Baumgartner.

„Und im gleichen Atemzug hast du ihn für seine Weltanschauung kritisiert?"

„Natürlich", antwortete Baumgartner. „Das eine hat mit dem anderen nichts zu tun. Das ist doch ganz normal, dass ich über so etwas rede, wenn ich einen Menschen ernst nehme. Wir wollen doch alle ernst genommen werden, oder?"

Meier sah Baumgartner traurig an.

„Wollen wir jetzt an die Arbeit gehen?", fragte Baumgartner genervt. „Mario, hast du meinen Durchsuchungsbefehl?"

„Nein", antwortete Sukitsch.

„Warum nicht?"

„Weil es dafür einen begründeten Verdacht braucht. Ihr müsst mir irgendwas liefern, das ich dem Untersuchungsrichter vorlegen kann. Deine Intuition in Ehren, Franz, aber nur weil der Egger-Sohn dort angeläutet hat, das reicht nicht."

Baumgartner nickte. „Wir fahren in die Defreggergasse und befragen die Nachbarn. Bis dahin kannst du den Durchsuchungsbefehl vorbereiten."

„Du meinst es ernst, oder?", fragte Sukitsch. „Willst du nicht vielleicht mit der Familie reden? Womöglich geben sie etwas zu. Wolf ist ruppig mit ihnen umgegangen. Man kann es diplomatischer versuchen."

Baumgartner dachte nach. Er schüttelte den Kopf. „Fahren wir in die Defreggergasse. Zu den Eggers können wir später noch fahren. Werden sie nach wie vor observiert?"

„Ja. Aber es ist nichts Interessantes mehr passiert, soweit ich weiß. Ich frage da gleich noch einmal nach. Und Franz? Der Untersuchungsrichter wird eine Begründung haben wollen. Am besten, du redest selbst mit ihm."

„Ist gut", sagte Baumgartner. „Verschaff mir einen Termin am frühen Nachmittag."

Da meldete sich Meier zu Wort. „Franz, bevor wir fahren, ich habe da etwas über diesen Ivanow herausgefunden. Das solltest du dir anhören."

8 Uhr 5

„Gehen Sie nur rein. Man wartet schon auf Sie."

Die Sekretärin mit den langen Beinen war sehr freundlich. Hatte das etwas zu bedeuten? Vielleicht ging es doch um einen Bonus. Eva stellte ihr Handy auf lautlos. Die Uhr zeigte fünf Minuten Verspätung. Sie blieb einen Moment vor dem Konferenzraum des Managements stehen und nahm zwei tiefe Atemzüge, bevor sie eintrat.

Und erschrak.

Drinnen saßen, neben Schmitt-Costa, noch vier weitere Leute an dem Tisch aus poliertem, schwarzem Granit und sahen sie an. Herren im Anzug, manche Gesichter kamen ihr bekannt vor. Der Aufsichtsrat. Was hatte das zu bedeuten?

Nadja Schmitt-Costa erhob sich.

„Die Walküre“, so wurde sie unter den Angestellten genannt. Eine strohblonde Kämpferin mit Haarknoten und dunkelgrauem Hosenanzug. Es hätte auch ein Tarnanzug sein können, dachte Eva. Nur die gekünstelten Gesten der feingliedrigen Hände störten das Bild.

„Frau Brandner, danke, dass Sie gekommen sind. Bitte setzen Sie sich.“

Ihr wurde ein Sessel am anderen Ende des Tisches angeboten. Wie ein Tribunal, dachte sie. Es war so surreal, dass sie kurz ihre Nervosität vergaß.

„Wollen Sie etwas zu trinken? Kaffee? Wasser?“

„Nein, danke.“

„Frau Brandner, wissen Sie, in was für einem Unternehmen Sie beschäftigt sind? Wir sind einer der größten Mobilfunkanbieter des Landes. Obwohl wir erst seit drei Jahren aktiv sind, haben wir unseren Marktanteil auf zehn Prozent ausbauen können. Und das in einem der schwierigsten Mobilfunkmärkte in Europa.“

Sie ließ die Worte wirken. Die vier Männer ließen Eva nicht aus den Augen.

„Wie Sie vielleicht wissen, sind wir der günstigste Anbieter auf dem Markt, haben aber zugleich laut unabhängigen Tests die beste Netzabdeckung und die beste Verbindungsqualität. Wie das geht? Weil wir nicht im Heute arbeiten, sondern im Morgen. Wir haben vor ein paar Jahren mutig entschieden und sind unseren Visionen gefolgt, in einer Branche, die trotz Hochtechnisierung sehr konservativ ist. Manche unserer Konkurrenten glauben immer noch, das iPhone sei ein Telefon.“

Einer der Männer lachte.

Sie lispelt, dachte Eva. Das ist mir bisher noch nie aufgefallen. Ob sie früher mehr gelispelt hat? Es hört sich so an, als hätte sie daran gearbeitet, aber ganz hat sie es nicht weggekriegt.

„Wir haben die Möglichkeiten erkannt, deshalb haben wir Leute wie Sie angestellt. Die besten Statistiker, die wir finden konnten. Seither haben sich unsere Werbeeinnahmen verdoppelt, die Konkurrenz ist uns um Jahre hinterher. Die Sache hat nur einen einzigen Haken: Die Kunden müssen damit einverstanden sein. Sie bestätigen mit ihrer Unterschrift, dass wir ihre personenbezogenen Daten zu Werbezwecken verarbeiten dürfen. Diese Funktion lässt sich deaktivieren, doch nur zehn Prozent der Kunden machen davon Gebrauch. So finanzieren wir die hohe Netzqualität, die wir bieten können. Frau Brandner, können Sie sich vorstellen, wie wichtig uns das Vertrauen unserer Kunden ist?"

„Sehr wichtig, nehme ich an", antwortete Eva, der die Rede zunehmend auf die Nerven ging. Sie kannte das Geschäftsmodell der Firma sehr gut, man müllte die Mitarbeiter seit Jahren mit Motivations-E-Mails zu.

„Genauso ist es, Frau Brandner. Deshalb haben Sie, als Sie zu uns kamen, eine Verschwiegenheitserklärung unterschrieben."

Schmitt-Costa hob ein bedrucktes Blatt Papier vom Tisch auf.

„Hier steht, dass Sie Nutzerdaten nur firmenintern verarbeiten, und zwar ausschließlich im Rahmen von uns abgesegneter Projekte."

Eva nickte.

„Warum halten Sie sich dann nicht daran?"

Fünf Augenpaare waren auf sie gerichtet. Eva bekam plötzlich kalte Hände.

„Frau Brandner, wir haben Grund zur Annahme, dass Sie Nutzerdaten aus dem Unternehmen entfernt haben. Wir würden gern wissen, was Sie damit vorhaben."

„Ich habe nie Daten entfernt. Wie kommen Sie darauf?“

Schmitt-Costa hob einen anderen Zettel auf.

„Hier habe ich stehen, dass am 30. 5. eine große Menge von Nutzerprofilen und SMS auf einen USB-Stick kopiert wurde. Von Ihrem Rechner.“

„Ich kann mich nicht erinnern, was kopiert zu haben“, sagte Eva trotzig. Sie wurde langsam wütend. Was sollte das?

„Der Stick hatte eine Kapazität von 32 Gigabyte. Er hieß *Ljapunow*. Erinnern Sie sich nun?“

Eva senkte den Kopf. Sie atmete langsam und schwer.

„Also, das ist einfach nur eine Frechheit“, murmelte sie.

„Wie bitte? Können Sie das noch einmal wiederholen?“

„Wissen Sie, wie oft ich Daten kopiert und mit nach Hause genommen habe? Weil ich zu Hause daran gearbeitet habe?“

„Was verboten ist.“

„Jetzt hören Sie mir einmal zu: Ich bin mindestens dreimal in der Woche bis acht Uhr abends in der Firma. Keine einzige Überstunde bekomme ich ausgezahlt, weil Sie mir einen All-in-Vertrag aufgeschwatzt haben. Friss oder stirb. Ich habe die Daten auf den Stick kopiert, weil ich eine Abgabefrist einhalten musste. Das war ein Freitag. Ich habe das Wochenende durchgearbeitet.“

„Kein Grund, hier herumzuschreien, Frau Brandner. Wo ist dieser Stick jetzt?“

„Keine Ahnung. Zu Hause. Ich habe die Daten längst gelöscht.“

„Einfach so?“

Eva antwortete nicht. Sie hatte nun gar keine Angst mehr. Die Wut hatte alles andere zugedeckt.

„In meinem Vertrag habe ich zwei Monate Kündigungsfrist“, sagte sie. „Ich will meinen Zeitausgleich und meinen Urlaub.“

Sie hob ihre Tasche auf, die neben dem Stuhl auf dem Boden lag, und wollte aufstehen.

„Beruhigen Sie sich, Frau Brandner. Niemand will sie rauswerfen.“

„Was wollen Sie dann?“

„Wir haben uns Ihre Referenzen genau angesehen, und die sind bisher tadellos. Das ist Ihr erster Fehltritt, und deshalb wollen wir nachsichtig sein. Wir denken nach wie vor, dass Sie eine wertvolle Mitarbeiterin für das Unternehmen sind und wollen Ihnen noch eine Chance geben. Wichtig ist uns allerdings, dass nichts, was hier besprochen wurde, diesen Raum verlässt. Sind Sie damit einverstanden?“

Eva wusste nicht, was sie sagen sollte. Welchen Fehler hatte sie noch einmal begangen?

„Von mir aus“, murmelte sie.

Schmitt-Costa war plötzlich sehr freundlich und legte den Kopf schief.

„Lassen Sie den Kopf nicht hängen, Frau Brandner“, säuselte sie. „Jeder kann einmal einen Fehler machen.“

Schmitt-Costa stand auf und die anderen taten es ihr gleich.

„Bevor wir das Meeting beenden, eine letzte Frage“, sagte sie. „Sie haben nicht zufällig irgendwelche Kopien von dem Stick gemacht? Auf Ihrem privaten Rechner zum Beispiel?“

„Nein“, antwortete Eva.

„Gut. Dann sehen wir Sie montags wie gewohnt in Ihrem Büro. In einem Punkt haben Sie recht, sie haben wirklich sehr viele Stunden gemacht in letzter Zeit. Nehmen Sie sich ab heute den Rest der Woche frei. Fahren Sie irgendwohin, entspannen Sie sich."

„Danke", sagte sie tonlos und stand auf. Sie ließ die anderen vorausgehen und verließ den Raum als Letzte. Schmitt-Costa hielt ihr die Tür auf.

8 Uhr 30

Juri hatte Kreuzschmerzen, als er aus dem Auto stieg. Anna hatte er auf der Rückbank schlafen lassen, er selbst hatte versucht, sich auf den Vordersitzen eine Schlafposition zu suchen.

Das Haus sah schlechter aus, als er es in Erinnerung hatte. Wann war er das letzte Mal hier gewesen? Er konnte sich nicht mehr genau erinnern. Es lag im Schatten hoher Tannen, die auf jeden Fall größer geworden waren. Die Fensterläden waren zugeklappt, der Lack war fast völlig abgesplittert, das Holz darunter war grau geworden. Es sah nicht so aus, als ob hier jemand wohnte, doch Juri wusste es besser.

Er warf einen Blick zurück zum Auto, dann klopfte er.

Nach einer Weile hörte er ein Geräusch im Inneren.

„Mach auf, ich weiß, dass du da bist."

Ein Schlüssel wurde im Schloss gedreht. Die Tür öffnete sich einen Spalt. Ein Männchen mit wirren, grauen Haaren lugte heraus.

„Hallo Papa", sagte Juri.

Eva parkte das Auto auf ihrem Lieblingsparkplatz, der immer noch frei war, nahm ihre Handtasche und ging zum Gasometer C, in dem sie ihre gemeinsame Wohnung hatten. Nicht günstig, hier zu wohnen. Aber sie verdienten beide, und sie waren übereingekommen, dass es die Lebensqualität einfach wert war.

Wenn sie tatsächlich ihren Job verlor ...

Denk nicht solchen Unsinn, ermahnte sie sich. Sie drückte den Rufknopf für den Lift und bewegte die Zehen in den Schuhen, während sie wartete. So schnell würde sie die hohen Schuhe nicht mehr anziehen, schwor sie sich. Auf dem Boden waren kleine, dunkle Flecken.

Vor der Wohnungstür kramte sie in der Tasche nach dem Wohnungsschlüssel, bis sie sah, dass die Tür nur angelehnt war. Hatte Werner sie etwa kommen gehört?

Eva schloss die Tür hinter sich, schlüpfte aus den Schuhen und ging ins Arbeitszimmer. Sie hob ein Päckchen Zigaretten vom Schreibtisch auf, das dort lag. Es fühlte sich sehr leicht an, doch eine war noch drinnen. Sie zündete sie an und fragte sich, wo Werner eigentlich war.

„Werner?"

Egal, sie musste nachsehen, ob sie ihre Windjacke fand. Hatte sie die eigentlich benutzt seit dem Umzug? Hoffentlich hatte sie das Ding beim Übersiedeln nicht vergessen.

Sie ließ die Zigarette im Aschenbecher und ging hinüber ins Schlafzimmer. Im Kleiderkasten fand sie die bunte Jacke sofort. Jetzt noch Bikini und Handtuch. Sie öffnete die Lade und war erleichtert. Alles war da. Sie legte die Sachen aufs Bett und ging zurück ins Arbeitszimmer.

Die Zigarette war noch nicht ausgegangen, und sie nahm einen tiefen Zug, um sie wieder zum Glühen zu bringen. Sie rauchte ein paar schnelle Züge und rieb sich am Auge, nur um festzustellen, dass ihr Finger schwarz geworden war vom Eyeliner.

Eva zog noch einmal an der Zigarette und dämpfte sie aus. Sie musste aus diesen Sachen raus. Erst einmal abschminken.

Als sie ins Vorzimmer ging, sah sie, dass im Badezimmer Licht brannte.

Ihr Puls wurde auf einmal schneller, ein Schwindelgefühl machte ihren Kopf leicht. Warum eigentlich? Von drinnen sah sie nur den weißen Fliesenboden, der im Licht glänzte. Trotzdem empfand sie plötzlich eine übermächtige Abneigung dagegen, ins Badezimmer zu gehen.

Es ist nichts, Eva. Es ist gar nichts.

Wieder diese kleinen, dunklen Flecken, vor ihr auf dem Parkett. Sie sahen gleich aus wie die im Lift.

Rote Flecken.

Eva trat einen Schritt auf die Tür zu und stieß sie auf.

„Hast du mich erschreckt!", sagte Werner, der über das Waschbecken gebeugt dastand.

„Tut mir leid. Die Wohnungstür war offen."

Sie ging zu ihm und gab ihm einen Kuss.

„Ach so", lächelte er. „Ich habe die Post geholt. Ich habe mich geschnitten, als ich diesen Brief vom Finanzamt aufgerissen habe. So etwas Blödes!"

Sie sah, wie er umständlich versuchte, mit der linken Hand mit einer Schere ein Pflaster zurechtzuschneiden. Um den Zeigefinger der rechten Hand hatte er ein Stück Klopapier gewickelt, das sich bereits mit Blut vollgesogen hatte.

„Und?“, fragte er.

„Ich hab Urlaub“, antwortete sie. „Wollen wir an den Neusiedler See fahren?“

„Jetzt? Ich dachte, du hast solchen Stress!“

Sie war verunsichert. „Du wolltest doch an den See, dachte ich.“

„Wie war dein Meeting?“

Sie überlegte, wie sie es erklären sollte.

„Nicht so gut“, sagte sie. „Jedenfalls habe ich den Rest der Woche frei.“

Er musterte sie und sah, dass sie es ernst meinte. Seine Miene hellte sich auf.

„Warum nicht“, antwortete er, „fahren wir!“

Sie begannen, ihre Sachen zu packen. Als sie gerade zum Auto gehen wollten, fiel Eva plötzlich der USB-Stick ein. Sie ging zurück ins Arbeitszimmer. Dort lag der kleine rote Stick auf dem Schreibtisch. Sie nahm ihn in die Hand und stand einen Moment unschlüssig da, bevor sie ihn in ihre Geldbörse steckte.

10 Uhr 20

Baumgartners Hand schoss reflexartig zum Hörer, als das Telefon in der Kanzlei klingelte.

„Ja?“

„Franz?“

Es war Sukitsch. Baumgartner wartete schon seit Stunden auf Neuigkeiten wegen des Durchsuchungsbefehls.

„Ich bin es“, sagte Baumgartner. „Wie sieht es aus?“

„Um eins haben wir einen Termin bei Kunisch. Du sollst es ihm selbst erklären."

Baumgartner biss die Zähne zusammen. „Ist gut."

„Und Franz?"

„Ja?"

„Du hast nicht zufällig etwas Frisches zum Anziehen? Zu Hause vielleicht?"

„Nein", sagte Baumgartner und legte auf.

11 Uhr

Juri fütterte Anna mit einem Löffel. Zuerst hatte er überlegt, ihr die Tabletten zu geben und die Fesseln loszumachen, damit sie selbst essen konnte, aber die Mittel schienen sehr stark, und meist schlief sie sofort ein.

„Ich habe Kopfweh", klagte sie. „Mir ist schlecht."

„Iss", sagte Juri und hielt ihr einen neuen Löffel mit kalter Gemüsesuppe hin.

Sie schlürfte widerwillig. Als der Teller halb leer war, weigerte sie sich. Er trug ihn zurück zum Tisch, wo noch die offene Dose stand und holte ein Glas Wasser für Anna aus dem Badezimmer.

„Ich habe nachgedacht, Juri", erklärte der alte Mann. „Es ist mir nicht recht, dass du da bist. Ich sehe, dass sie krank ist, aber ich kann dir nicht helfen. Du musst in ein Krankenhaus fahren."

Juri musste husten. Sein Stiefvater roch wie ein ganzes Altersheim. Wie oft er wohl seine Wäsche wusch?

„Erzähl du mir nichts über Krankenhäuser, Papa. Du wolltest da ja selbst nie hin. Es geht nicht, ich habe dir gesagt, sie suchen nach uns."

Der Alte versuchte, das Gehörte zu verarbeiten.

„Warum suchen sie nach euch?“

„Das ist schwer zu erklären.“

Juri ließ ihn stehen und ging zurück ins Wohnzimmer.

„Wirst du mich jetzt umbringen?“, fragte Anna.

Juri fiel das Glas aus der Hand. Er sah auf die Scherben, die sich auf dem Boden verteilt hatten.

„Glaubst du wirklich, ich würde mir diese Scheiße hier antun, wenn ich dich umbringen wollte?“

Sie schien über seine Antwort nachzudenken.

Juri sah über die Schulter. Sein Stiefvater war verschwunden.

„Hast du wirklich das Feuer gelegt?“, fragte er. „In dem Bauernhaus?“

Anna wandte den Blick ab.

„Ich habe es in der Zeitung gelesen“, erklärte er. „Sie suchen nach dir. Nach uns.“

„Sie haben das inszeniert“, erklärte Anna. „Ich habe kein Feuer gelegt. Sie wollen mir das anhängen.“

„Warum sollte dir jemand etwas anhängen wollen?“

Sie bedachte ihn mit einem müden Blick.

„Ich weiß von deinen Geschäften“, sagte sie.

„Welchen Geschäften“, fragte er, obwohl er sehr gut wusste, was sie meinte.

„Eine hat sich umgebracht, nicht wahr? Wollte Schauspielerin werden. Drei Jahre hat sie es ausgehalten in Graz, dann hat sie sich in die Mur gestürzt.“

„Das ist eine Legende“, sagte Juri. „Nichts davon ist wahr.“

„Ist es das, was ich für dich bin?“, fragte sie. „Nur eine weitere Nutte?“

Sein Puls raste. Sie wusste tatsächlich Bescheid. Über diese Möglichkeit hatte er noch gar nicht nachgedacht.

Sie hat nichts gesagt.

Eigentlich kein Wunder, dass sie krank geworden ist.

13 Uhr

Richter Kunisch war ein älterer Herr mit fast völlig weißen Haaren, einem milden Lächeln und einer Stimme, in deren Ton etwas Endgültiges war. Er hatte Sukitsch, Baumgartner und Staatsanwalt Sonnleitner in sein Büro gebeten und ihnen Platz angeboten.

„Guten Tag, meine Herrn. Also, was gibt es?"

„Wir brauchen einen Durchsuchungsbefehl", begann Sukitsch.

„Das habe ich schon gehört. Welche Umstände?"

Sukitsch erklärte ihm grob den Fall. Kunisch hörte aufmerksam zu und nickte.

„Gut", sagte er. „Was ist Ihre Begründung für die Durchsuchung der Wohnung?"

Da sah Sukitsch Baumgartner an.

„Es gibt Nachbarn, die bezeugen, dass in der Wohnung eine junge Frau wohnt, die dort nicht gemeldet ist. Wir wissen keinen Namen, vermuten aber, dass es sich um Maria Egger handeln könnte."

„Um eine verschwundene Frau also?"

Baumgartner nickte.

„Wird diese Frau eines Verbrechens verdächtigt?"

Sukitsch hielt unwillkürlich die Luft an.

„Ja", bestätigte Baumgartner. „Aber der Verdacht ist nicht konkret. Der Mieter der Wohnung, Juri Ivanow, ist nicht greifbar. Allerdings ist er uns nicht völlig unbekannt: Der Name tauchte einmal in einer Interpol-Untersuchung über internationalen Menschenhandel auf. Prostitution. Allerdings kam es zu keiner Anklage."

Der Richter stützte sein Kinn auf die Fingerknöchel und nickte.

„Jedenfalls müssen wir in diese Wohnung hinein", erklärte Baumgartner. „Die Untersuchung stockt, die Wohnung ist der einzige Hinweis, den wir haben."

„Sie haben mit der Familie gesprochen?", fragte Kunisch.

„Ja, aber sie kooperieren nicht. Sie haben die Existenz der Tochter verschwiegen. Die Sache ist sehr verwirrend. Wir brauchen harte Fakten, um uns unser eigenes Bild zu machen, bevor wir weitere Fragen stellen."

„Was sagen Sie dazu?", fragte Kunisch Staatsanwalt Sonnleitner, der heute einen aschgrauen Anzug trug, neben dem Baumgartner mit seinem Jackett aussah wie ein Clown. Sonnleitner hatte noch kein Wort gesagt. Er war nur dagesessen und hatte mit seiner Krawattennadel gespielt. Als er angesprochen wurde, schien er aufzuwachen.

„Herr Rat, darf ich ganz offen sein?"

Kunisch nickte.

„Ich glaube nicht, dass die Voraussetzungen für einen Durchsuchungsbefehl hier gegeben sind. Es fehlt ein konkreter Verdacht, der diese Maßnahme rechtfertigt."

Du Arschloch, dachte Sukitsch. Elender Schleimer. Davon hast du vorher nichts gesagt, und jetzt lässt du mich auflaufen.

Der Richter betrachtete die drei Männer neugierig, schmunzelte.

„Wo ist eigentlich Oberinspektor Wolf?", fragte Kunisch. „War er nicht eben noch Leiter der Mordgruppe?"

Alle wandten den Blick ab.

„Er hat um seine Versetzung gebeten“, erklärte Sukitsch. „Er ist nun wieder bei der Fremdenpolizei.“

Kunisch lachte plötzlich und sah Sonnleitner an. „Und das, nachdem Sie mir erklärt haben, wie großartig Wolf ist und dass nun alles besser werden würde.“

Sonnleitner schien plötzlich in seinem Sessel zusammenzusinken. „Wolf ist ein sehr guter Polizist, das werden auch die beiden hier bestätigen. Er hat sich nie etwas zuschulden kommen lassen. Aber wir müssen seine Entscheidung respektieren.“

Sukitsch musste sich ein Grinsen verkneifen.

„Ich möchte nicht wissen, was private Streitigkeiten wie diese unser Land jedes Jahr kosten“, murmelte Kunisch kopfschüttelnd. Er sah auf, und seine Stimme nahm einen offiziellen Ton an. „Abgesehen davon muss ich Ihnen leider sagen, dass ich Herrn Sonnleitner recht gebe. Ich kann Ihnen keinen Durchsuchungsbefehl ausstellen. Nicht mit dem, was Sie haben. Tut mir leid.“

„Ich bitte Sie, das noch einmal zu überdenken“, sagte Baumgartner. „Ich übernehme die volle Verantwortung. Vielleicht haben wir die Fakten nicht gut genug dargestellt. Aber es führt kein Weg daran vorbei, wir müssen da rein.“

Kunisch schüttelte bedauernd den Kopf. „Wir kennen Ihren Ruf, Baumgartner. Ich weiß, dass Sie gute Ideen haben. Aber es hilft nichts, kommen Sie wieder, wenn Sie mehr haben. Es muss andere Möglichkeiten geben.“

Als sie hinausgingen, wandte sich Sonnleitner ab, ohne sich zu verabschieden. Sukitsch und Baumgartner blieben auf dem Gang stehen.

„Komm, fahren wir zurück“, sagte Sukitsch. „Er hat recht, du musst mit den Eggers reden.“

„Ich bleibe noch hier, glaube ich", antwortete Baumgartner. „Ich muss nachdenken."

Sukitsch musterte ihn unsicher. „Wie du willst", sagte er schließlich. „Wir sehen uns später."

Als Baumgartner wenig später in einem indischen Restaurant in der Nähe bei einem Bier saß, bekam er einen Anruf von Sukitsch.

„Franz, komm besser schnell her. Es hat einen Notruf gegeben. Jemand will in der Defreggergasse einen Mann gesehen haben, der eine tote Frau in ein Auto geladen hat."

13 Uhr 30

„Ich verstehe es nicht", sagte Werner zu Eva. Sie waren auf dem Weg nach Eisenstadt, hatten sich angeschwiegen. Weiße Windräder standen, so weit das Auge reichte, und drehten sich träge.

„Ich eigentlich auch nicht. Wir haben einfach nur dumm herumgespielt. Ich dachte nicht, dass es jemand merkt. Und ich kann mich nicht erinnern, dass wir die Ergebnisse gespeichert hätten. Du weißt schon, um neun noch in der Firma, da kommt man auf blöde Gedanken."

„Was denn zum Beispiel?"

„SMS nach Schlüsselwörtern filtern, zum Beispiel. Pornografisches. Dann haben wir nachgesehen, ob die Absender verheiratet waren und ob es ihre Ehepartner waren, mit denen sie schrieben. Oder ob es gleichgeschlechtliche Geschichten waren. Wir haben das alles wieder gelöscht. Aber vielleicht hat Tom etwas davon aufgehoben."

„Ruf ihn doch an."

Sie sah aus dem Fenster.

„Jetzt habe ich Urlaub", sagte sie.

Werner schmunzelte.

„Ich bin nur eine dumme Angestellte, die einen Fehler gemacht hat", setzte sie nach. „Vielleicht sollte ich mich in Zukunft dementsprechend verhalten. Nur noch das Nötigste tun, keine Fleißaufgaben mehr. Und keine Überstunden."

„Na, na", sagte Werner und legte seine Hand auf ihr Knie. „Ich glaube wirklich, du solltest ihn anrufen. Die Sache war offensichtlich seine Schuld. Aber nicht heute. Heute lassen wir es uns gut gehen, nicht wahr?"

Sie nickte.

„Dass du mit deinem langweiligen Job so einen Skandal auslöst", lachte Werner.

„Ich verstehe es auch nicht", erklärte sie. „Als ob sie es nicht wüssten."

„Was wüssten?"

„Es ist nur, man kann aus diesen Daten echt alles Mögliche herauslesen, wenn man will. Du weißt ja, wie bei diesen Social Networks im Internet."

„Nein, eigentlich nicht", gab er zurück.

„Na ja, die Leute benutzen diese Dienste inzwischen in allen Lebenslagen. Sie posten, was sie gerade tun, laden Fotos von sich hoch, schreiben, wo sie wann waren."

„Ich nicht", sagte er.

„Kein Wunder", lachte sie, „du lebst komplett in der Vergangenheit. Spielst auf einem hundert Jahre alten Instrument dreihundert Jahre alte Musik. Es wundert mich, dass du mit einem Handy umgehen kannst."

Er grinste sie von der Seite an.

„Ob Handy oder Social Network, das ist eigentlich egal", fuhr sie fort. „Die Leute geben freiwillig Geburtsdatum und Adresse bekannt, alle Verwandtschaftsbeziehungen, schicken einander private Nachrichten, die jemand wie ich im Prinzip alle mitlesen kann. Ist natürlich *strengstens* verboten, aber nachprüfen kann es keiner. Frag mich etwas über diese Leute, und ich kann es dir sagen. Man braucht es nicht einmal besonders filtern, ist alles einfach da. Die Kunden unterschreiben sogar, dass wir das dürfen, für ein paar Euro Vergünstigung auf ihren Tarif."

„Ihr spioniert Leute aus?", fragte er.

Sie sah ihn entgeistert an.

Ein schelmisches Lächeln war auf seinen Lippen.

„Lass uns von was anderem reden", sagte sie.

Und so schwiegen sie, abgesehen von ein paar Bemerkungen über das Wetter, die ganze restliche Fahrt lang.

13 Uhr 55

Die Aktion begann ohne Vorwarnung. Cobra-Beamte in Helmen und schwarzen Schutzanzügen mit Kevlarwesten stiegen zugleich aus vier PKW und umstellten das Gebäude komplett. Ein Team war in der Annenstraße, eines in der Feuerbachgasse. Die anderen beiden gingen von der Defreggergasse aus hinein.

Die Beamten der Mordgruppe hielten sich im Hintergrund. Baumgartner und Meier hatten ihren Dienstwagen zehn Meter hinter den Cobra-Autos geparkt und horchten gebannt. Draußen war alles still, sie konnten nur ahnen, was im Haus gerade passierte.

Sie hofften, keine Schüsse zu hören.

Nach weniger als zehn Minuten trat Oberst Ernst, der Einsatzleiter der Cobra-Einheit, durch die Tür ins Freie und ging auf Baumgartner zu.

„Nichts", sagte er. „Sie sind nicht mehr da. Aber da ist vielleicht etwas, das Sie interessieren könnte."

Die Wohnung lag im Dachgeschoß. Baumgartner wurde durch einen sehr sauberen Gang geführt, auf dem einige Holzsplitter von der Tür lagen, die die Cobra-Beamten aufgebrochen hatten. Der Dachausbau schien noch sehr neu zu sein.

Er betrat eine sehr geräumige, moderne Wohnung mit teuren Möbeln, die aus einem einzigen Raum zu bestehen schien. Zuerst dachte er, dass alles Designermöbel waren – rohes Holz, gerade Formen. Doch dann sah er, dass manches etwas schief war und improvisiert wirkte, auf eine freundliche Art und Weise. Er entdeckte Teile alter Paletten, die umfunktioniert worden waren, noch mit dem schwarzen Brandzeichen darauf.

Selbst gebaute Möbel, in dieser teuren Wohnung? Baumgartner war verwirrt.

„Sind Sie sicher, dass dieser ganze Aufwand nötig war?", fragte Ernst. „Mir wurde gesagt, sie hatten konkrete Verdachtsmomente. Aber wenn ich es richtig verstanden habe, beruhten die auf einer einzigen Zeugenaussage."

„Es war nötig", antwortete Baumgartner.

„Wenn Sie das sagen, wird es wohl stimmen. Hier entlang."

Ernst führte ihn ins Badezimmer. Dort war auch eine Toilette, die Klobrille war aufgeklappt.

„Jemand hat Papier verbrannt", erklärte Ernst und deutete auf ein paar schwarze Aschereste, die in der Klomuschel schwammen. „Ganz ist es nicht gelungen."

Ernst hielt einen Umschlag hoch, in dem ein Stück Papier war, das Eck eines größeren Zettels.

Baumgartner strengte seine Augen an. Er nahm Ernst den Umschlag aus der Hand und ging damit auf den Balkon. Dort erst konnte er die Satzfetzen entziffern. Er wusste gleich, womit er es zu tun hatte.

Sie hatten die Überreste der Geburtsurkunden gefunden.

„Und?", fragte Meier, als er vom Balkon zurück in die Wohnung trat.

„Kein Zweifel, sie war hier. Wir haben Maria Egger gefunden."

Als sie zurück zum Auto gingen, wurden sie von zwei Journalisten und einem Kamerateam bedrängt.

„Herr Baumgartner, bitte um eine Stellungnahme. Was ist hier vorgefallen? Stimmt es, dass es einen Zusammenhang zu dem Brand in Ehrenhausen gibt?"

„Ich kann Ihnen dazu noch nichts sagen", erklärte Baumgartner. „Sie bekommen in Kürze eine Presseaussendung."

Bevor er einstieg, sah er im Hintergrund Doris Wallner stehen. Sie sah einfach nur wortlos zu ihm her. Er ignorierte sie und setzte sich ins Auto.

15 Uhr

„Was haben Sie überhaupt in der Tiefgarage getan?", fragte Meier. „Haben Sie ein Auto?"

„Nein, aber meine Tochter hat eines! Es ist nur so, manchmal stehen fremde Leute in unserer Tiefgarage. Jemand leiht ihnen ihre Parkkarte. Das ist nicht erlaubt!"

Die alte Frau hatte ihre Handtasche vor sich auf dem Schoß wie einen Schild. Ihren Hut hatte sie nicht abgenommen.

„Bitte erzählen Sie mir noch einmal, was Sie genau gesehen haben“, fragte Baumgartner.

Die Frau wirkte verunsichert. „Ich wusste nicht, wie viel Mühe Ihnen das machen wird. So viele Polizisten. Waren das überhaupt Polizisten? Das tut mir leid, wenn ich das gewusst hätte, hätte ich nicht ...“

Baumgartner schüttelte geduldig den Kopf.

„Sie haben genau das Richtige getan, Frau Hierzer. Sie haben doch etwas gesehen, sonst hätten Sie nicht angerufen, oder?“

Sie nickte.

„Also, was haben Sie genau gesehen?“

Sie schwieg kurz. Als sie weitersprach, war ihre Stimme fester.

„Ein Mann hat eine Frau in die Tiefgarage getragen.“

„Als Sie angerufen haben, haben Sie gesagt, eine tote Frau.“

„Ich dachte –“

„Könnte sie nicht einfach nur erschöpft gewesen sein?“

Frau Hierzer schüttelte energisch den Kopf.

„Es hing alles ganz schlaff herunter!“

„Sie war also nicht bei Bewusstsein“, sagte Baumgartner.

„Ich hätte nicht anrufen sollen.“

„Doch, diese Frau war nicht bei Bewusstsein. Jemand trägt eine bewusstlose Frau aus dem Haus. Es ist gut, dass Sie die Polizei gerufen haben.“

Meier lächelte ermutigend.

„Haben Sie die Frau gekannt? Oder den Mann?“, fragte Baumgartner

„Nicht persönlich.“

„Aber Sie kennen sie?“

„Ja, das sind Nachbarn. Sie wohnen im Haus.“

„Welche Nachbarn? Wissen Sie das?“

„Ich weiß nicht, wie sie heißen. Aber auf dem Türschild steht Ivanow.“

Baumgartner und Meier sahen sich an. Nun kam Bewegung in die Sache.

Als Baumgartner Frau Hierzer hinausgeleitet hatte, rief er Wilszek an.

„Wie sieht es aus, Stefan?“

„Haare“, sagte Wilszek. „Blonde lange und dunkle kurze.“

„Du weißt, was ich meine. Blut?“

„Nein, kein Tropfen.“

Also doch keine Leiche.

„Melde dich, wenn du was hast“, meinte er und legte auf.

Baumgartner sah Swoboda an.

„Besprechung?“, fragte Swoboda.

Baumgartner nickte. „In zehn Minuten.“

15 Uhr 40

„Musst du eigentlich immer recht haben, Franz?“, sagte Sukitsch, als er den Besprechungsraum betrat.

Baumgartner sah ihn verständnislos an.

„Nur ein Scherz. Ich habe Kunisch informiert, dass wir nun doch reingegangen sind, mit einem begründeten Verdacht.“

„Danke“, sagte Baumgartner. „Also, an die Arbeit. Ich versuche einmal zusammenzufassen, was wir haben. Kurz nachdem die ersten Online-Medien die Geschichte von Maria Egger gebracht haben, fuhr Maximilian, der Bruder, zu einer Adresse in der Defreggergasse. Die Wohnung, bei der er läutete, ist an einen Juri Ivanow vermietet. 32 Jahre alt, ledig. Klingt wie ein Russe, ist aber Österreicher russischer Abstammung. Die Mutter stammt aus Sankt Petersburg. Ihr habt die Wohnung nicht alle gesehen, aber viel nobler geht es nicht. Neu ausgebautes Dachgeschoß, sehr teuer, dort zu wohnen. Dafür ist das Mobiliar zum Teil selbst gebastelt, das verstehe ich nicht."

„Das mit dem Möbeln ist nicht so ungewöhnlich", warf Meier ein. „Nennt man *Upcycling*. Nie davon gehört? *Cradle to Cradle*? Ziemlich hip unter den jungen Kreativen in Graz."

„Aber in so einer Wohnung?"

Meier zuckte mit den Schultern. „Nicht alle Kreativen sind arm."

„Was uns zur Frage bringt, wie Ivanow sein Geld verdient. Wir wissen es nicht. Was wir wissen, ist, dass er von Interpol gesucht wurde, im Zusammenhang mit Menschenhandel."

Meier atmete geräuschvoll durch die Zähne aus.

„Wir wissen inzwischen auch, dass eine Frau dort gewohnt hat, die aber nicht in der Wohnung gemeldet ist. Es könnte sich um Maria Egger handeln. Wir haben Fotos von einer Frau gefunden, oder?"

Meier legte zwei Bilder auf den Tisch. Man gab sie durch. Sie zeigten zwei Menschen, die glücklich aussahen. Der Mann hatte dunkle, kurze Haare, einen getrimmten Vollbart, der ein kräftiges Kinn bedeckte, und ein gewinnendes Lächeln. Die Frau hatte ein rundes Gesicht, einen Schmollmund und wirkte nachdenklich.

„Sie sieht ähnlich aus wie auf dem Fahndungsfoto“, sagte Meier. Swoboda nickte.

„Ich bin mir sicher, dass sie es ist“, meinte Baumgartner, „aber natürlich ist das offiziell nur eine Vermutung. Wir müssen das so bald wie möglich verifizieren. Kommen wir nun zur Aussage von Frau Hierzer.“

Baumgartner ordnete kurz seine Gedanken.

„Sie hat bei der Notrufzentrale angerufen und gemeldet, jemand habe eine tote Frau in die Tiefgarage getragen. Hierzer ist Pensionistin, beobachtet die Nachbarn, das ist ja nicht ungewöhnlich. Dass die Frau tot gewesen sein soll, hat sie inzwischen zurückgenommen, aber die Person sei definitiv bewusstlos gewesen, darin ist sie sich sicher. Sie hat die beiden auch identifiziert, es handelte sich um Ivanow und die Frau, die bei ihm lebte.“

Zum ersten Mal seit Tagen war eine Anspannung im Raum zu spüren.

„Was tut ein Mann mit einer bewusstlosen Frau in einer Tiefgarage?“

„Er bringt sie zu seinem Auto“, sagte Swoboda.

„Richtig. Wir müssen herausfinden, welches Auto er fuhr. Rainer, kannst du dich darum kümmern?“

„Ein dunkelblauer BMW M5“, warf Sukitsch ein. „So ein Auto ist auf Ivanow gemeldet.“

Sukitsch las das Kennzeichen von einem Zettel vor.

Baumgartner bedankte sich. „Wilszek hat keine Blutspuren gefunden. Das muss nichts heißen, aber es wäre möglich, dass sie am Leben ist. Die Frage ist, warum war sie bewusstlos? Steht der Zeitpunkt dieser Flucht – ich nehme einmal an, dass es sich um eine Flucht handelte – in irgendeinem Zusammenhang mit dem Brand oder mit unseren Ermittlungen?“

„Zweifelst du daran?“, fragte Meier.

„Sicher wissen wir das nicht“, antwortete Baumgartner. „Aber es ist plausibel. Gehen wir einmal davon aus. Sie haben in der Zeitung gesehen, dass sie gesucht werden und sind davongefahren. Das hieße, dass Fluchtgefahr besteht.“

Sukitsch nickte.

„Was für uns wiederum heißt, dass wir eine Großfahndung rausgeben müssen. Wobei die Annahme der Fluchtgefahr aber auf Vermutungen basiert. Was sagst du, Mario?“

Sukitsch dachte kurz nach, bevor er abermals nickte.

„Wenn du recht hast, müssen wir schnell sein. Wir wissen nicht, was er mit der Frau vorhat. Ich bereite alles mit Sonnleitner vor.“

„Gut“, sagte Baumgartner. „Caroline? Hilf Mario, die Informationen für die Fahndung zusammenzustellen. Rainer? Du versuchst, Freunde und Verwandte von Ivanow aufzutreiben. Und ich muss jetzt endlich mit Friederike Egger reden.“

„Das ist auch überfällig“, sagte Sukitsch. „Bevor sie selbst an die Medien gehen mit wer weiß was für einer Geschichte.“

Als alle den Raum verließen, hielt Caroline Meier Baumgartner an der Schulter fest und wartete, bis die anderen weg waren.

„Franz, ich muss mich bei dir entschuldigen. Ich wollte nicht ...“

Sie suchte nach Worten.

„Es war völlig daneben, was ich gesagt habe.“

Baumgartner nickte undefinierbar.

„Eigentlich ist es nur so, dass ich mir Sorgen um dich mache. Das musst du verstehen, es ist nicht böse gemeint!“

„Das verstehe ich“, sagte Baumgartner. „Mach dir nicht zu viele Gedanken. Ich weiß schon, dass es im

Moment schwierig ist mit mir. Aber das ist mir egal. Ich will arbeiten."

Meier nickte.

„Es geht dir auch schon besser, oder? Ich meine, das mit der Wohnung ist gut gelaufen, du hast recht gehabt."

Baumgartner seufzte. „Dass ich sofort wieder die Leitung übernehmen soll, ist eigentlich Unsinn. Aber es ist nicht so wichtig, wir sind ohnehin ein Team."

„Es ist unverantwortlich, dass Gregor sich gerade in dieser Situation aus dem Staub macht."

„Das ist egal", entgegnete Baumgartner. „Es gibt keinen richtigen Zeitpunkt für so etwas. Wenn es sein muss, muss es sein."

„Falls es dir zu viel wird, sag Bescheid, okay? Und wenn ich dich irgendwie unterstützen kann, tu ich das gerne."

„Danke", sagte Baumgartner, drehte sich um und ging.

Caroline Meier wusste nicht, ob sie mit dem Gespräch zufrieden sein sollte. Was hatte sie eigentlich erwartet?

17 Uhr

Friederike Egger kam persönlich ins Landeskriminalamt. Baumgartner hatte zuerst angeboten, zu ihr zu fahren, um auch mit Maximilian zu reden. Aber Friederike hatte, in einem unerwartet ruhig und höflich geführten Telefongespräch, darum gebeten, allein mit Baumgartner zu sprechen.

„Ich werde Ihnen alles erzählen."

Baumgartner hatte die Sache kurz mit Sukitsch und Meier besprochen, die begonnen hatten, die Fahndungsunterlagen vorzubereiten, und sie hatten ihm geraten, Egger eine Chance zu geben. „Wenn sie jetzt endlich kooperieren will, lass sie doch." „Wir werden sehen", hatte Baumgartner geantwortet.

Nun saß er der Frau gegenüber, die ihm als intelligent und durchsetzungsstark beschrieben worden war. Friederike Egger hatte gerötete Augen. Sie wirkte sehr schwach und steif, wie eine alte Frau.

„Sie haben uns wichtige Details verschwiegen", sagte Baumgartner. „Sollte Ihre Tochter wirklich etwas mit dem Brand zu tun haben, wird das eine Anzeige nach sich ziehen, nur damit Sie es wissen."

„Glauben Sie wirklich, dass mich das jetzt gerade berührt, Herr Baumgartner?"

Wie sie so vor ihm saß, hatte er plötzlich Mitleid mit ihr. Damit hatte er nicht gerechnet, nachdem sie doch mit ihrem Schweigen die Ermittlungen so lange blockiert hatte.

„Es ist auch nicht sicher, dass es zu einer Anklage kommt. Wir sind uns Ihrer schwierigen Situation durchaus bewusst."

Egger nickte.

„Bitte erzählen Sie mir alles über Ihre Tochter Maria."

Sie sah an die Decke, doch ihr Blick schien in die Ferne zu gehen. Baumgartner wartete.

„Ich hatte es eigentlich schon aufgegeben, je wieder etwas von ihr zu hören", begann Friederike Egger.

17 Uhr

Juri fluchte. Warum hob Iosif nicht ab? Seit Stunden versuchte er, ihn zu erreichen, hatte sicher fünfzehn Mal seine Nummer gewählt und läuten lassen, bis die

Mailbox kam. Das letzte Mal war die Mailbox gleich gekommen.

Wenn er Iosif nicht erreichte, funktionierte sein Plan nicht. Er brauchte einen Zufluchtsort, und zwar bald. Hier konnte er nicht bleiben, man würde irgendwann nach ihnen suchen, und es war nur eine Frage der Zeit, bis sie hierherkamen, um seinen Stiefvater zu befragen. Außerdem war der Alte unberechenbar. Er hatte Anna beobachtet, ihre seltsamen Rituale, Fütterung, Toilette, Tabletten. Gesagt hatte er nichts mehr, aber es war nicht auszuschließen, dass er auf eigene Faust etwas unternahm.

Am liebsten wäre Juri gleich gefahren, doch vielleicht war es klüger, diese Nacht noch zu bleiben. Er musste unbedingt Iosif erreichen. Es gab ein paar andere Leute, die er anrufen konnte, aber er zögerte. Er wusste nicht, wem von ihnen er am ehesten trauen konnte. Iosif war in Wirklichkeit die einzige Option.

Er musste ihm außerdem auftragen, mehr von den Tabletten zu kaufen. Juri hatte drei Packungen bekommen, und bei ihrem derzeitigen Verbrauch würden sie noch zwei Tage reichen, dann brauchte er Nachschub.

Juri ging in die Küche, wo er die Schachteln in eine Lade gelegt hatte. Die erste Packung ging bald zur Neige, sie reichte gerade noch für die Nacht. Juri nahm eine der neuen Packungen und drehte sie in der Hand.

Etwas kam ihm komisch vor. Der Karton war an einer Stelle eingeknickt. So, als wäre sie schon einmal geöffnet worden.

Juri öffnete die Schachtel und zog den folierten Kunststoffbehälter heraus.

Alle Kammern waren leer.

Sein Dealer hatte ihn betrogen. Er hatte ihm leere Packungen angedreht.

„Maria war ein sehr intelligentes Kind. Das hatte sie von ihrer Großmutter. Aber sehr ruhig, einzelgängerisch. Sie hat gern allein gespielt, stundenlang. Und manchmal hat sie mir dann unvermittelt Fragen gestellt, die nicht zu einem Kind passen. Über Mann und Frau, über den Tod, solche Dinge. Mit sechs Jahren. In der Schule war sie brav und unauffällig. Aber niemand konnte so richtig sagen, was in ihr vorging. Vielleicht wäre sie ein ganz normaler Teenager geworden, wenn das mit ihrem Bruder nicht passiert wäre. Sie war damals erst sieben. Darüber denke ich oft nach.

Als sie in die Pubertät kam, wurde es sehr schwierig mit ihr. Verstehen Sie mich nicht falsch, viele Jugendliche sind schwierig in dieser Phase. Aber viele wollen auch einfach Grenzen austesten. Suchen den Widerstand ihrer Eltern. Sie wollen streiten, das ist wichtig für sie. Es hilft ihnen, zu verstehen, wer sie sind. Maria war anders, sie stritt nicht. Sie sprach überhaupt nicht über das, was sie tat. Dass sie einen Freund hatte, erfuhr ich von Maximilian. Da war sie vierzehn. Er war neunzehn. Ich habe sie zur Rede gestellt. Sie hat mich nicht einmal angesehen. Ich habe ihr Hausarrest gegeben. Was hätte ich tun sollen? Anzeige erstatten? Es wäre natürlich möglich gewesen, aber das wollte ich nicht. Man muss so etwas in der Familie lösen können. Das muss möglich sein. Manche Dinge gehen die Gesellschaft nichts an.

Jedenfalls brach sie aus, ich habe sie eine Woche nicht gesehen. Ich wollte nun wirklich zur Polizei gehen, aber Maximilian hat gemeint, er überredet sie, dass sie zurückkommt. Was sie dann auch getan hat. Wissen Sie, jeder Jugendliche mit Hausarrest kann ja in Wirklichkeit ausbrechen. So gut kann man niemanden einsperren, es sei denn, man baut seinen Keller aus. Die meisten respektieren das aber, so sehr sie auch rebellieren. Sie wollen ja nicht nur ihren Willen durchsetzen, sie suchen auch die Bestätigung der Eltern. Deshalb laufen sie nicht fort. Maria brauchte nichts dergleichen, sie war einfach weg. Als sie zurückkam, habe ich sie kaum wiedererkannt. Sie trug völlig andere Sachen, hatte schwarz gefärbte Haare, trug ein zerrissenes T-Shirt, durch das man ihren BH sehen konnte, keine Schuhe."

„Ein Teenager, der rebelliert", kommentierte Baumgartner.

„Ich versuche Ihnen doch gerade zu erklären, dass es anders war. Sie legte eine Kompromisslosigkeit an den Tag, die gefährlich war. Ich konnte nicht mehr sicher sein, dass sie sich nicht in Gefahr brachte. Ich hatte Angst, sie könnte von irgendeinem Punk schwanger werden."

„Es ist eben nicht so ungewöhnlich", widersprach Baumgartner. „Ähnliche Dinge passieren vielen Eltern. Das ist für alle Familien schwierig."

Egger verschränkte die Hände. Baumgartner nahm sich vor, sie nicht mehr zu unterbrechen.

„Dann habe ich versucht, mit ihr zu reden", fuhr Egger fort. „Hab sie dazu gezwungen, mit mir am Küchentisch zu sitzen. Dort haben wir uns angeschwiegen. Ich wollte wissen, was mit ihr los war. Ob ich ihr helfen konnte. Sie meinte, sie wolle nur in Ruhe gelassen werden."

Egger schluchzte unvermittelt.

„Ich habe ihr erklärt, dass das so nicht geht. Dass wir nun eben Mutter und Tochter sind. Dass wir miteinander auskommen müssten. Dann ist sie laut geworden, hat gesagt, dass sie die ganzen Bauerntrotteln satt habe, die prüden Katholiken, die alle keine Ahnung vom Leben haben – das hat sie gesagt. Ich habe ihr erklärt, dass ich für ihre Sicherheit sorgen müsste, dass das meine Pflicht als Mutter sei und dass sie das irgendwann verstehen würde. Sie gab darauf keine Antwort, aber eine Weile ging es gut. Sie ging in die Schule, zu Hause redeten wir fast gar nicht, sie hatte verschiedene Freunde, aber keinen so alten mehr. Wir lebten nebeneinander, aber fast ohne Kontakt. Ab und zu fragte ich Maximilian, wie es ihr ging. Ich wartete ab. Und dann eskalierte es erneut. Sie hatte wieder einen älteren Freund. Sie war siebzehn, er über zwanzig. Ich stellte sie zur Rede. Sie grinste nur. Von Maximilian hörte ich, dass Drogen im Spiel waren. Ich verbot ihr, ihn zu sehen, drohte, zur Polizei zu gehen. Und dann, eines Tages, war sie plötzlich weg."

Baumgartner wartete auf eine Fortsetzung.

„Wie, weg?"

„Ich habe sie seither nie wieder gesehen. Sie war siebzehn."

„Sind Sie zur Polizei gegangen?"

Egger schüttelte den Kopf.

„Was hätte das gebracht? Ich habe gespürt, dass ich alles getan hatte, was in meiner Macht stand. Sie war mir vollkommen entglitten. Was hätte die Polizei hier ausrichten können? Sie einsperren?"

„Man kann doch nicht einfach pauschal alle Hilfe von außen ablehnen", meinte Baumgartner.

„Ich habe gewartet, dass sie sich irgendwann meldet. Ich habe einfach nicht verstanden, warum sie mich so hasst."

Da begann Friederike Egger zu weinen. Leise, als wäre sie sehr müde.

„Aber irgendwann haben Sie herausgefunden, wo sie wohnt?“

„Maximilian hat sie irgendwann in Graz zufällig auf der Straße entdeckt. Sie hat ihn nicht erkannt. So hat er ihre Wohnung herausgefunden. Er hat mir erzählt, dass sie glücklich aussah.“

Baumgartner zögerte, die Frage zu stellen, die ihn am meisten interessierte. „Glauben Sie, dass Maria etwas mit dem Brand zu tun haben könnte?“

Egger sah ihn aus geröteten Augen an.

„Ich weiß es nicht“, sagte sie.

19 Uhr 30

Juri und sein Stiefvater saßen vor dem Fernseher und sahen sich die Nachrichten an. Neben ihnen lehnte Anna, ohne Fesseln. Sie hatte gerade die Abend-Dosis Tabletten bekommen und war völlig ausgeschaltet. Juri beugte sich alle paar Minuten zu ihr hinüber und wischte ihr mit einem Taschentuch Speichel aus dem Mundwinkel. Unwillkürlich sah er zu seinem Stiefvater hinüber, ob auch dessen Mund abgewischt werden musste. Irgendwann hatte er wieder unbemerkt an seinem Schnaps genascht.

Meine Familie, dachte Juri.

Als die Meldung über den Polizeieinsatz in der Defreggergasse kam, hielt Juri den Atem an. Die Medien wussten keine Details, zu laufenden Ermittlungen hatte sich die Polizei nicht äußern wollen.

Es gab keinen Zweifel daran, dass die Polizei wegen ihnen dort gewesen war. Er hatte ja schon am Vortag diesen Polizisten vor dem Haus gesehen. Dass sie allerdings mit einer Spezialeinheit das Gebäude gestürmt hatten, schockierte Juri. Nun war es offiziell, er musste hier weg.

Juri nahm abermals sein Handy in die Hand und ging damit hinaus ins Freie. Wieder versuchte er, Iosif zu erreichen, ohne Erfolg.

Die Hoffnungslosigkeit überkam Juri ganz plötzlich. Es war seltsam, wie vertraut ihm dieses Gefühl vorkam. Er dachte an ein Déjà-vu, doch er wusste, dass es mit dem Haus zu tun hatte. Hier hatte er viele unglückliche Jahre seiner Jugend zugebracht. Er kannte dieses Gefühl der Aussichtslosigkeit zu gut, nicht weg zu können. An die Menschen um sich gebunden zu sein.

Nun war er also an diesen Ort zurückgekehrt, den er so sehr hasste, und alles war wieder wie früher. In gewisser Weise.

Als er so dastand und über sein Leben nachdachte, entdeckte er das Auto.

19 Uhr 45

Er erkannte die Silhouette sofort. Es war ein Maserati.

Juri sprintete zurück zum Haus und schlug die Tür auf. Er lief ins Wohnzimmer und sah sich um. Es war dunkel geworden, der Raum wurde nur vom Fernseher beleuchtet. Sein Stiefvater drehte sich träge um. Anna lag genauso da wie vorhin.

Alles war ruhig.

Aber was machte dann das Auto draußen vor dem Haus? Das konnte kein Zufall sein.

Juri ging in die Küche, wo er die Pistole versteckt hatte. Er kontrollierte das Magazin und drehte sich um.

Vor ihm stand Charly.

Die beiden Männer sahen sich an, jeder hielt eine Pistole in der Hand, die auf den Boden gerichtet war, keiner sprach ein Wort. Es war, als führten sie eine unsichtbare Unterhaltung.

Du weißt, was wir tun müssen. Ich werde es nicht tun. Dann komm mir nicht in die Quere. Hättest du wirklich den Mut, mir etwas anzutun? Und du?

Aus dem Wohnzimmer hörten sie ein Poltern. Juri blickte über Charlys Schulter und sah, wie sein Stiefvater durch die Tür ins Freie verschwand. Charly behielt Juri im Auge, horchte nur, wie sich die Schritte des alten Mannes entfernten.

„Komm, hilf mir wenigstens“, sagte Charly. Er drehte sich um und ging ins Wohnzimmer, wo er Anna anstarrte wie ein angefahrenes Reh, das man nicht liegen lassen kann, aber auch nicht berühren will.

Juri stand hinter Charly, überlegte fieberhaft, was er tun sollte. Sein Partner drehte ihm den Rücken zu, schien keine Angst zu haben.

„Warte, ich nehme sie“, sagte Juri. „Nicht hier drin.“ Er steckte die Pistole hinten in seine Hose und ging zum Sofa, hob Annas apathischen Körper auf und trug ihn zur Tür.

„Hinters Haus“, sagte Charly. „Moment, ich sehe nach, ob alles ruhig ist.“

Charly öffnete die Tür und lugte durch den Spalt hinaus. „Okay.“

Die beiden Männer gingen ins Freie und umrundeten das Haus. Sie kamen in einen ungepflegten Garten, der von ungeschnittenen Sträuchern überwuchert war. Charly stolperte und fluchte. Juri bewegte sich sicher in der Dunkelheit, er wusste genau, wo die Sträucher standen. Manche von ihnen waren fast so alt wie er. Er musste daran denken, wie dieser Garten früher ausgesehen hatte.

Juri legte Anna in einen Flecken Wiese und richtete sich wieder auf.

So standen die beiden Männer in der Dunkelheit und warteten darauf, dass der andere etwas tat.

„Du hättest dich nie auf sie einlassen dürfen“, sagte Charly. „Und sie dann noch anlügen, ihr alles verheimlichen. Ich hätte schon viel früher reagieren sollen. Ich meine, was tun wir jetzt? Wir können nicht schießen, das hört man kilometerweit. Hast du eine Schnur oder so was?“

Juri stand ruhig neben ihm, antwortete nicht

„So eine Scheiße“, sagte Charly. „So eine Scheiße.“

Da hob Juri die Pistole und drückte die Mündung in Charlys Rücken.

„Was ist denn jetzt los? Willst du mich erschießen? Mach dich nicht lächerlich.“

„Ich habe hier alles im Griff“, sagte Juri. „Lass die Pistole fallen, dann setz dich in dein Auto und verschwinde.“

Charly schnaubte. „Und was tust du? Wir sitzen im selben Boot! Ich werde nicht zulassen, dass du ein Risiko eingehst wegen dieser Schlampe. Sie ist krank, oder? Ich meine, was hast du mit ihr gemacht? Ich weiß, dass du nach Tabletten gegen Schizophrenie gesucht hast. Was hast du ihr gegeben?“

Charly wartete auf eine Antwort. Schließlich sagte er: „Wie soll das weitergehen? Das hat doch keinen Sinn!“

„Morgen bin ich weg“, erklärte Juri. „Der Rest kann dir egal sein.“

Da lachte Charly. „Alle suchen schon nach euch, hast du es nicht gehört? Du kannst froh sein, wenn du allein über die Grenze kommst. Mit ihr fällst du auf wie ein bunter Hund! Das ist völlig absurd!“

„Es geht dich einen Scheißdreck an“, sagte Juri. „Verschwinde jetzt!“

Dann passierte alles sehr schnell. In weniger als einer Sekunde war es vorbei, nur noch der Hall des Schusses erinnerte an das Geschehene, der Schwefelgeruch, das Summen in den tauben Ohren.

Juri war sich nicht ganz sicher, was Charly wirklich getan hatte. Ob er die Pistole gehoben hatte. Er wusste nur, dass er selbst abgedrückt hatte. Und dass sein Partner nun vor ihm in der Dunkelheit lag und leise röchelte. In der Ferne bellte ein Hund.

21 Uhr

„Es ist jetzt neun“, sagte Werner. „Willst du noch was angehen? Oder sollen wir fernsehen?“

Auf einem Schreibtisch mit dunklem Holzfurnier stand ein winziger Röhrenfernseher.

„Keine Ahnung“, sagte Eva.

„Du bekommst die Sache mit der Firma nicht aus dem Kopf, oder?“

„Nein.“

Er seufzte.

„Was kann ich tun?“

„Gar nichts“, antwortete sie.

„Willst du Tom anrufen?“

„Hab ich schon. Er geht nicht ran.“

„Vielleicht probierst du es später noch einmal“, schlug er vor.

Sie nickte.

Er sah sie ratlos an.

„Ich werde eine Stunde üben“, sagte er schließlich. „Melde dich, wenn du was brauchst.“

Er ging hinaus, um sein Cello aus dem Auto zu holen. Die Pension hatte einen schönen Gemeinschaftsraum im Keller, wo Werner spielen durfte.

Nach einigen Minuten hörte sie, wie er sein Instrument stimmte.

Eva lag auf dem Bett und starrte die Decke an. Sie holte ihr Telefon aus der Tasche und wählte erneut Toms Nummer. Wieder kam die Mailbox-Ansage.

Warum konnte sie nicht abschalten? Sie dachte daran, wie oft sie die Fahrt an den See im letzten Moment abgesagt hatte. Sie hatte geahnt, wie es werden würde.

Werner begann im Keller mit Aufwärmübungen. Schnelle, nervöse Läufe. Waren sie heute noch stressiger als sonst? Oder kam ihr das nur so vor?

Zwei Stunden später kam er zurück. Eva döste auf der linken Seite des Doppelbetts und hielt die Augen geschlossen, weil sie nicht reden wollte. Er glaubte wohl, dass sie schlief, schloss die Tür sehr leise und begann, sich auszuziehen. Er legte sich neben ihr ins Bett. Eine Viertelstunde später begann er zu schnarchen.

Eva öffnete die Augen.

Sie wusste nicht, was hier los war. Schmitt-Costas Tribunal ging ihr nicht mehr aus dem Kopf. Warum dieser Aufruhr? Noch vor ein paar Tagen hatte es niemanden interessiert, was mit den Informationen aus der Werbedatenbank passierte. Ein Aufsichtsratsmitglied hatte sich etwa nach einer bestimmten Person erkundigt und mithilfe von Evas Passwort ein paar Textnachrichten gelesen. Er hatte gemeint, das sei mit Schmitt-Costa abgesprochen.

Und nun war es auf einmal ein Problem, wenn sie einen einzelnen Stick mit nach Hause nahm?

So drehten sich ihre Gedanken im Kreis, während sie still lag und döste. Manchmal kippte sie kurz weg, bevor sie mit einem Gefühl des Beklemmens wieder zu sich kam.

Irgendwann öffnete sie erneut die Augen, und plötzlich war sie hellwach.

Ein Blick auf ihr Handy zeigte, dass es kurz nach vier war. Draußen war es noch dunkel.

Sie musste es einfach nur wissen. Schlafen konnte sie ohnehin nicht.

Leise stand sie auf, ging in das Badezimmer und wusch sich das Gesicht. Sie tappte zurück ins Schlafzimmer und suchte Papier und etwas zu schreiben.

Ich muss zurück nach Wien, schrieb sie. *Vor Mittag bin ich zurück. Hab dich lieb.*

Dienstag, 5 Uhr

Die Mitglieder der Mordgruppe standen ratlos vor einem kleinen Haus in der Nähe von Thal, das am Ende eines schattigen, feuchten Grabens lag, und warteten auf Wilszek, der hinten im Garten mit seinem Team an der Arbeit war. Der Himmel hatte am Horizont ein blasses Blau angenommen, kündigte das erste Sonnenlicht an. Noch war es angenehm kühl, aber bald würde die Hitze kommen. Baumgartner, Meier, Swoboda und Sukitsch, alle waren da, verschlafen und missmutig. Diesmal war Wilszek ungewöhnlich wortkarg gewesen, er hatte niemanden über die Absperrung gelassen. Sie hatten nur gehört, was passiert war: Jemand im Nachbarhaus hatte am Abend einen lauten Knall gehört, aber an einen Jäger gedacht, doch am Morgen war sein Hund mit blutverschmierter Schnauze von seinem Auslauf zurückgekommen. Der junge Familienvater, der gerade zur Arbeit fahren wollte, war seinem Hund gefolgt, hatte die Leiche eines Mannes entdeckt und sofort die Polizei informiert. Der Streifenpolizist, der als Erster vor Ort gewesen war, hatte ihnen erklärt, dass das Haus verlassen war.

„Zufall?", fragte Sukitsch. „Was denkst du, Franz?"

Baumgartner antwortete nicht.

Meier musterte Baumgartner von der Seite, versuchte zu sehen, wie es ihm ging.

Sie waren erleichtert, als Wilszek hinter dem Haus hervorkam.

„Guten Morgen, Freunde. Jetzt ist schon wieder was passiert, oder wie ging das?"

Keiner lachte.

„Mann um die fünfzig, Schussverletzung im Rücken. Laut Ausweis heißt er Karl Neumann. Hier ist seine

Visitenkarte, hört euch das an: *Live your dreams – Swingertreff.*"

Baumgartner holte sein Notizbuch heraus und notierte die Namen.

„Sieht für mich aus wie eine Hinrichtung. Er wurde aus nächster Nähe erschossen. Der Nachbar hat einen einzigen Schuss gehört, etwa um acht Uhr abends."

„Und dann hat er erst jetzt angerufen?", fragte Baumgartner.

„Sein Hund", erklärte Wilszek. „Er hat ihn ja erst gefunden, weil sein Hund voller Blut war. Warum fragst du das mich? Rede mit den Kollegen, die als Erste hier waren."

„Schon gut. Du meinst also, wir haben einen Tatzeitpunkt?"

„Sieht danach aus, oder?"

„Sonst etwas? Irgendeinen Hinweis, warum er getötet wurde?"

„Nur eine seltsame Kleinigkeit: In der Wohnung in der Defreggergasse lag ein kleiner quadratischer Zettel mit einer handschriftlichen Notiz. Darauf stand *Haldol*, das ist ein Neuroleptikum, verschreibt man bei Schizophrenie."

„Und?", fragte Baumgartner, der plötzlich wachsam wurde.

„Seht mal her", sagte Wilszek und hielt eine geöffnete Medikamentenschachtel in die Höhe. *Phenobarbital* stand dort zu lesen.

„Leer", erklärte Wilszek. „Jemand hat eine ganze Menge davon verbraucht. Das ist zwar etwas völlig anderes als Haldol, aber vielleicht bedeutet es etwas."

Baumgartner schüttelte den Kopf. „Welchen Sinn ergibt das?"

„Weiß ich auch nicht. Es könnte eine Verbindung sein."

Wilszek steckte die Schachtel wieder ein.

„So, ich muss weitermachen. Wenn dieser Ivanow hier war, kann ich euch das hoffentlich in ein paar Stunden sagen."

„Sein Auto ist da", sagte Sukitsch. „Also war auch er da."

„Das Auto werde ich mir natürlich vornehmen", erklärte Wilszek. „Aber ob wirklich er damit gefahren ist, kann ich euch noch nicht sagen. Geduld! Am besten, ihr kommt in ein paar Stunden wieder her."

Sukitsch nickte. „Dann können wir die Nachbarn befragen. Bis später, Stefan."

Wilszek deutete ein Winken an, als ihm plötzlich etwas einfiel.

„Du, Franz, mit dir wollte ich kurz noch reden."

Während die anderen bedrückt zum Auto gingen, blieb Baumgartner stehen.

„Was ich dich fragen wollte: Gregor Wolf ist ja weg, habe ich gehört", begann Wilszek.

Baumgartner nickte.

„Depp", sagte Wilszek. „Er, meine ich, nicht du. Hast du mit ihm noch über dieses Ding geredet, das Pia in dem Haus gefunden hat?"

„Welches Ding? Die Metallplatte von der Kerze?"

„Nein, ein Stück Plastik. Fundstück Nummer sieben. Wir wussten zuerst nicht, was es ist. Aber dann hatten wir eine Theorie."

„Nein, davon weiß ich nichts."

6 Uhr

Man hatte vereinbart, sich um sieben zu treffen. Baumgartner fuhr nicht mehr nach Hause wie die anderen, sondern gleich zum Landeskriminalamt.

Er begrüßte den Portier, der ihn müde anlächelte – seine Schicht dauerte noch eine Stunde – und ging direkt ins Lager, wo die Beweisstücke im Fall Egger lagen.

Baumgartner ging mit einer Liste die Fundstücke durch. Ein kleiner, hölzerner Bilderrahmen zum Aufstellen, stark verkohlt, mit rußigem Glas, eine Mundharmonika, von der nur noch die Metallteile erkennbar waren, der Rest war geschmolzen, ein geschwärzter Rosenkranz. Wilszek war für seine Gründlichkeit bekannt.

Darauf folgten in der Liste einige Objekte, die nicht identifizierbar gewesen waren. Baumgartner sah einen Metallstreifen ohne sichtbaren Zweck, ein verschmortes Stück Kunststoff, aus dem ein paar Fasern herausragten – vielleicht ein Stofftier?

Plötzlich stutzte Baumgartner.

Nummer sieben, ein weiteres unidentifizierbares Stück.

Nummer sieben fehlte.

6 Uhr 45

Baumgartner saß in der Kanzlei und versuchte nachzudenken, doch die Müdigkeit machte seinen Kopf schwer. Außerdem war der Wein vom Vorabend auf seinen Magen gegangen. Er hatte sich einen Tee gemacht, trank aber nicht davon.

Eine Hinrichtung. Solche Morde hatten sie in letzter Zeit immer öfter. Manche davon sehr professionell ausgeführt, fast unmöglich aufzuklären.

Er wünschte plötzlich, dass Gregor Wolf hier wäre und wunderte sich über den Gedanken. Waren sie einander nicht unsympathisch, seit sie sich zum ersten Mal begegnet waren?

Und trotzdem wünschte er sich Gregors Energie herbei, seine Art, die Dinge manchmal einfacher zu machen als sie waren. Vorurteile, gewiss. Aber auch Ausgangspunkte für eine Diskussion, die manchmal zur Wahrheit führte. Ein erster Schritt, der einen Stein ins Rollen brachte, selbst wenn man ihn am Ende in die Gegenrichtung umlenken musste. Caroline Meier hatte es einmal Dialektik genannt: Sie stritt mit Wolf, und am Ende zauberte Baumgartner eine Lösung aus dem Hut.

Ich vermisse ihn, dachte er. Wie verrückt ist das.

Er sah hinüber zu Gregors Schreibtisch. Leere Kaffee- und Teetassen stapelten sich. Baumgartner stand auf und setzte sich an seinen Platz. Es war ein altmodischer Schreibtisch, jener, den Kampl ursprünglich gehabt hatte. Warum Gregor ihn bekommen hatte und nicht er, wusste Baumgartner selbst nicht mehr so genau.

Ein Schreibtisch mit Schubladen.

Baumgartner öffnete sie nacheinander, bis er in einer davon einen Plastiksack mit der Nummer sieben darauf entdeckte.

Er betrachtete das verschmorte Objekt durch die Folie und glaubte zu ahnen, warum Wilszek ihn darauf aufmerksam gemacht hatte.

„Leute, ich muss euch etwas zeigen."

Sie versammelten sich im Besprechungsraum. Sukitsch fehlte diesmal, er hatte einen Termin mit Sonnleitner, um ihn auf den neuesten Stand zu bringen.

„Hat das nicht Zeit bis später?", fragte Meier. „Wir müssen uns um den neuen Mord kümmern."

„Gleich. Aber das hier ist wichtig. Wilszek hat mich darauf gebracht."

Baumgartner legte den Plastiksack auf den Tisch.

„Ist das aus dem Bauernhaus?", fragte Meier. „Was sollen wir damit?"

„Pia Leistner hat es gefunden und konnte nicht sagen, was es ist. Gregor und Wilszek haben aber eine Theorie aufgestellt, und ich denke, sie haben recht. Hier, weißer und schwarzer Kunststoff. Metallfedern."

Alle starrten still auf das geschmolzene Objekt, das an ein Stück Schlacke erinnerte.

„Eine Videokassette", sagte Swoboda plötzlich.

Baumgartner nickte.

Meiers Augen wurden groß. „Das könnte bedeuten ..."

Baumgartner nickte. „Dass jemand Videokassetten verbrannt hat."

„Ich würde zu gerne wissen, was da drauf war", sagte Meier.

„Das ist natürlich unmöglich zu rekonstruieren. Aber ich werde Wilszek bitten, auch die anderen unidentifizierten Fundstücke noch einmal genauer unter die Lupe zu nehmen, insbesondere alle, die neben der Kerze gefunden wurden. Vielleicht waren es nicht nur Videokassetten."

„Du hast eine Theorie?", fragte Swoboda.

„Noch nicht. Wir werden sehen, was Wilszek sonst noch so findet."

„Der wird nicht begeistert sein. Hat ja alle Hände voll zu tun am neuen Tatort."

„Er wird seine Mitarbeiter eine Stunde allein lassen können. Das hier ist auch wichtig."

„Wenn du es sagst", meinte Meier. „Du bist der Chef. Aber sag es ihm selber."

Baumgartners Telefon läutete.

„Wenn man vom Teufel spricht."

Baumgartner hob ab. „Ja?"

Er schwieg eine Minute lang.

„Okay, danke."

Die anderen sahen Baumgartner erwartungsvoll an.

„Wilszek hat herausgefunden, dass das Haus Ivanows Stiefvater gehört. Es waren mindestens drei Leute dort in letzter Zeit, eine davon hatte lange, helle Haare."

Meier sprang auf. „Ich hole Mario."

7 Uhr 30

In Wien dämmerte der Morgen, und es hatte zu nieseln begonnen. Die Scheibenwischer arbeiteten auf der niedrigsten Stufe, schalteten sich in kurzen Intervallen ein und aus, während Maria an der Kreuzung stand.

Sie war bisher erst einmal bei Tom zu Hause gewesen. Er wohnte in einer kleinen Wohnung in Ottakring, deren Fenster in einen grauen Innenhof blickten. Er bezahlte ein Vermögen dafür, wegen der eigenen Garage, in der er seine Vespa aufbewahrte und pflegte. Ein zweiter Roller lag dort, in seine Einzelteile zerlegt, und wartete seit unbestimmter Zeit auf seine Wiedererweckung.

Maria fand einen Parkplatz und lief die wenigen Meter zur Haustür, um nicht nass zu werden.

Sie suchte neben den Klingelknöpfen seinen Namen und läutete.

Es ist noch nicht einmal acht. Er wird mich für verrückt halten, dachte sie.

Doch sie bekam keine Reaktion auf ihr Klingeln. Sie versuchte es erneut, hörte entfernt die Türglocke schrillen.

Nichts.

Sie trat hinaus in den Regen und lief auf die andere Straßenseite, um zu sehen, ob im Haus irgendwo Licht brannte. Da fiel ihr ein, dass sie seine Fenster von dieser Seite nicht sehen konnte.

Er ging nicht ans Telefon.

Er war nicht zu Hause.

Wenn sie nur hätte sehen können, ob in der Wohnung Licht war! Es musste ein Tor geben, durch das man in den Innenhof gelangte, doch auf dieser Seite des Hauses hatte sie nie eines gesehen. Sie entschied sich spontan, nach rechts zu gehen und den Häuserblock einmal zu umrunden. Als sie um die Ecke bog, sah sie sofort eine große Einfahrt und hielt darauf zu.

Der Hof maß etwa zwanzig Meter im Quadrat und war asphaltiert. Fahrräder und ein Auto standen dort. Eine kleine Grünfläche zeigte verdorrte Reste eines Gemüsegartens, korkenzieherförmige Eisenstangen, um die sich trockene Tomatenpflanzen wanden. Etwa ein Drittel des Hofs wurde von zwei niedrigen Garagen eingenommen. Maria ging in die Mitte und versuchte zu erkennen, welche Fenster zu Toms Wohnung gehörten. Sie war sich nicht ganz sicher, aber sie erkannte, dass es in Wirklichkeit egal war – alle Fenster waren dunkel.

Sie drehte sich um und sah zu den Garagen hinüber. Eine davon musste ihm gehören. Sie ging zum erstbesten Tor und versuchte, die Schnalle zu drehen, doch es schien abgeschlossen zu sein. Beim zweiten Tor hatte sie Glück: Der Griff ließ sich bewegen, und das Tor schwang knarrend auf. Sie roch Motoröl. Ein Blick über die Fensterfronten überzeugten sie, dass niemand zusah, dann trat sie ein.

Es war die richtige Garage: Hier stand Toms Moped. Eine Vespa, Baujahr 76, wenn sie das richtig im Kopf hatte. Tom erzählte hin und wieder von seinen Ausfahrten mit seinen Freunden, die ähnliche Roller hatten. Das Gefährt sah gut gepflegt aus, das Chrom glänzte.

„Was machst du denn hier?"

Sie erschrak so sehr, dass sie einige Zentimeter in die Luft sprang. Wütend drehte sie sich um.

„Tom, warum zum Teufel gehst du nicht ans Telefon?"

Er kam grinsend aus dem Regen herein, wischte sich die Wassertropfen von seinem T-Shirt.

„Weil ich heute Urlaub habe", erklärte er.

„Hat Schmitt-Costa mit dir gesprochen?", fragte Eva.

Er schüttelte den Kopf. „Jemand aus dem Büro hat mich angerufen. Eine Mail habe ich auch bekommen. *Wichtig*. Aber wie gesagt, ich habe Urlaub. Wenn ich wieder im Büro bin, ist es wichtig, vorher nicht."

„Urlaub hin oder her, ich muss mit dir reden."

„Schieß los."

Da berichtete Maria von dem sonderbaren Gespräch vor dem Aufsichtsrat.

Tom sah sie staunend an. Er lachte.

„Im Ernst?"

„Ja, im Ernst. Und ehrlich gesagt, ich mache mir Sorgen."

„Warum machst du dir Sorgen?"

„Du weißt doch, die Dinge, die wir angestellt haben."

„Ach so, das." Er wurde etwas ernster. „Das können sie doch nicht wissen. Wir haben alles wieder gelöscht."

„Hast du denn alles wieder gelöscht?"

„Ja, ja, natürlich."

Es klang nicht besonders überzeugend.

„Dafür können Sie uns rausschmeißen. Und eine Anzeige kann man auch kriegen wegen so etwas."

„Ach komm, jetzt übertreibst du."

„Eine Homosexuellenstatistik der Kunden. Das war dumm."

„Das war doch nur Spaß! Jeder weiß, wie einfach das geht."

„Nein, das weiß eben nicht jeder."

„Du bist ja völlig durch den Wind. Ich verstehe schon, das klingt total komisch, was dir passiert ist. Mir käme das auch komisch vor. Aber du kennst ja Schmitt-Costa, die ist irre. Die kommt doch jede Woche mit etwas Neuem daher, das sie ihr auf einem Managementseminar eingeflüstert haben. Ich würde mir das nicht zu Herzen gehen lassen."

„Ich habe gelogen", sagte sie. „Ich habe den Stick noch."

„Und wenn schon! Ich habe auch was mit nach Hause genommen. Glaubst du, ich bleibe bis zwei Uhr nachts in der Firma? Ich bin mir sicher, die haben sich in irgendwas reingesteigert. Hat nichts mit dir zu tun. Lass dir das nicht zu nahe gehen."

Eva nickte halbherzig.

Als sie wenig später den Autoschlüssel ins Zündschloss steckte und startete den Motor anließ, war sie sehr nachdenklich.

Es half nichts, sie wollte wissen, was wirklich auf diesem Stick war, das alle so nervös machte.

Juri war sich nicht mehr sicher, ob er es sich nicht nur eingebildet hatte.

Mit der schlafenden Anna auf dem Beifahrersitz des Maserati war er auf der Autobahn nach Süden gefahren, in Richtung slowenischer Grenze, die nur eine knappe Stunde entfernt war.

Er verfluchte das schnelle, aber sehr auffällige Auto. Die Entscheidung, seinen BMW stehen zu lassen, hatte er spontan getroffen. Er wusste, dass sie bald nach seinem Wagen suchen würden. Dass der Maserati kaum besser war, hätte ihm bewusst sein sollen.

Dennoch war er bis nach Spielfeld gefahren und hatte sich dabei den Kopf zerbrochen, was er mit Anna machen sollte. Sie war immer noch mit Klebeband gefesselt, blinzelte ab und zu. Er hatte die letzten Tabletten rationiert und konnte ihr nicht mehr so viele geben. Es war nur eine Frage der Zeit, bis sie wach wurde. Die einzige Lösung war, sie in den Kofferraum zu legen, doch als er bei einem Autobahnparkplatz stehen blieb, waren dort zu viele Leute und er fuhr weiter. Er konnte sehen, wie sich alle nach dem Auto umdrehten.

Es war egal. Slowenien war bei der EU, es gab keine Grenzkontrollen mehr. Er musste einfach ruhig bleiben und weiterfahren.

Doch er wusste, dass das so nicht stimmte. Ab und zu wurde sehr wohl an der Grenze kontrolliert. Es war nicht auszuschließen, dass sie Charly schon entdeckt hatten. Jemand musste den Schuss gehört haben.

Was wollte er tun, wenn er auf die Grenze zufuhr und sah, dass sie dort standen? Umdrehen? Man konnte auf der Autobahn nicht umdrehen.

Kurz vor dem Grenzübergang Spielfeld erinnerte er sich, dass es noch einen kleineren Grenzübergang gab, der auf eine Bundesstraße nach Maribor führte. Er beschloss, in Spielfeld von der Autobahn abzufahren und dort alles auf eine Karte zu setzen.

Doch dort stand wirklich jemand. Ein Grenzbeamter, der sich über ein Auto lehnte und sich durchs offene Fenster mit dem Fahrer unterhielt. Juri drehte sofort die Scheinwerfer ab und ging vom Gas. Er wendete den Maserati und rollte mit Standgas davon.

Nun wusste er nicht mehr, ob er sich die Grenzkontrolle nicht nur eingebildet hatte. Ein Auto war dort gestanden, dessen war er sicher. Aber vielleicht war es ein Polizeiauto gewesen. Oder ein Grenzbeamter, der Schichtwechsel machte. Dass kontrolliert wurde, stand keinesfalls fest. Juri wurde klar, dass er vielleicht seine letzte Chance verpasst hatte, aus dem Land zu kommen.

Die Verzweiflung legte sich wie eine Decke aus Blei über ihn.

Er hatte den Maserati auf einem Feldweg geparkt und die Tür geöffnet, wo er nun seitlich in dem ungemütlich tiefen Fahrersitz aus hellbraunem Leder saß und die Füße aus dem Auto hielt.

Juri hielt sich nicht für zimperlich. Er hatte Dinge getan, die andere Menschen zutiefst schockieren würden. Das Geschäft, mit dem er sein Geld verdiente, war nichts für Zartbesaitete. Charly hatte das verstanden, deshalb hatte er so gut mit ihm arbeiten können, deshalb waren sie so erfolgreich gewesen. Auf ihren Schweizer Konten lag genug Geld, das war nicht das Problem.

Er hatte sogar schon einmal auf jemanden geschossen, vor ein paar Jahren. Damals hatte er sich gewundert, wie selbstverständlich es sich angefühlt hatte. Er hatte einen Mann ins Bein geschossen, in Rumänien. Es war nötig gewesen. Danach hatte er gedacht, dass ihn solche Dinge tatsächlich nicht berührten. Es war ein gutes Gefühl gewesen, sich darauf verlassen zu können, dass man alles tun konnte, was erforderlich war, wenn es darauf ankam. Dass man sich nicht im entscheidenden Moment selbst blockierte.

Nun fragte er sich, ob er sich nicht überschätzt hatte.

In Wirklichkeit hatte er Charly nie gemocht. Er war ein schleimiges Arschloch gewesen, und obwohl sie viele Jahre zusammengearbeitet hatten, sich gemeinsam mit Schnaps betrunken hatten und auch immer wieder Frauen gemeinsam gehabt hatten, hatte Juri das ungute Gefühl nie ablegen können. Charly war ein Geschäftspartner gewesen, und sie hatten ausgezeichnet als Team funktioniert. Charly hatte seinerseits vielleicht sogar geglaubt, dass sie Freunde waren und Juri hatte ihn in diesem Glauben gelassen. Fürs Geschäft. Was Juri so irritiert hatte, war, dass Charly seinen Job zu sehr zu genießen schien. Es gab Dinge, die ungemütlich waren. Manche Frauen wurden damit nicht fertig, in österreichischen Bordellen zu arbeiten. Das gab Probleme, um die sich meist Charly gekümmert hatte. Juri hatte weggesehen, aber Charlys Eifer in dieser Hinsicht war ihm unangenehm gewesen. In Charly war etwas geschlummert, das zum Glück nur wenige Menschen je zu Gesicht bekommen hatten.

Deshalb war Juri verwirrt über den albtraumhaften Ekel, den er empfand.

Er hatte ein Menschenleben beendet.

Er merkte, wie seine Augen glasig wurden, und ein heftiger Widerwille stieg in ihm auf.

„NEIN!“

Anna bewegte sich, schien aufzuwachen.

Juri griff in seine Tasche und holte die Tablettenschachtel heraus. Er drückte die letzte Tablette aus der Packung und hielt sie zwischen den Fingerspitzen. Doch er hatte kein Wasser für Anna. Würde sie in der Lage sein, die Tablette so zu schlucken?

Er schloss eine Faust um die kleine Pille und begann, das Auto zu durchsuchen. Es half nichts, das Auto war völlig leer, auch der Kofferraum. Kein Wasser.

Juri spürte Wut in sich aufsteigen. Wut auf die Welt, die sich gegen ihn verschworen hatte. Auf das Schicksal, an das er nie geglaubt hatte. Auf sich selbst, weil seine Selbstsicherheit solche Risse bekommen hatte. Eine Reihe von Fehlern hatte ihn bis hier hergeführt. Dinge, die er im Griff zu haben glaubte, waren ihm schon vor langer Zeit entglitten. Er hatte es nur erst jetzt bemerkt.

Zornig griff er nach Annas Gesicht, drückte ihr mit Daumen und Zeigefinger in die Wangen, dass sie den Mund öffnete. Er schob ihr die Tablette in den Mund, dann küsste er sie und versuchte, das kleine Ding mit der Zunge in ihren Rachen zu schieben. Anna erwiderte den Kuss zuerst mechanisch, bevor sie zu husten begann. Juri hatte plötzlich Angst, sie könnte die Tablette eingeatmet haben, doch da beruhigte sie sich wieder. Ob sie die Pille geschluckt hatte, konnte er nicht sagen.

Ihre Augen sahen durch ihn hindurch.

10 Uhr 10

Mord-Alarm bei Thal

Thal, Graz. Letzte Nacht kam es vor einem Einfamilienhaus zu einer Bluttat. Das Landeskriminalamt hat die Ermittlungen aufgenommen. „Ein etwa fünfzigjähriger Mann wurde aus nächster Nähe erschossen“, heißt es von Seiten des Landeskriminalamts. Man spricht von einer „regelrechten Hinrichtung“. Die Polizei bestätigt, dass es einen Tatverdächtigen gibt. Er heißt Juri I. und ist wahrscheinlich bewaffnet und gefährlich. Aus informierten Quellen ist zu vernehmen, dass ein Zusammenhang mit der Brandstiftung bei Ehrenhausen besteht. Er soll in Begleitung einer Frau sein. Bei der Polizei wollte man das nicht bestätigen. „Die Ermittlungen laufen“, heißt es. Die Polizei bittet um sachdienliche Hinweise.

Doris Wallner überflog den Text noch einmal, sicherte das File und schickte es an die Online-Redaktion.

11 Uhr

Seit Stunden saß Eva Brandner nun an ihrem Laptop und durchforstete die Daten auf dem USB-Stick. Sie war zurück in ihre Wohnung gefahren und noch einmal Schritt für das Gespräch vom Vortag durchgegangen. Etwas daran war entschieden seltsam. Sie wurde das Gefühl nicht los, dass man ihr verschwiegen hatte, worum es eigentlich ging.

Warum war es plötzlich so wichtig, was mit den Verbindungsdaten und dem SMS-Archiv passierte? Jahrelang waren sie auf irgendeinem Server gelegen, nur durch ein einziges Passwort geschützt, das ironischerweise „1984“ gelautet hatte. Vollkommen lächerlich, aus sicherheitstechnischer Sicht. Jeder zweitklassige Möchtegern-Hacker hätte sich dort Zutritt verschaffen können. Und es gab Gerüchte, dass das sogar einmal passiert war, dass jemand die gesamten gespeicherten Verbindungsdaten heruntergeladen hatte. Jene Daten, die zu speichern man verpflichtet gewesen war, bevor die Vorratsdatenspeicherung von den Gerichten gekippt worden war. Man speicherte diese Daten natürlich sowieso, das war wertvolles Ausgangsmaterial für Statistiker wie sie, unverzichtbar, wenn man Persönlichkeitsprofile für Werbung erstellen wollte.

Der Angriff war angeblich aus China gekommen. Jemand in China wusste also nun, welche Österreicher schwul waren. Der Vorfall war selbstverständlich verschwiegen worden.

Evas Hals brannte bereits, weil sie zu viele Zigaretten geraucht hatte.

Etwas muss passiert sein, dachte sie. Dass genau jetzt alle so nervös sind.

Etwas Interessantes war auf diesem Stick. Und Eva wollte wissen, was es war.

Als Werner versuchte, sie anzurufen, drückte sie ihn weg.

Sie strich eine weitere Liste mit Namen durch. Freilich, es waren einige interessante Personen dabei, Politiker, ein Schauspieler. Sie hatte sich nie genau angesehen, wessen Mobilfunkdaten sie da bearbeitete. Die Auswahl war rein zufällig passiert, von einer Software. Es ging darum, die SMS nach Schlüsselwörtern zu filtern. Wer mehr als einmal im Monat das Wort „Kino“ verwendete, bekam Hinweise auf die neuesten Blockbuster. Wer „Flughafen" schrieb, bekam Angebote von Reisebüros weitergeleitet. Außerdem wurden Leute zu Netzwerken zusammengefasst – wer kommunizierte mit wem? Auch das floss in die Bewertung ein. Alles natürlich völlig anonym. Im Prinzip. Wenn man sich nicht die Namen dazu heraussuchte.

Irgendetwas war auf diesem Stick. Und Eva sah beim besten Willen nicht ein, warum sie wegen etwas Probleme bekam, das sie nicht verstand.

Plötzlich stutzte sie. Da gab es etwas, wonach sie noch nicht gesucht hatte.

Etwas sehr Naheliegendes.

Sie öffnete ein Browserfenster und googelte den Namen ihres Arbeitgebers.

Eine halbe Stunde später wusste sie, was los war. Sie fand Artikel eines Jürgen Miklauc, der Aufdeckergeschichten über Datenschutz schrieb und überraschend gut informiert war. Er berichtete etwa über Abfragen auf Konsumentendaten, die direkt aus dem Aufsichtsrat kamen und offenbar aus privatem Interesse erfolgten. Eva konnte das bestätigen: Sie selbst hatte solche Aufträge von Schmitt-Costa zugeschanzt bekommen.

Ihr Idioten. Und mir jagt ihr deshalb Angst ein? Ihr hättet das Zeug besser schützen sollen, vor euch selbst.

Sie hatte Lust, Schmitt-Costa eine Lektion zu erteilen. Niemand würde ihr etwas nachweisen können. Es konnte alles auch bei dem Hack der Chinesen passiert sein. Wichtig war nur, dass sie keine aktuellen Daten verwendete. Sie konnte einfach alles, was alt genug war, auf bestimmte Dinge filtern. Erster Schritt: Leute finden, die für die Medien interessant sein könnten. Zweiter Schritt: Nach Auffälligkeiten in den SMS suchen. Dritter Schritt: Alles fein säuberlich aufbereitet an Miklauc schicken.

Ein dummer Gedanke, Eva. Ein wirklich dummer Gedanke.

11 Uhr 30

Baumgartner saß an seinem Schreibtisch und starrte in die Luft. Sie hatten die Fahndung eingeleitet, Wilszek war noch an dem neuen Tatort beschäftigt, hatte versprochen, sich auch das Bauernhaus noch einmal anzusehen. Die Medien waren informiert worden, Caroline Meier und Rainer Swoboda hatten den Nachbarn mit dem Hund befragt, der die Leiche entdeckt hatte. Er war zugleich der einzige Nachbar, die Gegend war sehr abgelegen. Vom Eigentümer des Hauses gab es keine Spur. Ein Telefonat mit Friederike Egger hatte ergeben, dass in ihrer Familie niemand einen Juri Ivanow kannte.

So saß Baumgartner an seinem Schreibtisch, hatte den Plastiksack mit der zerschmolzenen Videokassette vor sich liegen und wartete darauf, dass etwas passierte. In einer knappen Stunde würde die Leiche von Karl Neumann in der Gerichtsmedizin eintreffen. Baumgartner würde hinfahren, um bei der Obduktion dabei zu sein, inzwischen musste er warten. Er hatte Lust, irgendwohin ein Bier trinken zu fahren, doch er zögerte. Er wollte nach der Obduktion etwas essen gehen, da konnte er ein Bier dazu trinken. Jetzt am Vormittag nur für ein Bier in ein Gasthaus zu gehen, wie sah denn das aus.

Dennoch verfolgte ihn der Gedanke.

Das Telefon klingelte.

„Ja?“

„Da ist ein Herr Alfons Riedl. Er möchte mit Ihnen sprechen.“

„Weiß er etwas über Ivanow?“

„Nein. Es geht um den Brand.“

„Kann das nicht warten?“

„Ich denke, Sie sollten sich das anhören. Er ist extra hergekommen und wartet am Eingang.“

Alfons Riedl sah sich um. Die Kanzlei der Mordgruppe schien ihm Unbehagen zu bereiten, doch er wirkte entschlossen, das durchzustehen.

„Ich hätte schon früher zu Ihnen kommen sollen“, erklärte er, „aber ich habe zuerst nicht verstanden, dass es wichtig ist. Das tut mir leid, dafür möchte ich mich entschuldigen.“

„Schon gut“, entgegnete Baumgartner müde. „Was wollen Sie mir erzählen?“

„Mir ist es erst wieder eingefallen, als ich hörte, dass Sie nach einem Mann suchen. Im Zusammenhang mit dem Brand. Zuerst suchten Sie nach einer Frau, jetzt nach einem Mann. Ist es nicht so? Da fiel es mir wieder ein.“

Baumgartner wartete. Riedl sah irritiert aus. Dieser Baumgartner schien gar nicht zu verstehen, wie wichtig dieses Gespräch war.

„Ich habe diesen Mann gesehen“, erklärte Riedl. „Sie müssen wissen, ich habe das brennende Haus vom Zug aus gesehen. Ich fahre jedes Wochenende mit dem Zug. An jenem Samstag fuhr ich nach Maribor, das war ein Glück. Ich wollte eigentlich ganz woanders hinfahren, aber –“

Riedl zögerte.

„Jedenfalls ging dieser Mann über die Äcker. Ich habe ihn gesehen. Zuerst dachte ich, er hat nichts damit zu tun, aber dann fiel mir ein, dass er das Feuer nicht beachtet hat. Sie verstehen, was ich meine?“

Baumgartner nickte.

„Sie haben am Telefon gesagt, es handelt sich um den Mann, den wir suchen?“

„Richtig“, bestätigte Riedl.

„Dieser hier?“, fragte Baumgartner und schob ein Foto von Juri Ivanow über den Tisch.

„Nein, das war er nicht.“

„Das ist aber der Mann, den wir suchen.“

„Das ... das ist unmöglich.“

„Tut mir leid“, sagte Baumgartner. „Danke trotzdem für Ihre Mühe.“

„Ich verstehe es nicht“, flüsterte Riedl.

13 Uhr 30

Eine Tablette war zu wenig. Juri hatte es geahnt. Anna war inzwischen wach, sah aus dem Fenster des Autos, das er auf einem geschotterten Weg zwischen Wiesen abgestellt hatte.

Es war nur eine Frage der Zeit, bis man hier auf sie aufmerksam wurde. Zwei gesuchte Verbrecher in einem Maserati. Juri konnte nicht nachdenken. Er hatte das Kokain im Haus seines Stiefvaters vergessen.

Anna bewegte sich, zog an ihren Fesseln.

„Seit wann weißt du es?“, fragte Juri.

Sie öffnete den Mund, doch es dauerte einige Sekunden, bis die Worte herauskamen.

„Zwei Jahre.“

„Du hast nichts gesagt. Du hast nicht gewusst, wo du hingehen sollst“, stellte Juri fest.

Anna kicherte. Es klang krank.

„Wie bist du dahintergekommen?“, fragte er.

„Ich habe deine Sachen durchsucht.“

„Und dann bist du krank geworden", sagte er.

„Ich habe immer vermutet, dass du mit ihnen zusammenarbeitest", sagte sie.

„Mit wem? Mit deiner Familie? Sie sind es, oder? Du glaubst, dass sie dich verfolgen."

Anna grinste.

„Ich weiß alles", sagte sie.

„Deshalb auch das Haus", sagte Juri zu sich selbst. „Das ist der Grund, warum du Feuer gelegt hast. Ich hätte gleich schalten müssen. Mein Fehler."

„Hörst du auch Stimmen?", fragte Juri.

Sie antwortete nicht.

„Du weißt, dass es nicht real ist, oder? In deinem tiefsten Inneren muss es dir bewusst sein."

„Sie haben nie akzeptieren können, was ich mache", erklärte Anna.

„Du hast doch seit Jahren keinen Kontakt mehr. Sie wussten überhaupt nicht, was du machst."

Da schüttelte sie entschieden den Kopf.

„Sie wussten immer, was ich tue. Sie haben mich nie wirklich gehen lassen", sagte sie. „Die Wanzen waren in den Stofftieren von zu Hause. Deshalb habe ich sie so lang nicht gefunden."

Er nickte.

„Es wird alles wieder gut", sagte er. „Man kann das behandeln."

Sie lachte schrill.

„Schlaf mit mir", sagte sie. „Ich bin geil."

Er sah sie nicht an.

„Worauf wartest du?"

Er gab ihr eine schallende Ohrfeige, zerrte er sie aus dem Auto und zog ihr die Hose aus.

Die Mordgruppe war vollständig im Besprechungsraum versammelt, auch Sukitsch war gekommen. Meier und Swoboda waren aufgeregt. Es war einiges passiert, doch noch niemand hatte das ganze Bild. Außerdem hatte Baumgartner gerade eben noch einen Anruf von Wilszek bekommen. Es gab also frische Informationen.

„So, Leute, ein Update für alle. Die Obduktion hat nichts Neues ergeben. Durchschuss der Lunge, Herzarterie getroffen. Die Tatwaffe war eine Pistole, 9 mm. Was wir haben, ist eine Bestätigung, dass der Mord von Thal mit dem Brand im Bauernhaus im Zusammenhang steht. Friederike Egger hat ausgesagt, dass ihre verschwundene Tochter Maria in der Wohnung Ivanows aus- und einging. Ivanow wiederum war definitiv am Tatort in Thal. So viel steht fest. Er ist, wie wir erfahren haben, möglicherweise in Menschenhandel verwickelt. Jedenfalls unterhält er Kontakte zu einigen Bordellbetreibern in Graz, das konnten wir verifizieren. Das Opfer betrieb selbst ein Bordell in Graz, neben dem Swingerclub. Ob Ivanow der Mörder von Neumann ist, können wir derzeit nicht mit Sicherheit sagen. Es gibt keine unmittelbaren Tatzeugen und solange wir die Tatwaffe nicht gefunden haben, bleibt das eine Vermutung. Es deutet aber einiges darauf hin, weshalb es umso wichtiger ist, Ivanow zu finden. Nach ihm wird gefahndet. Wir wissen inzwischen, dass er mit einem Maserati, Modell Ghibli unterwegs ist."

„Echt?", fragte Meier. „Ganz schön dämlich."

Baumgartner nickte.

„Das war Karl Neumanns Auto. Ivanows BMW ist in Thal stehen geblieben. Ich vermute, dass er versuchen wird, den Sportwagen loszuwerden und auf etwas weniger Auffälliges umzusteigen."

„Eine Sache verstehe ich nicht", schaltete sich Swoboda ein. „Welche Verbindung gibt es zwischen einem Mann wie Ivanow und einer davongelaufenen Bauerntochter? Das passt doch nicht zusammen."

„Das habe ich mich auch gefragt", entgegnete Baumgartner. „Dazu hat Wilszek etwas gefunden: In dem Haus in Thal war ein Laptop, der Ivanow gehörte. Es gab einen Escort-Service, den Ivanow offenbar gemeinsam mit Neumann betrieb."

Baumgartner holte tief Luft.

„Dort fanden sich Informationen über eine Nobel-Prostituierte namens Anna Vargas. Wilszek hat mir ein Foto geschickt, und es ist eindeutig, dass es sich um Egger handelt. Maria Egger arbeitete für Neumann."

„Als Prostituierte?", fragte Swoboda.

Baumgartner nickte. „Aber Wilszek meint, dass sie auch zusammengelebt haben."

„Wer lebt freiwillig mit einem Menschenhändler zusammen und prostituiert sich für ihn?", fragte Meier. „Das erscheint mit unglaubwürdig."

„Das muss uns Wilszek selbst erklären, sobald er mit dem Tatort fertig ist. Er war sich jedenfalls sicher."

Meier sah aus, als wollte sie noch etwas sagen, doch sie hielt sich zurück.

„Aktuell interessiert uns, wie wir Ivanow und Egger finden. Wir haben Grund zur Annahme, dass Egger verletzt oder sonst irgendwie beeinträchtigt ist. Eine Zeugin hat Ivanow gesehen, wie er eine bewusstlose Frau zu seinem Auto trug. Allerdings habe ich dazu eine Theorie: Wilszek hat im Haus bei Thal eine Schachtel Tabletten gefunden. Dabei handelt es sich um starke Beruhigungsmittel. Es drängt sich also die Vermutung auf, dass Egger nicht verletzt ist, sondern von Ivanow ruhiggestellt wurde."

„Warum?", fragte Meier. „Kann er die Tabletten nicht selbst genommen haben? Davon abhängig sein?"

„Er selbst kokst", entgegnete Baumgartner. „Ich halte es für unwahrscheinlich, dass er die Tabletten selbst einnahm. Was Maria Egger angeht – Wilszek hat zwar keine Blutspuren gefunden, aber es wäre dennoch möglich, dass sie nicht mehr am Leben ist. Er könnte sie erdrosselt oder vergiftet haben, das wissen wir nicht. Inzwischen behandeln wir den Fall so, als würde sie leben. Was bedeutet, dass sie womöglich in Gefahr ist."

„Hat sie also die Videokassetten verbrannt?", fragte Swoboda?

Baumgartner zuckte mit den Schultern. „Ich verstehe nicht, warum sie das hätte tun sollen. Wir müssen sie unbedingt finden und sie genau das fragen."

„Die Videokassette", sagte Meier und machte eine Pause. „Jemand, der im Prostitutionsgeschäft ist, verbrennt eine Videokassette."

Baumgartner dachte nach. „Du meinst, jemand hat sie bei einem Job gefilmt? Klingt logisch", gab Baumgartner zu. „Aber das ergibt dennoch keinen Sinn. Sollte ihre Familie wirklich Videos von ihr haben? Und außerdem, du verbrennst keine Videokassetten mit einer Kerze, während eine alte Frau im Nebenraum liegt und die Familie bei einer Hochzeit ist. Du würdest die Kassette stehlen und woanders verbrennen. Es passt einfach nicht."

„Und überhaupt", sagte Swoboda, „wer verwendet noch Videokassetten? Es müsste ein altes Video sein. Wie alt ist Maria Egger? So lang kann sie noch nicht im Geschäft sein."

„Sie ist mit siebzehn ausgerissen“, dachte Baumgartner laut.

„Wird knapp“, meinte Swoboda.

Sie schwiegen.

„Wo könnte Ivanow sich aufhalten?“, fragte Sukitsch.

„Neumanns Swingerclub haben wir gecheckt, dort ist niemand“, erklärte Meier. „Aber jemand will öfter einen blauen BMW dort gesehen haben.“

„In seiner Interpol-Akte ist von Verbindungen nach Rumänien die Rede. Es wäre am naheliegendsten für ihn, dort Zuflucht zu suchen“, sagte Baumgartner. „Wir müssen die Behörden in Rumänien informieren. Glaubst du, wir haben genug, um international nach ihm fahnden zu lassen?“

„Auf jeden Fall“, sagte Sukitsch. „Darum kümmere ich mich.“

„Der ist längst über die Grenze“, sagte Meier.

„Nicht sicher“, entgegnete Baumgartner. „Irgendetwas sagt mir, dass der Mann unter Druck steht. Nicht erst seit dem Mord an Neumann.“

„Das ist reine Spekulation“, erwiderte Meier.

Baumgartner nickte. „Ist es. Aber anzunehmen, dass er längst über alle Berge ist, bringt uns auch nicht weiter. Inzwischen können wir nicht viel tun. Ich werde noch einmal mit Friederike Egger sprechen. Sie kann uns vielleicht etwas über die Videokassetten sagen. Caroline, Rainer? Ihr besucht diesen Swingerclub. Seht zu, ob ihr dort etwas über Ivanow in Erfahrung bringt. Die werden womöglich nicht besonders kooperativ sein. Seid höflich, aber macht sie auf die Konsequenzen aufmerksam, falls sie uns behindern wollen. Noch Fragen?“

Niemand meldete sich.

„Dann los.“

Als alle hinausgingen, klopfte Sukitsch Baumgartner auf die Schulter. „Franz? Gute Arbeit."

14 Uhr

Juri erwachte aus einem Traum. Es war ein unangenehmer Traum gewesen, der ein Gefühl der Beklemmung hinterließ. Juri versuchte zu verstehen, was es gewesen war, das ihn so verängstigt hatte.

Er sah sich um. Hohes Gras umgab ihn und kitzelte ihn auf der nackten Haut. Neben ihm stand das Auto. Er erinnerte sich an das Gespräch mit Anna und wie sie miteinander geschlafen hatten. Wie lang war er weg gewesen?

Juri rappelte sich auf. Weit und breit war niemand zu sehen.

Anna war weg.

Schnell suchte er seine Sachen zusammen, die im Gras verstreut lagen, und zog sich an. Er verfluchte die Hitze, die diesen Sommer fest im Griff hielt. So war er nicht gleich aufgewacht. Es war der Traum, der ihn geweckt hatte. Ein Alptraum, der ihn über alle Maßen beunruhigt hatte. Warum, konnte er nicht sagen.

Viel schlimmer fand er die Tatsache, dass Anna plötzlich nicht mehr da war. Wie hatte sie ihre Fesseln aufbekommen? Eigentlich hatte er sie kontrolliert, bevor er eingeschlafen war. Daran glaubte er sich erinnern zu können.

Sollte er rufen? Er widerstand dem Reflex. Seine Beunruhigung steigerte sich zu Panik. Was sollte er jetzt tun?

Vielleicht hatte sie ihm soeben eine schwere Entscheidung abgenommen. Er musste sie hierlassen. Er konnte sie nicht retten, es war Zeit, sich das einzugestehen. Einfach nur ins Auto steigen, über die Grenze fahren. Er hatte viel zu lang gewartet. Wenn er über die Grenze kam, konnte er es schaffen. Irgendwann würde er Iosif erreichen, und dieser würde ihn über die EU-Außengrenze bringen.

Juri tastete in seiner Hosentasche nach dem Autoschlüssel, doch da war nichts. Die Geldbörse fehlte ebenso. Hatte er sie beim Ausziehen verloren? Juri suchte das Gras ab.

Er ging ums Heck des Maserati auf die andere Seite, als er am Bein einen heftigen Schmerz spürte. Zuerst glaubte er, irgendwo dagegen gelaufen zu sein. Er blickte nach unten und sah einen Schraubenzieher aus seinem Unterschenkel ragen.

Anna, die hinter dem Auto lag, zog ihre gefesselten Hände zurück, und versuchte, davonzurobben.

Juri brüllte vor Wut.

14 Uhr 20

Baumgartners Gespräch mit Friederike Egger war kurz. Als er unangekündigt auftauchte, nachdem er sich mehrmals verfahren hatte – das Navi hatte ihn gegen die Einbahn schicken wollen, da hatte er es ausgeschaltet –, wies sie ihn äußerst schroff zurecht, dass er nicht herkommen solle, dass sie schon gekommen wäre, wenn es wichtig wäre. Sie weigerte sich, ihn ins Haus zu bitten, schloss die Tür hinter sich und verschränkte die Hände.

„Also“, sagte sie. „Was gibt es denn noch?“

Baumgartner hatte sich eigentlich vorgenommen gehabt, ihr die ganze Wahrheit zu erzählen, aber er befürchtete, dass sie im Moment nicht in der Lage wäre, alles aufzunehmen.

„Frau Egger, wir vermuten, dass Ihre Tochter auf der Flucht ist, mit einem Mann namens Juri Ivanow. Wir können mit großer Sicherheit sagen, dass die beiden zusammenlebten."

Egger wartete.

„Was wir leider auch sicher wissen, ist, dass er in einen Mord verwickelt ist. Vielleicht haben Sie es in den Nachrichten gehört, bei Thal wurde ein Mann erschossen. Wir sind uns ziemlich sicher, dass Maria vor Ort war, aber wir bezweifeln, dass sie etwas damit zu tun hatte."

„Viel wissen Sie ja nicht", meinte Egger.

Baumgartner wurde wütend. Er überlegte, ihr die Sache mit dem Escort-Service zu erklären, entschied sich aber dagegen.

„Frau Egger, warum ich hier bin: Wir haben das hier in Ihrem Haus gefunden."

Baumgartner zog den Plastiksack mit den Resten der Videokassette aus der Tasche und hielt ihn Egger vor die Nase.

„Was soll das sein?"

„Es lag an der Stelle, von der der Brand ausging", erklärte Baumgartner. „Wir versuchen immer noch, zu verstehen, was den Brand auslöste. Eine Theorie ist, dass jemand etwas verbrannt hat. Eventuell diese Videokassette. Sie hatten einen Videorekorder, oder?"

Egger erschrak plötzlich. Baumgartner konnte nicht feststellen, warum.

„Was ist, Frau Egger? Was habe ich gesagt?"

Sie hielt ihre hohle Hand vor den Mund, und ihre Augen füllten sich mit Tränen.

„Frau Egger? Glauben Sie, dass es eine Videokassette aus Ihrem Haus war? Was war darauf? Wer könnte ein Interesse haben, Videos zu vernichten?“

„Mein Gott“, sagte Egger und schluchzte. Ihr Mund öffnete sich hinter der vorgehaltenen Hand zu einem stummen Schrei und ihre Beine knickten ein. Baumgartner reagierte schnell und fing sie auf.

Er fasste unter ihre Arme und versuchte, sie zu stützen. Es ging mehr schlecht als recht, sie war viel schwerer, als er gedacht hatte, jegliche Kraft schien aus ihr gewichen zu sein. Er schaffte es, sie zu halten und läutete an der Tür. Irgendwann öffnete Maximilian Egger und nahm erstaunt seine Mutter entgegen.

„Herr Egger, bitte helfen Sie mir: Was war auf den Videokassetten in Ihrem Wohnzimmer?“

Egger war immer noch völlig perplex. Er stützte seine Mutter und wirkte hilflos.

„Reden Sie schon!“, setzte Baumgartner nach.

„Ich weiß nicht, alles Mögliche. Hauptsächlich Videos von uns Kindern, als wir klein waren.“

Baumgartner nickte und erlaubte Egger, seine Mutter zu versorgen.

Als er zurück zum Landeskriminalamt fuhr, war er sich plötzlich sicher, dass Maria Egger, alias Anna Vargas, das Haus ihrer Eltern in Brand gesetzt hatte.

Auch wenn er immer noch nicht wusste, aus welchem Grund.

14 Uhr 50

Doris Wallner fuhr enttäuscht von Thal zurück nach Graz. Sie hatte sich den Tatort des Mordes von heute Morgen ansehen wollen, doch die Polizei hatte den schmalen Weg, der zum Haus führte, abgesperrt. Man konnte nicht einmal in die Nähe des Hauses fahren. Dazu kam, dass derzeit niemand von der Polizei mit ihr reden wollte. Dass Horst sie dennoch hergeschickt hatte, war lächerlich. Er musste wissen, dass es nichts bringen würde. Die Polizei würde ihr keinen Millimeter entgegenkommen.

Schließlich war es seine Schuld.

Sie musste es ihm sagen, dass es seine Schuld war. Dass er ihre Glaubwürdigkeit untergrub. Seit zwei Tagen nahm sie sich vor, es ihm zu sagen. Doch der Zeitpunkt schien immer unpassend zu sein.

Als sie auf der Autobahn einen Anruf bekam, wollte sie ihn zuerst sofort wegdrücken. Doch dann warf sie einen Blick auf die Nummer und zögerte. Miklauc? Was wollte der denn? Sie fuhr den nächsten Autobahnparkplatz an und nahm das Handy zur Hand. Das Läuten hatte inzwischen aufgehört, also rief sie zurück.

„Jürgen? Bist du das?"

„Hallo Doris. Wie geht's?"

„Na ja, ging schon besser. Schön, dass du dich mal meldest! Alles klar bei dir in Wien?"

„Alles wunderbar bei mir. Bei uns wurde ja die Wirtschaftsrubrik total umgebaut. Alles neu. Viel zu tun. Hast du gerade einen Moment Zeit?"

„Klar, schieß los."

„Bist du heute oder morgen einmal in Wien?"

„Nein, warum? Willst du mich zum Essen einladen?"

Wallner lachte.

„Das auch. Aber eigentlich gibt es etwas, über das ich gerne persönlich mit dir sprechen wollte."

„Persönlich? Okay ... privat?"

„Nein, nein, rein geschäftlich."

„Aha."

„Vielleicht hast du mitbekommen, ich bin da an einer interessanten Geschichte dran. Hast du den Artikel gesehen, den ich über Lobo Petrow geschrieben habe?“

„Nein, sorry. Muss mir entgangen sein.“

„Dem gehört einer der großen Mobilfunkanbieter des Landes.“

Jürgen nannte den Namen des Unternehmens.

„Ein paar Freunde von mir sind, glaub ich, dort. Lobo Petrow. Klingt russisch.“

„Richtig.“

„Ich wusste nicht, dass das einem Russen gehört.“

„Du bist also nicht in Wien?“

„Sorry.“

Stille. Er schien zu überlegen.

„Egal. Muss auch so gehen. Du musst das für dich behalten, okay? Kannst du mir das versprechen?“

Sie musste an Baumgartner denken. Ihre Unverlässlichkeit schien sich noch nicht bis nach Wien herumgesprochen zu haben.

„Geht klar. Jetzt hast du mich neugierig gemacht.“

„Jemand hat eine ganze Menge Mobilfunkdaten geleakt. Und da sind einige interessante Dinge dabei, so viel kann ich dir sagen. Ich würde dir gern eine Liste von Namen schicken. Du kennst Graz besser als ich.“

„Da sind Grazer auf dieser Liste? Die ich kenne?“

„Ja, Prominente. Wichtige Leute. Wir versuchen gerade, das Material aufzuarbeiten. Wenn du mir hilfst, kommst du in den Verteiler.“

„Klingt gut!“

„Ich schicke dir eine E-Mail. Das Passwort ist der Name des Hotels, wo wir zum ersten Mal, du weißt schon.“

„Ja, weiß ich“, sagte sie schnell.

„Gut. Ich schicke die Mail gleich los. Bitte melde dich zurück, sobald du sie gelesen hast.“

„Hey, sagst du mir nicht, worum es geht?“

„Ich schicke dir ein kurzes Infosheet mit. Aber du musst auf jeden Fall stillhalten, okay? Sonst komm ich in Teufels Küche.“

„Mach dir keine Sorgen.“

15 Uhr 45

Erst hatte er sie töten wollen. Was er schon vor Tagen hätte tun sollen.

Mit einem Ruck hatte er den kleinen Schraubenzieher aus der Wunde gezogen, um ihr damit nachzusetzen. Doch das Blut war rhythmisch aus der Wunde gespritzt, in solchen Mengen, dass er zum Auto zurückgehumpelt war, um Charlys Verbandskasten zu suchen.

Er fand ihn nicht. Charly hatte keinen dabeigehabt.

Das ist dann wohl deine Rache, dachte Juri.

Schließlich nahm er eine Weste, die er eigentlich für Anna eingepackt hatte, zerriss sie und improvisierte damit einen Verband, der mehr schlecht als recht hielt. Danach ging er Anna holen, die nicht weit gekommen war. Sie leistete keinen Widerstand, als er sie wie einen Kartoffelsack schulterte und zurück zum Auto trug, wo er sie wieder anzog – jene Teile, die er beim Ausziehen nicht zerrissen hatte. Als sie etwas sagen wollte, klebte er ihr mit einem großen Streifen Klebeband den Mund zu.

Nun saß er seit über einer Stunde im Auto und dachte nach. Er prüfte immer wieder Möglichkeit um

Möglichkeit. Zu wem konnte er gehen? Wem konnte er vertrauen?

Es fiel ihm niemand ein. Juri hatte seine Probleme immer allein gelöst, seit er ein Kind war. Er hatte nie jemanden gebraucht, weder um Geld zu borgen noch um über seine Probleme zu reden. Die Sache verwirrte ihn. Er sah wieder hinab auf sein Bein, das nicht zu bluten aufhörte. Und da kam ein Gefühl in ihm hoch, das er nicht zuordnen konnte. Er bekam kalte Hände und atmete flach. Das Wort „Angst", das er bisher leichtfertig und ohne nachzudenken benutzt hatte, bekam plötzlich eine Bedeutung.

Das ist es also, worum die Leute so viel Wind machen, dachte er. Das Gefühl, wenn einem wirklich die Alternativen ausgehen.

17 Uhr

„Du willst nicht wirklich jetzt heimgehen?", fragte Sukitsch. Meier und Swoboda sahen Baumgartner ebenso verwundert an wie der Oberst. Sie alle standen auf dem Gang vor Sukitschs Büro.

„Warum nicht?", entgegnete Baumgartner. „Wir haben keine Spur. Wir können nichts tun. Sollen wir hier herumsitzen und uns selbst fertigmachen, damit wir ein reines Gewissen haben? Damit wir den Medien erzählen können, wir tun alles, was in unserer Macht steht? Wir haben alle Handys, sind erreichbar, falls etwas passiert. Aber im Moment gibt es nichts zu tun, absolut nichts. Ich fahre jetzt heim, ihr könnt von mir aus bleiben."

Doris Wallner weigerte sich aufzugeben.

„Herr Baumgartner, ich weiß, dass Sie zu Hause sind. Geben Sie mir fünf Minuten!“

Drinnen rührte sich nichts, aber sie ließ nicht locker. Alle paar Minuten hämmerte sie gegen die Tür.

„Herr Baumgartner, bitte.“

Irgendwann ging die Tür der Nachbarwohnung auf. Eine Frau um die fünfzig im Bademantel erschien. Sie sah verschlafen und verärgert aus.

„Tut mir leid, das muss jetzt sein“, entschuldigte sich Wallner bei ihr.

Die Frau bedachte sie mit einem Blick, der aussah, als könnte er töten. Sie schüttelte den Kopf. „Jetzt mach schon auf, Franz! Ich hab heute Nachtschicht, ich will endlich meine Ruhe haben.“

Sie schloss ihre Tür mit einem Knall und verschwand wieder in ihrer Wohnung. Wallner blieb verdutzt zurück. Als sie sich wieder Baumgartners Tür zuwandte, stand diese einen Spalt offen. Wallner schob sie vorsichtig auf und betrat Baumgartners Wohnung.

Sie fand ihn in der Küche. Er saß am Tisch, vor sich eine halb leere Flasche Wein, und las einen vergilbten Heftroman. Er trug ein Polo-T-Shirt, das sie nicht kannte. Sie glaubte, ihn überhaupt noch nie ohne sein Jackett gesehen zu haben.

„Ich wusste nicht, dass Sie trinken“, sagte Wallner.

„Was soll das heißen? Viele trinken ein Glas am Abend, das ist ganz normal.“

Wallner nickte nur. Das war jetzt auch völlig irrelevant.

Sie wartete, ob er ihr einen Sessel anbot, doch er starrte nur in sein Heftchen, ohne umzublättern.

„Ich möchte mich entschuldigen“, sagte sie. „Seit Tagen will ich mich entschuldigen, aber Sie lassen mich ja nicht.“

Sie machte eine Pause.

„Es war nicht meine Schuld. Mein Chef hat den Artikel geschrieben.“

„Sie haben mir versprochen, das vertraulich zu behandeln.“

„Ja. Aber ich hab ihm gegenüber wirklich nur eine einzige Bemerkung gemacht. Ich habe ihm erklärt, dass ich es Ihnen versprochen hatte. Aber er hat mich übergangen. Sie haben also keinen Grund, mir das Gespräch zu verweigern. Ich bin auch geschädigt! Wie sieht denn das aus?“

„Aha, Sie sind also geschädigt“, sagte er.

Darauf wusste sie nichts zu antworten.

„Darf ich mich setzen?“, fragte sie stattdessen und nahm sich einen Sessel, ohne seine Antwort abzuwarten.

„Das ist das Allerletzte“, fuhr sie fort. „Ich betrachte Sie als Freund, und mein Chef weiß das. Es ist unglaublich, was er gemacht hat. Ich überlege, dort aufzuhören.“

Da sah Baumgartner zu ihr auf. Sie bemerkte, dass seine Augen gerötet waren. Er war betrunkener, als es zuerst den Anschein gehabt hatte.

„Jetzt übertreiben Sie“, sagte er.

„Ich meine es ernst“, entgegnete sie.

„Ganz ehrlich? Ich bin Ihnen nicht böse. Nicht mehr als vielen anderen Leuten. Dafür, dass sie mich nicht verstehen, mir das Leben schwermachen. Dafür dass sie mich nicht so akzeptieren, wie ich bin.“

Wallner betrachtete Ihn skeptisch. „Meinen Sie das ernst?“

„Warum sollte ich das nicht ernst meinen?“

„Wer akzeptiert Sie nicht? Ich akzeptiere Sie, denke ich zumindest."

Er schien etwas sagen zu wollen, tat es aber nicht.

„Baumgartner, wollen wir uns nicht duzen? Man kann doch nicht per Sie sein und über solche Sachen reden."

„Von mir aus", seufzte er. „Da, nimm dir ein Glas. Darauf trinken wir."

„Da bin ich dabei", sagte sie.

Sie stand auf, nahm sich das erstbeste Wasserglas, das sie in den Küchenkästen fand und schenkte sich großzügig ein.

„Prost, Franz", sagte sie und stieß mit ihm an. „Weißt du, ich kann verstehen, was du durchmachst. Meine Beziehung ist auch gerade in die Brüche gegangen."

Da lachte Baumgartner. Wallner war irritiert.

„Was ist so lustig?"

„Ich glaube nicht, dass du es verstehen kannst."

„Was soll das heißen?", fauchte sie zurück. „Glaubst du etwa, du leidest anders als andere Leute? Mehr als ich vielleicht?"

Er überlegte.

„Ja, das glaube ich."

„Du bist ein Arschloch, Baumgartner. Hat dir das schon einmal jemand gesagt?"

„Ja. Warst das nicht du?"

Nun musste sie lachen. „Stimmt", sagte sie.

„Es hat keinen Sinn", meinte er. „Ich erzähle dir jetzt einfach, was wirklich passiert ist. Die Sache mit Isabel ist nur die halbe Wahrheit. Schreib es von mir aus in die Zeitung, wenn du willst. Ist mir scheißegal."

Und dann erzählte er ihr alles. Was er gemacht hatte in der Zeit, als er abgängig gewesen war. Sie hörte ihm mit wachsendem Staunen zu, und obwohl sie eine Menge Fragen hatte, wagte sie nicht, ihn zu unterbrechen. Als er geendet hatte, nahm sie einen großen Schluck Wein.

„Du bist ganz schön verrückt, Baumgartner. Weißt du das?"

„Danke für die Blumen", sagte er.

„Ich meine das gar nicht negativ", entgegnete sie. „Es ist nur, vielleicht hast du recht. Du bist wirklich anders."

Sie begann ihrerseits zu erzählen. Es brach plötzlich aus ihr heraus. Sie sprach von ihrem dummen kleinen Leben, wie sie es nannte. Von dem Alltagstrott und der Arbeit, die ihr zunehmend sinnlos vorkam. Und von ihrer Beziehung, warum es nicht gehalten hatte und warum es im Endeffekt gut war, dass es vorbei war, auch wenn es noch weh tat. Er sagte nichts, hörte einfach nur zu, das genügte. Es war lange her, dass sie sich so verstanden gefühlt hatte. Warum, wusste sie auch nicht genau.

Irgendwann bemerkte sie, dass die Flasche leer war und sie einen Schwips hatte. Sie sah auf die Uhr. Sie dachte plötzlich an Wien. An das Passwort für Jürgens E-Mail. Sie verscheuchte den Gedanken.

„Franz, würde es dich stören, wenn ich bleibe?"

Mittwoch, 8 Uhr

Als Baumgartner an diesem Morgen erwachte, verwirrte ihn der fremde Geruch in seinem Bett zuerst. Er drehte sich um und sah, dass er allein war.

War es real? Oder hatte er nur geträumt?

Er hielt sich den Kopf, der sich schwer wie eine Wassermelone anfühlte.

Zumindest der Wein war echt gewesen.

Baumgartner ging noch einmal den gestrigen Abend Schritt für Schritt durch. Er kam zum Schluss, dass es tatsächlich passiert war.

Ein seltsam unpassendes Gefühl von Stolz durchströmte ihn. Er fühlte sich leicht und zugleich verwirrt.

Nichts war gut, nichts war gelöst. Und doch war in diesem Moment die Welt in Ordnung.

Dass sie ihn auf den Wein angesprochen hatte, fiel ihm erst viel später wieder ein.

„Du trinkst“, hatte sie gesagt. Er hatte nicht das Gefühl, dass er trank.

Er stand auf und wollte sich Kaffee kochen. Da bemerkte er auf dem Küchentisch einen Zettel mit einer hastig hingekritzelten Notiz. Daneben lag eine Liste mit Namen. Er las ihre Nachricht, danach überflog er die Liste. Statt sich Kaffee zu kochen, wie er es geplant hatte, sank er auf einen der Sessel neben dem Tisch und blieb dort eine Weile sitzen. Er saß dort gute zwanzig Minuten, bis ein Anruf von Caroline Meier kam.

„Franz, wo bleibst du? In Ehrenhausen hat man einen Maserati gefunden, mit Blut darin.“

Baumgartner fuhr nach Ehrenhausen hinein, eine kleine Gemeinde mit einer überraschenden Dichte an alten Gebäuden, unter anderem zwei Schlössern und sogar einem Mausoleum, die auf Hügeln über dem Ortskern thronten. Einige hundert Meter nach dem Ortsschild sah er auf der linken Straßenseite Caroline Meier winken. Er parkte das Auto sehr vorsichtig am Straßenrand, direkt gegenüber einer kleinen barocken Kirche. Er spürte noch den Wein vom Vortag.

„Ihr habt den Maserati?", fragte Baumgartner.

„Genau. Steht da hinten, gleich um die Ecke. Die Anrainer haben die Polizei gerufen, weil er eine Ausfahrt blockiert."

Baumgartner folgte Meier, die ihn an der Kirche vorbei in die Bahnhofstraße führte, wo das Auto stand. „Erst die Polizei hat die Blutspur entdeckt. Die Nummerntafel passt auch, es ist Karl Neumanns Auto."

Baumgartner nickte. Meier zerriss die Versiegelung aus Klebeband und öffnete die Fahrertür, deren Seitenscheibe eingeschlagen war. Sie benutzte ein Taschentuch, um keine Fingerabdrücke zu hinterlassen. Baumgartner sah, dass sich im Fußraum unter dem Fahrersitz eine ganze Menge Blut befand, das noch nicht ganz getrocknet war und glänzte.

„Glaubst du, das ist lebensbedrohlich?", fragte er.

„Wilszek ist noch nicht da, vielleicht kann er dir das sagen. Es sieht viel aus, aber ich glaube, gefährlich ist das noch nicht."

„Das muss von ihm sein", fügte sie hinzu. „Er kann sie unmöglich fahren lassen, bei den Medikamenten, die sie nimmt. Das bedeutet, er ist verletzt."

„Seid ihr der Blutspur gefolgt?"

„Ja. Wir sind gerade daran vorbeigegangen. Sie führt in die Kirche."

Meier schloss die Fahrertür wieder, und sie gingen zurück auf die Hauptstraße.

„Da."

„Wart ihr schon drin?"

„Wir haben auf dich gewartet", sagte Meier.

Sie näherten sich der Kirche, die drei Portale hatte.

„Ich habe meine Dienstwaffe nicht dabei", sagte Baumgartner. „Ich komme direkt von zu Hause."

„Macht nichts", sagte Meier. „Sollen wir die Cobra rufen?"

„Du hast sie noch nicht verständigt?"

Meier schüttelte den Kopf. „Die Blutspur endet hier", sagte sie und zeigte auf das rechte Portal. Die Straße war auf beiden Seiten abgesperrt, Beamte in Uniform regelten den Verkehr.

„Irgendwas gehört?", fragte er.

Meier verneinte.

„Aber du glaubst, er ist da drin?"

„Keine Ahnung. Er könnte auch die Wunde verbunden haben und dann zu Fuß weiter sein. Wir haben nur die Spur, die hineinführt."

„Bis die Cobra kommt, dauert es noch einmal mindestens zwanzig Minuten", sagte er. „Ich würde sagen, wir sehen uns das selbst an."

„Bist du sicher?"

Baumgartner nickte. „Ich muss nur eine Waffe ausborgen."

Meier sah ihn verständnislos an. „Kein Polizist verborgt seine Waffe. Nicht einmal dir. Passt schon, ich gehe rein."

Bevor Baumgartner etwas entgegnen konnte, zog Caroline Meier ihre Glock und ging zum Portal. Sie betätigte die Klinke und sah, dass die Tür nicht abgesperrt war.

„Hallo, ist da jemand drin?"

Niemand antwortete. Meier sah Baumgartner an und zuckte mit den Schultern, dann öffnete sie die Tür.

Ein ohrenbetäubender Knall zerriss die Stille. Baumgartner sah, wie Meier sich vor Schreck duckte und die Tür wieder zuzog. Hatte da jemand geschossen?

Meier sah Baumgartner erschrocken an, als sie auf ihn zukam. Erst als sie fast bei ihm war, begann sie zu wanken. Baumgartner sah Blut an ihrem T-Shirt, knapp über der Hose. Er wollte sie auffangen, doch er kam zu spät. Sie sackte seitlich weg und fiel auf den Asphalt.

Es dauerte einige Sekunden, bis die beiden Polizisten an den Absperrungen verstanden, was gerade passierte. Sie verließen ihre Posten und eilten zu Baumgartner.

„Nicht zu mir", schrie dieser. „Sichert das Tor! Nein, nur du. Du rufst die Rettung, sofort!"

Baumgartner öffnete Meiers Gürtel und zog das T-Shirt hoch. Sie hatte eine Schusswunde im Bauch, aus der Blut sickerte. Meier hatte die Augen aufgerissen und sah ihn an, ohne etwas zu sagen. Baumgartner suchte mit zittrigen Fingern nach dem Taschentuch, das Meier vorhin in der Hand gehabt hatte. Er fand es in ihrer Hosentasche und drückte es auf die Wunde. Innerhalb von Sekunden war es völlig mit Blut durchtränkt. Baumgartner zog sein Jackett aus, knüllte es zusammen und drückte es auf das Taschentuch.

„Scheiße", sagte Meier leise und zuckte dabei zusammen. Das Atmen schien ihr Schmerzen zu bereiten.

„Schhh, sag nichts", antwortete Baumgartner. „Die Rettung ist schon auf dem Weg."

Die Minuten schienen endlos, bis sich aus der Ferne die Sirene eines Notarztwagens näherte. Rettungssanitäter liefen zu Baumgartner und übernahmen die bereits sehr blasse Caroline Meier, die ihren Kollegen mit einem Blick bedachte, der zugleich Verwunderung, Bedauern und Angst ausdrückte.

Rainer Swoboda erschien hinter Baumgartner, mit einem Papiersackerl in jeder Hand. Wurstsemmeln.

„Franz? Ist etwas passiert?“

9 Uhr 30

„Ihr Trotteln“, sagte Oberst Ernst. „Warum ruft ihr denn nicht an? Was glaubt ihr, warum wir eine Bereitschaft haben?“

Baumgartner wehrte sich nicht. Er hatte die Arme verschränkt, ihm war trotz der Hitze kalt, und er fühlte sich seltsam nackt ohne sein Jackett.

Ernst, der Leiter des Cobra-Teams, ließ sich von ihm über die Lage informieren, und Baumgartner gab ihm knappe Antworten.

„Sie glauben also, es sind zwei Leute? Ein Mann und eine Frau. Sie könnte in seiner Gewalt sein, möglicherweise betäubt. Aber er ist verletzt, oder wie?“

Baumgartner bestätigte.

„Haben Sie gesehen, wer geschossen hat?“

„Keine Ahnung.“

„Gut“, sagte Ernst. „Ich habe unsere Spezialistin für Geiselnahmen angerufen, sie wird in ein paar Minuten hier sein. Inzwischen übernehme ich das Kommando.“

In den nächsten Minuten erschienen weitere Polizeiautos und Krankenwagen am Einsatzort. Die Polizisten läuteten an den benachbarten Gebäuden und evakuierten die Menschen. Nach knapp zehn Minuten tauchte eine zierliche Frau mit streng zurückgebundenen schwarzen Haaren und einer Kevlarweste auf und gab Ernst die Hand. Sie stellte sich Baumgartner als „Erna Vogel" vor. Ernst informierte sie über die Lage und fragte Baumgartner, ob er noch etwas hinzuzufügen hatte. Baumgartner verneinte.

„Und seither alles ruhig?"

Die Männer nickten.

„Gut. Hast du schon Bilder vom Innenraum?", fragte sie Ernst.

„Ich wollte damit noch warten, bis du hier bist."

Sie nickte. „Kriegt ihr unter dem Tor eine Sonde durch?"

„Sollte gehen."

„Dann los."

Als sich die Cobra-Beamten an die Arbeit machten, blieb Baumgartner sehr ruhig auf der anderen Straßenseite stehen. Er fühlte sich seltsam leer, fast so, als würde er schweben. Caroline Meier war inzwischen wahrscheinlich auf der Intensivstation oder bereits im OP. Er wusste, dass ihre Lage ernst war. Die Rettungsleute hatten ihn nach Meiers nächsten Angehörigen gefragt, und Baumgartner hatte ihnen Klara genannt. Er war froh, sie nicht selbst informieren zu müssen.

Nach etwa einer Viertelstunde kamen Vogel und Ernst zurück.

„Wir haben sie lokalisiert. Sie sitzen hinten in einer Ecke im Altarraum. Dort gibt es ein Fenster, das wir vielleicht von außen kippen können. Dann können wir versuchen, mit ihnen Kontakt aufzunehmen. Vorher muss ich aber genau wissen, womit wir es zu tun haben. Was können Sie mir über die Personen sagen, Baumgartner?"

Er antwortete zuerst nicht.

„Also?“, setzte sie nach.

„Ich habe sie noch nie getroffen“, sagte Baumgartner. „Es gibt nur Vermutungen.“

Vogel sah Ernst an. „So kann ich nicht arbeiten.“ Dann wandte sie sich wieder Baumgartner zu: „Sie sind der Leiter der Ermittlungen, richtig? Sie werden mir wohl irgendetwas sagen können!“

Da sprudelte es aus Baumgartner heraus.

„Sein Name ist Juri Ivanow. Er ist Zuhälter und Menschenhändler. Wir vermuten, dass er den Mord an Karl Neumann begangen hat, davon haben Sie gehört. 32 Jahre alt.“

„Also gefährlich“, sagte Vogel düster. „Weiter.“

„Die Frau ist vermutlich seine Lebensgefährtin und zugleich Angestellte. Sie ist Prostituierte, Escort-Service, teuer. Mit siebzehn von zu Hause ausgerissen und war seither verschwunden. Vor zwei Wochen ist ein Bauernhaus hier in der Nähe abgebrannt, davon haben Sie vermutlich ebenfalls gehört. Wir verdächtigen sie. Es war das Haus ihrer Eltern.“

Vogel sah Baumgartner staunend an. „Wow.“

„Als wir sie bei Ivanow aufgespürt haben, sind die beiden geflohen. Wir gehen dabei davon aus, dass Ivanow sie mit Beruhigungsmitteln ruhiggestellt hat.“

„Warum?“, fragte Vogel. „Das erscheint mir ungewöhnlich.“

„Das verstehen wir selbst nicht.“

„Es ist also auch möglich, dass sie geschossen hat? Das können wir nicht ausschließen.“

Baumgartner schüttelte den Kopf.

„Gut“, sagte Vogel. „Ich werde Kontakt aufnehmen. Mal sehen.“

„Soll ich mitgehen?“, fragte Baumgartner.

„Bleiben Sie erst einmal hier.“

Als Vogel nach fast zwanzig Minuten zurückkam, sah sie erschöpft aus. Aus der energetischen Frau war ein grimmiges Wesen mit eingezogenem Kopf geworden. Sie hatte eine Zigarette in der Hand, die sie bei einem der Sanitäter geschnorrt hatte und an der sie unbeholfen zog.

„Ich habe mit ihr geredet", erklärte Vogel. „Und ich weiß jetzt, warum er ihr Medikamente gegeben hat. Sie hat einen Privatjet nach Thailand gefordert."

Ernst trat zu ihnen.

„Was?"

„Einen Privatjet, aber ohne Innenverkleidung. Die sollen wir rausnehmen. Als ich sie gefragt habe, warum, hat sie nur gelacht. Also entweder, die verarscht uns, oder ..."

„Sie könnte krank sein", sagte Baumgartner.

„Das ist die andere Möglichkeit", bestätigte Vogel. „Was die Sache nicht einfacher macht. Mit diesem Iwanow habe ich nur ganz kurz gesprochen. Es scheint ihm nicht gut zu gehen, er blutet immer noch. Er hat versucht, die Frau zu beruhigen. Wie schlecht sein Zustand ist, lässt sich schwer sagen."

Ernst nickte.

„Wir haben ein Szenario, das für uns funktioniert", sagte Ernst. „Wir können reingehen, wenn es nötig ist. Aber es ist riskant. Mir wäre sehr recht, wenn es eine andere Lösung gibt."

Vogel zuckte mit den Schultern. Sie schwitzte unter ihrer Kevlarweste und sah entmutigt aus.

„Vielleicht gibt es da noch eine Möglichkeit", sagte Baumgartner.

Baumgartner brauchte ewig für die kurze Strecke von Ehrenhausen bis zu dem alten Gasthof, wo die Familie Egger wohnte. Er verfuhr sich mehrmals, bevor er doch das Navi einschaltete und feststellte, dass die Südsteirische Weinstraße direkt im Ortsgebiet von Ehrenhausen begann.

Als er das Gasthaus endlich erreichte, kam Friederike Egger sofort heraus.

„Ich habe es in den Nachrichten gesehen", erklärte sie. „Ist es Maria?"

Baumgartner nickte. „Wir brauchen Ihre Hilfe."

Egger nickte. „Ich hole meine Sachen."

Schweigend rollten sie durch die malerische Landschaft, Baumgartner fand den Rückweg auf einmal problemlos. Er fuhr ohne Eile, und auch Friederike Egger schien geduldig zu warten. Baumgartner wunderte sich, wie gefasst sie war.

Sie näherten sich dem Unvermeidlichen, zum Hetzen gab es keinen Grund.

Erst als sie die Absperrung der Hauptstraße in Ehrenhausen erreichten, war Egger die Nervosität anzusehen. Der Aufruhr schien sie einzuschüchtern.

Baumgartner parkte das Auto diesmal ein Stück vor der Kirche, blieb aber sitzen.

„Kann sie es gewesen sein?", fragte Baumgartner. „Ihr Haus war nicht aufgebrochen. Hatte sie einen Schlüssel?"

Egger atmete schwer. „Sie kannte ein paar Tricks. Eins der Kellerfenster."

Baumgartner nickte. Warum hast du mir das nicht früher sagen können?

„Kommen Sie mit, ich bringe Sie zu den Einsatzleitern von der Cobra.“

Wenige Minuten später standen Friederike Egger, Franz Baumgartner und Erna Vogel in der Bahnhofstraße an der Seitenwand der Kirche. Durch das offene Fenster drang der Geruch von Weihrauch und Moder.

„Maria?“

„Sie können ruhig lauter sprechen“, sagte Vogel.

Egger räusperte sich.

„Maria? Bist du da drin?“

Zuerst kam keine Reaktion aus der Kirche. Irgendwann war ein seltsames Grunzen zu hören. Womöglich ein Lachen, es ließ sich schwer sagen.

„Geht es dir gut?“, fragte Egger.

„Ich hab gewusst, dass du kommen wirst“, sagte Marias Stimme von drinnen.

Baumgartner konnte sehen, wie Friederike Egger von ihren Emotionen übermannt zu werden drohte. Sie tastete mit ihrer Hand nach etwas, an dem sie sich abstützen konnte. Baumgartner nahm sanft ihren Arm.

Vogel bedeutete Egger fortzufahren

„Die Polizei hat gesagt, du willst nach Thailand?“, fragte Friederike Egger. „Dort ist es sehr schön, hab ich gehört.“

Lachen von drinnen.

„Das habe ich den Polizisten gesagt. Aber ich glaube, ich will nicht wirklich dorthin.“

„Du willst woanders hin?“

„Ich habe das zum Spaß gesagt.“

Vogel beugte sich zu Friederike Egger. „Wir müssen sie irgendwie dazu bewegen rauszukommen“, flüsterte sie.

„Maria, willst du nicht rauskommen? Damit wir da reden können?“

„Glaubst du, ich bin blöd? Glaubst du, ich durchschaue dich nicht?“

„Ich glaube nicht, dass du blöd bist“, sagte Friederike Egger mit heiserer Stimme. Baumgartner hatte Angst, sie könnte wieder zusammenbrechen.

„Du hast immer geglaubt, dass ich blöd bin. Dass ich es allein nicht schaffe. Aber ich habe es geschafft.“

„Ja, du hast es geschafft. Aber –“

„Ich bin so froh, dass ich Juri kennengelernt habe. Er hat mir gezeigt, dass ich mich nicht von meinem Körper beherrschen lassen darf. Das habt ihr nie verstanden. Es ist genau umgekehrt, wir müssen unseren Körper beherrschen. Das ist es, was uns vom Tier unterscheidet. Man muss lernen, seinen Körper zu beherrschen, wenn man wirklich frei sein will.“

Friederike Egger antwortete nicht. Vogel schnitt Grimassen, gestikulierte. *Weiter, weiter.*

„Warum hast du unser Haus angezündet?“, fragte Egger plötzlich. Vogel hörte zu gestikulieren auf, wurde blass.

„Ich habe es tun müssen. Überall die Wanzen und die Kameras. Ich hab doch zeigen müssen, dass ihr mich endlich in Ruhe lassen müsst.“

„Maria, ich habe dich doch in Ruhe gelassen. Niemand hat dich verfolgt, ich habe dir dein Leben gelassen. So schwer es für mich war, genau das habe ich getan. Du wolltest deine Ruhe haben, also hab ich dich in Ruhe gelassen.“

„Ihr habt mir eine Einladung zur Hochzeit in den Postkasten geworfen. Ihr habt gewusst, wo ich wohne.“

„Max war das mit der Einladung. Er hat mir nichts davon gesagt. Ich hätte es ihm verboten. Er hat es getan, weil er der Meinung war, du hättest ein Recht darauf, eingeladen zu werden.“

„Ihr hattet die Aufnahmen von mir gesammelt. Ich hab sie im Haus gefunden."

„Ja, von dir als Kind. Weil wir dich vermisst haben."

„Ihr habt einen Privatdetektiv auf mich angesetzt. Einen Profi. Technisch ist so viel möglich inzwischen, man findet die Wanzen und Kameras nicht mehr."

„Wir wussten jahrelang überhaupt nicht, ob du noch lebst!", sagte Egger mit brüchiger Stimme. „Geschweige denn, wo."

Marias Stimme war sehr fest, ohne Zeichen von Unsicherheit. „Ihr habt mir beim Arbeiten zugesehen. Ihr habt mein Telefon abgehört und immer die Hotels gewusst."

„Ich weiß gar nicht, was du gearbeitet hast. Ich habe keine Ahnung."

„Du lügst! Es ist ein Porno von mir im Internet. Alle haben ihn gesehen. Charly hat ihn online gestellt."

„Sei still", war eine leise männliche Stimme in der Kirche zu vernehmen.

Baumgartner beobachtete Friederike Egger. Sie schien im Lauf des Gesprächs ruhiger zu werden. Ihre schlimmsten Ängste wurden gerade Realität. Es schien, als hätte sie sich lange genug gefürchtet, als wäre die Angst verbraucht, als sei sie dankbar, dass das Schlimmste endlich eingetreten war.

„Ich bin eine Nutte, Mama. Du weißt es. Du hast immer gewusst, dass ich so enden werde, oder?"

Friederike Egger antwortete nicht.

„Ich habe ein richtiges Ritual daraus gemacht, fast wie eine Messe. Ihr seid doch so katholisch. Ich habe alle Kerzen gesammelt, die ich gefunden habe. Auch meine Taufkerze. Dann habe ich die Kassetten verbrannt. Und die Fotoalben. Zuerst war ich mir nicht sicher, ob das Haus auch brennen soll, aber ich habe das Benzin dabeigehabt und dann ging alles ganz schnell.“

„Du hast nicht gewusst, dass die Oma noch im Haus war, oder?“, fragte Friederike Egger. „Bitte sag, dass du es nicht gewusst hast.“

„Das war nicht meine Schuld. Das könnt ihr mir nicht anhängen.“

Da richtete Friederike Egger sich auf. Sie verwandelte sich wieder in die stolze Frau, von der Baumgartner gehört hatte. Die Verwandlung vollzog sich in Sekunden, er beobachtete es mit Staunen. Baumgartner hatte das seltsame Gefühl, dass sie erleichtert war. Maria hatte ihre Großmutter nicht absichtlich sterben lassen. Sie war krank, einfach nur krank.

„Ich möchte, dass du weißt“, begann Friederike Egger, „du kannst jederzeit nach Hause kommen.“

Vogel war fassungslos. Sie horchte.

„Ich habe Juri. Er wollte mich umbringen, aber er hat es nicht getan. Stattdessen hat er seinen Freund erschossen. Er liebt mich wirklich.“

„Er ist verletzt, nicht wahr?“, fragte Friederike Egger.

„Ja. Ich habe ihn ins Bein gestochen. Das wollte ich nicht. Ich dachte, er gehört zu dir.“

„Nein, er gehört nicht zu mir. Wir kennen uns nicht. Aber ich glaube dir, dass er dich liebt.“

„Ja, das tut er.“

„Er blutet, habe ich gehört.“

„Ja, er blutet. Er ist auch ziemlich blass.“

„Er braucht wahrscheinlich einen Arzt.“

Keine Antwort von drinnen.

„Willst du nicht rauskommen, dass man ihn verarzten kann?“

„Nein, ich komme nicht raus!“

„Glaubst du, du würdest einen Arzt reinlassen?“

Vogel schüttelte energisch den Kopf.

„Ja, ich glaube, das wäre gut."

„Aber ich habe gehört, ihr habt geschossen, als jemand die Tür öffnen wollte."

„Ja, ich wollte nicht, dass jemand reinkommt. Aber das war vorher."

„Wenn ihr schießt, kann keiner durch die Tür kommen", erklärte Friederike Egger.

„Ein Arzt wäre gut, sagt Juri. Ich glaube, es wäre gut, wenn einer reinkommt. Wir schießen nicht mehr, versprochen."

„Die Polizisten sind sich nicht sicher. Sie sagen, du hast auf sie geschossen."

„Ich schieße nicht mehr, ich verspreche es."

Friederike Egger sah Vogel fragend an. Vogel flüsterte ihr etwas ins Ohr und gab Ernst ein Zeichen. Er nickte und ging.

„Es wäre gut, wenn du das Magazin aus der Pistole nimmst", sagte Friederike Egger. „Dann trauen sie sich rein, sonst nicht. Nur das Magazin. Und du schiebst es auf dem Boden zur Tür."

„Nein, das tue ich nicht."

„Tu es für Juri, bitte."

Stille. Vogel hielt den Atem an.

„Okay", sagte Maria Egger.

Sie hörten ein Klicken, dann das Geräusch von Metall, das über Marmor schlitterte. Sekunden später hörten sie, wie die Tür geöffnet wurde und Menschen in die Kirche stürmten. Gebannt horchte Baumgartner, ob ein weiterer Schuss fiel, doch es blieb ruhig. Er eilte zum Tor, und als er einen Blick hineinwarf, sah er, wie am Ende des Raums die Cobra-Beamten mit ihren Sturmgewehren Maria Egger im Visier hatten. Sie saß auf dem Boden und hatte Juri Ivanow auf ihrem Schoß.

Eine zeitgenössische Pieta mitten im barocken Prunk des Kirchenraums.

„Aus dem Weg“, sagte ein Notarzt. Er und sein Kollege liefen mit einer Trage in den Kirchenraum. Als Baumgartner sich umdrehte, sah er Swoboda und Sukitsch auf der anderen Straßenseite stehen. Sukitsch nickte ihm zu.

12 Uhr 45

Baumgartner erreichte den Eingangsbereich des UKH völlig außer Atem. Es dauerte Minuten, bis er der Rezeptionistin klargemacht hatte, was er wollte.

„Sind Sie ein Angehöriger?“, fragte die Frau.

„So etwas Ähnliches.“

Sie Frau sah ihn skeptisch an.

„Ich bin ihr Chef und ihr bester Freund“, sagte er schroff.

„Schon gut“, sagte die Frau und erklärte ihm, wie er gehen musste.

Die Raumfluchten und weißen Gänge erschienen Baumgartner endlos. Mehrmals stieß er fast mit langsam durch die Gegend schlurfenden Menschen zusammen, die nicht einmal die Kraft hatten, ihn zu beschimpfen.

Als er den richtigen Korridor erreichte und dort Klara mit geröteten Augen auf einem Sessel saß und ihn ansah, stoppte er seinen Lauf. Plötzlich bekam er es mit der Angst zu tun.

Er war schuld. Er war verantwortlich.

Klara würde ihm nie verzeihen.

Schritt für Schritt näherte er sich ihr und wünschte sich plötzlich, sie würde ihm eine Ohrfeige geben. Danach würde es ihm besser gehen, es war das Mindeste, das er verdient hatte.

Da schluchzte Klara und verzog das Gesicht zu einer Grimasse. Sie stand auf, lief auf ihn zu und umarmte ihn so heftig, dass sie fast umfielen.

„Sie kommt durch", flüsterte Klara. „Die Operation ist gut gegangen."

Auf einmal kamen auch Baumgartner die Tränen, und er drückte Klara so heftig, dass sie sich schließlich losreißen musste.

15 Uhr

Die Stimmung war gedämpft im Besprechungsraum, als Baumgartner sich mit Sukitsch und Swoboda traf. Der Raum wirkte leer. Zuerst war die Erleichterung groß, als Baumgartner berichtete, dass es Caroline Meier den Umständen entsprechend gut ging. Aber Sukitsch erinnerte auch sofort daran, dass es eine Untersuchung geben würde und dass er, Baumgartner, an vorderster Front stand, was das anging.

„Ja, ich habe einen Fehler gemacht", sagte Baumgartner.

„Lass das die Kommission entscheiden. Diese Leute wissen, wie schwer es ist, in solchen Situationen Entscheidungen zu treffen. Ich glaube nicht, dass sie dich ans Messer liefern."

Baumgartner nickte. Er fasste zusammen, was in Ehrenhausen passiert war und schilderte auch das Gespräch zwischen Maria und Friederike Egger, so, wie er sich daran erinnern konnte. „Sie hat auf jeden Fall die Brandstiftung zugegeben. Damit ist dieser Fall geklärt. Was den Mord an Karl Neumann angeht, so könnte sie eine Tatzeugin sein. Zumindest hat sie Ivanow belastet."

„Wie geht es Ivanow?"

„Er hat viel Blut verloren, aber sonst geht es ihm gut. Der Stich hat eine große Arterie erwischt, aber nichts, was sich nicht nähen lässt."

„Es war Maria Egger, die auf Caroline geschossen hat?", fragte Sukitsch.

„Ja", bestätigte Baumgartner. „Davon gehen wir aus. Aber ganz klar ist die Sache nicht. Es behaupten nämlich derzeit beide, geschossen zu haben."

„Will Ivanow Egger schützen?", fragte Sukitsch.

Baumgartner zuckte mit den Schultern. „Wir werden sehen, gegen wen Sonnleitner Anklage erheben will in dieser Sache. Ich bezweifle jedenfalls, dass Egger voll zurechnungsfähig war. Der Sanitäter hat gemeint, er ist dafür nicht ausgebildet, aber sie zeigt Symptome von Schizophrenie. Sie hat geglaubt, dass ihre Eltern sie überwacht haben."

„Deshalb hat sie das Haus angezündet?", fragte Swoboda.

„Es ist anzunehmen."

Da bekam Baumgartner eine SMS. Er spürte das Vibrieren des Telefons in seiner Tasche.

„Tut mir leid, Leute, ich muss kurz aufs Klo."

„Sollen wir eine Pause machen?", fragte Sukitsch.

„Zahlt sich nicht aus, ich bin gleich wieder da."

Baumgartner ging hinaus und schloss die Tür. Vor ihm stand, etwas verloren und verunsichert, Alfons Riedl.

„Sie wollten, dass ich herkomme", sagte Riedl. „Worum geht es?"

„Danke, dass Sie gekommen sind", sagte Baumgartner. Er schickte den Polizisten, der Riedl geholt hatte, mit einem Kopfnicken weg.

„Es geht ganz schnell", sagte er zu Riedl.

„Geht es um den Mann auf dem Feld? Es tut mir leid, dass ich mich getäuscht habe. Bei Ihnen rufen sicher viele alte Männer wie ich an, die sich irgendwelche Dinge einbilden. Ich wollte nicht –“

„Macht nichts“, sagte Baumgartner. Könnten Sie nur einmal kurz einen Blick durch dieses Fenster werfen?“

Er führte Riedl zur Tür des Besprechungsraums. Dort war ein halbdurchlässiger Spiegel eingesetzt. Man konnte hineinsehen, aber nicht heraus. Sukitsch war sehr stolz gewesen, dass das neue Gebäude diese Türen hatte.

Riedl sah durch das Fenster und erstarrte.

„Das ist er“, sagte er.

„Der mit der Glatze?“, fragte Baumgartner.

„Genau der.“

„Vielen Dank, Herr Riedl. Ich bringe Sie jetzt nach unten. Warten Sie dort kurz, ich werde dann gleich Ihre Aussage aufnehmen.“

17 Uhr

„Komm rein, Franz“, sagte Sukitsch. „Willst du einen Kaffee?“

Baumgartner überlegte. „Heute nehme ich einen, glaube ich.“

Sukitsch ging zu seiner Espressomaschine, eine mit Kapseln, über die sich Meier immer lustig machte, und machte Baumgartner einen doppelten Espresso. Er stellte ihn auf den Schreibtisch vor Baumgartner und setzte sich.

„Also, du wolltest noch mit mir reden. Was gibt’s?“

Er sah Baumgartner an, der ihm einfach nur in die Augen sah.

Eine volle Minute verging. Dann senkte Sukitsch den Blick und seufzte.

„Du weißt es“, sagte er.

„Die SMS“, sagte Baumgartner. „Ich habe einfach nicht verstanden, was das für einen Sinn haben soll.“

„Ich konnte nicht selbst –“, begann Sukitsch.

Baumgartner nickte. „Aber du wolltest trotzdem, dass wir sie finden.“

Sukitsch sog Luft ein und sah an die Decke.

„Ja, ich schätze, das wollte ich.“

„Obwohl es ein Risiko für dich war.“

„Es war ja die ganze Zeit über schon ein Risiko“, sagte Sukitsch.

„Woher hast du sie gekannt?“

„Sie war ein Geschenk.“

„Ein Geschenk?“, fragte Baumgartner.

„Es gibt da einen Swingerclub, wo ich ab und zu hingehe“, erklärte Sukitsch. „Nicht der von Neumann, ein anderer. Der Chef hat mir Neumann einmal vorgestellt. Sie wussten, dass ich Polizist bin, das hat sie interessiert. Neumann hat sie mir zum Geburtstag geschenkt.“

„Aber wie bist du draufgekommen, wer sie ist? Sie war ja in keinem Register, nirgends gemeldet.“

„Die Dinge sind erst später verschwunden. Ich hab das noch alles gefunden, als ich mich über sie informiert habe, ist ein paar Jahre her. Ich nehme an, dass Ivanow das verschwinden ließ, als ihr Kundenkreis größer wurde. Sie war sehr beliebt, musst du wissen. In der High Society. Eine der Teuersten.“

„Aber warum warst du dort, als das Haus abgebrannt ist.“

„Auch das weißt du?“, fragte Sukitsch verwundert. „Ich hätte nicht gedacht, dass das jemand herausfindet.“

„Ein Zeuge hat dich gesehen“, sagte Baumgartner.

„Es war ein dummer Zufall“, erklärte Sukitsch. „Ich habe auf dem Gürtel vor mir ein Auto gesehen, das

Schlangenlinien fuhr. Einen blauen BMW. Das Auto kam mir bekannt vor, aber ich wusste nicht, woher. Jedenfalls hatte der Fahrer Schwierigkeiten, die Spur zu halten. Ich bin ihm nachgefahren und habe überlegt, woher ich das Auto kannte. Es fuhr auf der linken Spur, also konnte ich nicht überholen. Ich hab es dann rechts überholt, um zu sehen, wer drinsaß. Es war Anna."

„Maria. Du hast sie nicht aufgehalten?"

„Nein, wie denn? Wir kannten uns ja. Das sollte niemand wissen. Ich wusste ehrlich gesagt nicht, was ich tun sollte. Also bin ich ihr gefolgt. Ich wusste nicht, dass sie gar keinen Führerschein hat."

„Sie ist zum Haus ihrer Eltern gefahren."

„Ich hab sie nur beobachtet. Als das Haus gebrannt hat, war es schon zu spät. Erst später habe ich erfahren, dass das ihr Elternhaus ist. Da habe ich geahnt, dass das jetzt richtig scheiße wird."

„Damit könntest du recht haben", bestätigte Baumgartner.

„Wie meinst du das?"

„Es gibt eine Liste von Marias Freiern, die seit ein paar Tagen bei den Medien kursiert. Wie du sagst, sie war beliebt bei der High Society."

„Aber wie –"

„Scheinbar ihr Handy. Sie hatte ein Diensthandy, damit hat sie die Termine mit den Freiern ausgemacht. SMS mit ihnen geschrieben."

„Und ich bin auch –?"

Baumgartner nickte.

Sukitsch sah nachdenklich in die Luft. Plötzlich lachte er.

„Gerade sie, die sich immer verfolgt gefühlt hat!"

Baumgartner blieb ernst.

„Jedenfalls hat das nichts zu bedeuten", erklärte Sukitsch. „Es wird nichts passieren. Weißt du, wie viele solche Listen bei den Medien kursieren? Listen, welche Promis koksen, welche schwul sind. Steuersünder, alles Mögliche. Traut sich keiner drüber."

„Glaubst du wirklich?", fragte Baumgartner. „Ich könnte mir vorstellen, dass Graz Kompakt noch eine Rechnung mit dir offen hat."

Sukitsch schien nachzudenken, schließlich zuckte er mit den Schultern.

„Weißt du, wer der Chef von dem Mobilfunkunternehmen ist?", fragte er. „Bei dem sie ihren Handyvertrag hatte?"

„Nein", antwortete Baumgartner.

„Lobo Petrov."

„Wer?"

„Der Oligarch? Der gerade ein großes Grundstück am Wörthersee erworben hat? Der demnächst die österreichische Staatsbürgerschaft verliehen bekommen soll?"

„Doch, sagt mir was."

„Der ist ja erst vor einiger Zeit in die Mobilfunksparte gewechselt. War früher eher im militärischen Bereich aktiv, in seiner Heimat Russland."

Baumgartner dachte nach.

„Ich glaube sogar, der ist auch auf der Liste."

„Siehst du?", sagte Sukitsch. „Ich sage ja, es wird gar nichts passieren."

„Ob ich einfach so weitermachen kann wie bisher, weiß ich aber nicht, Mario", sagte Baumgartner.

Da nickte Sukitsch.

„Das verstehe ich. Das musst du wissen. Es war nicht einfach für mich. Ich bin ein Mensch mit Schwächen. Die Arbeit bei der Polizei ist mir wichtig, ich kann hier etwas erreichen, aber ich bin kein durch und durch guter Mensch."

„Niemand ist durch und durch gut. Das ist keine Ausrede."

„Bei dir bin ich mir manchmal nicht so sicher, Franz", sagte Sukitsch.

Sie schwiegen. Baumgartner wusste nicht, was er mit dem Kompliment anfangen sollte.

„Manchmal beneide ich dich, Franz. Weißt du das?"

„Worum beneidest du mich, bitte?"

„Um diese Klarheit. Du weißt immer genau, was richtig ist. Sicher, du leidest manchmal wie ein Hund. Aber du reitest doch immer wieder mit wehenden Fahnen in den Kampf. Ich könnte das nicht. Frag dich einmal selbst, Franz: Für wen tust du das? Machst du es, weil du gut erzogen worden bist? Frag dich, was das Gute eigentlich für dich selbst bedeutet. Abgesehen von dem Erlernten, das du als Kind noch nicht hinterfragen konntest. Wie viel von dem Guten ist wirklich deines? Alle mögen dich, wenn du gut bist, wie schön! Aber hast du dich einmal ganz ehrlich gefragt, ob du gern ein guter Mensch bist?"

„Wenn du mich hier und heute fragst: Eigentlich nicht."

„Und doch hast du nie etwas daran geändert. Dabei bist du einer der wenigen Menschen, die ich kenne, die nicht ihr schlechtes Gewissen antreibt. Du bereust nichts, schämst dich für nichts. Dir ist einfach das Richtige so wichtig, dass du dich dafür aufopferst."

Baumgartner schüttelte den Kopf.

„Ich werde nicht schlau aus dir. Ich weiß bis heute nicht, warum du mich zur Mordgruppe geholt hast."

„Vielleicht war es Neugierde", sagte Sukitsch. „Nein, es ist schon so, dass ich geahnt habe, wie gut du sein kannst. Aber Neugierde war auch dabei."

„Wie lang ich es aushalte?“

„Ja, vielleicht.“

„Dann weißt du es jetzt ja.“

„Ach Franz, du bist doch noch lange nicht am Ende. Sicher, du kämpfst, wir alle kämpfen. Aber da ist noch viel drin.“

„Ich trinke“, erklärte Baumgartner.

Da lachte Sukitsch. „Das wundert mich nicht! Du schadest eher dir selbst als anderen. Aber noch nicht lang, oder? Du könntest jederzeit aufhören.“

„Das sagen die meisten. Aber um aufzuhören, braucht man einen Grund.“

Da wurde Sukitsch wieder ernst.

„Was soll jetzt mit der Mordgruppe passieren?“, fragte Baumgartner.

„Das hängt auch davon ab, wie du jetzt reagierst. Ob du versuchst, mich anzuzeigen.“

„Darüber denke ich nach“, gab Baumgartner zu.

„Du wärst ein sehr schlechter Polizist, wenn du das nicht tätest. Ich wäre fast enttäuscht. Was würdest du anzeigen? Zu einer Prostituierten zu gehen, ist ja nicht strafbar. Aber Amtsmissbrauch? Bestechlichkeit? Könnte gehen. Das müsstest du genau überlegen. Aber ich glaube, dass du es nicht tun wirst.“

Baumgartner antwortete nicht.

„Du zeichnest das Gespräch doch nicht auf, oder?“, fragte Sukitsch.

Baumgartner schüttelte den Kopf. „Wenn ich dich kriegen will, krieg ich dich auch so.“

Da lachte Sukitsch, bevor er wieder ernst wurde.

„Ich habe Fehler gemacht“, sagte er. „Nicht nur einen, viele.“

„Karl Neumann wäre noch am Leben, wenn du uns geholfen hättest.“

„Davon bin ich nicht überzeugt", sagte Sukitsch. „Abgesehen davon, Neumann würde ich an deiner Stelle nicht nachtrauern."

Baumgartner schwieg.

„Ich habe dir aber auch geholfen", sagte Sukitsch. „Obwohl das ein Risiko für mich war. Ich habe gewusst, wenn ihr Maria findet, kommt vielleicht auch die Verbindung zu mir ans Licht."

„Selbstlos, vollkommen selbstlos."

„Es war ein Risiko", wiederholte Sukitsch.

Sie saßen einander wortlos gegenüber. Baumgartner bemerkte seinen Kaffee und trank einen Schluck.

„Ich kann es dir nicht verdenken, wenn du mich auffliegen lässt. Aber ich bitte dich, es nicht zu tun. Ich habe einen Fehler gemacht."

„Ich werde nachdenken", sagte Baumgartner.

„Tu das", antwortete Sukitsch.

Baumgartner stand auf, trank den Kaffee aus und verließ ohne Gruß den Raum.

Auf dem Heimweg blieb Baumgartner bei einem Supermarkt stehen und suchte sich eine Flasche guten Rotwein. Er wählte einen schweren Shiraz aus Kalifornien – ein passender Wein für Selbstmitleid, dachte er – und ging damit an die Kassa, als er plötzlich noch einmal umdrehte und eine zweite mitnahm.

Zu Hause stellte er die Flaschen auf den Tisch und zog sich die Schuhe aus. Dabei bemerkte er den Brief auf dem Vorzimmerschrank.

Er nahm den Umschlag mit an den Küchentisch und öffnete ihn mit einem stumpfen Messer. Darin fand er einen handgeschriebenen Brief, den er ignorierte, sowie von einem Anwalt geschriebene Scheidungsunterlagen. Baumgartner schob beides in den Umschlag zurück und legte den Brief zu den Rechnungen, die er noch einzahlen musste. Sein Handy klingelte. Er sah auf das Display, und als er Doris Wallners Namen las, drückte er den Anruf weg. Schließlich holte er einen Korkenzieher aus der Küchenlade und machte die erste Flasche Wein auf.

Ein paar Stunden später kam ein weiterer Anruf. Ein Privatdetektiv aus Wien, den er schon fast vergessen hatte. Baumgartner beschloss, abzuheben.

„Ja?"

„Herr Baumgartner, wegen der Person, die Sie gesucht haben. Vor sechs Wochen, erinnern Sie sich?"

„Ja."

„Ich glaube, ich habe sie gefunden."

Epilog

Mittwoch, 9 Uhr

Werner Bohrmann saß seltsam zusammengekrümmt auf dem Sessel der Wiener Polizeiinspektion im elften Bezirk. Der Beamte ihm gegenüber nahm mit professioneller Ruhe die Vermisstenanzeige auf.

„Wann haben Sie sie zuletzt gesehen?"

„Wie ich am Telefon schon gesagt habe, wir sind am Montag zum Neusiedler See gefahren. Dort haben wir in einer Pension übernachtet. Am Dienstag in der Früh ist sie plötzlich weg gewesen und hat mir diese Nachricht hinterlassen."

Bohrmann legte eine Klarsichthülle im Din-A4-Format vor dem Polizisten auf den Tisch, in dem sich ein kleiner, von einem größeren Stück abgerissener Zettel befand. Darauf waren mit Kugelschreiber ein paar Worte notiert. Der Polizist hob den Umschlag auf, warf einen kurzen Blick darauf und legte ihn wieder hin.

„Ich habe ihn eingepackt", erklärte Bohrmann, „wegen der Fingerabdrücke."

Der Polizist reagierte nicht darauf. „Das heißt, sie ist seit gestern abgängig?"

Bohrmann schüttelte den Kopf. „Hören Sie, sie hat geschrieben, sie kommt wieder zurück. In die Pension. Aber sie ist nicht zurückgekommen. Und seither erreiche ich sie nicht! Sie ist nicht in der Wohnung, sie ist nicht bei der Arbeit. Ihr Handy ist ausgeschaltet. Da ist etwas passiert, das ist doch offensichtlich!"

Der Beamte tippte etwas in seinen Computer, lehnte sich zurück und klopfte mit den Fingern auf die Tischplatte.

„Was könnte Ihrer Meinung nach passiert sein?“, fragte er.

Bohrmann schien dankbar über die Frage. „Ich bin mir sicher, dass es etwas mit ihrer Arbeit zu tun hat. Sie ist Statistikerin bei diesem Billig-Telefonanbieter. Ich habe mich nie so wirklich dafür interessiert, was sie da so macht. Sie hat immer wieder eigenartige Dinge erzählt, aber auch da habe ich mir nichts dabei gedacht.“

„Was für Dinge? Konkreter, bitte.“

„Dass sie dort Leute ausspionieren. Dass sie die Nachrichten der Kunden lesen und alles Mögliche über die Leute herausfinden können. Wofür sie sich interessieren, mit wem sie Kontakt haben. Welche Partei sie wählen, ob sie fremdgehen, ob sie schwul sind. Eva hat gemeint, dass sei alles kein Problem.“

Der Polizist schürzte die Lippen, nachdenklich oder skeptisch, das war nicht genau zu erkennen.

„Und an diesem Montag hat sie einen Termin bei ihrer Chefin gehabt. Die haben ihr vorgeworfen, sensible Daten mit nach Hause genommen zu haben. Sie hat gemeint, das war ganz seltsam. Weil sie ja ständig mit sensiblen Dingen zu tun hat. Bisher hat das niemanden gekümmert.“

Bohrmann starrte auf den Boden und knetete seine linke Hand mit seiner rechten.

„Etwas ist da passiert, ich bin mir sicher. Schon diese Nachricht, das sieht ihr nicht ähnlich.“

„Was ist passiert? Was glauben Sie?“

Bohrmann schien die Antwort herauszupressen. „Ich befürchte, jemand hat ihr was angetan.“

Der Beamte musterte Bohrmann unergründlich.

„Glauben Sie, es könnte noch eine andere Erklärung geben?“, fragte er.

„Was meinen Sie?“

„Betrachten wir das ganz nüchtern: Manche Menschen leben sich auseinander, ohne es zu merken."

Bohrmann sah den Mann entgeistert an. Er schüttelte heftig den Kopf.

„Nicht wir, das dürfen Sie mir glauben!"

„Kein Ex-Freund, den sie vielleicht wiedergetroffen hat?"

Bohrmann wurde zornig. „Nein, Herr Inspektor! Das kann ich definitiv ausschließen!"

„Es ist nur so, Herr ... Bohrmann. Was Sie mir da erzählen, klingt ziemlich vage. Viele Leute haben Probleme mit ihrer Arbeit, aber deswegen verschwinden sie nicht gleich."

„Haben Sie mir nicht zugehört?", wurde Bohrmann laut. „Ihre Arbeit –"

„– ist nichts Besonderes. Das machen doch inzwischen alle. Alle außer der Polizei, wenn man es genau nimmt. Die Vorratsdatenspeicherung wurde gekippt, aber Ihre Freundin kann machen, was sie möchte. Das interessiert keinen."

Der Polizist sah Bohrmann streng an. Dieser hörte auf, seine linke Hand zu kneten und hielt sie einfach nur fest.

„Also, ich habe noch nie gehört, dass das normal ist."

„Was wollen Sie mir sagen, Herr Bohrmann? Dass irgendwelche Geheimdienste im Spiel sind?"

„Nein, keine Geheimdienste. Das Unternehmen selbst. Der Chef ist ein Russe ..."

Der Beamte musterte den Mann geduldig und mit etwas Mitleid, wie es schien. Als er sah, dass Bohrmann nicht lockerlassen wollte, seufzte er und wurde auf einmal freundlich.

„Sie wird wieder zurückkommen“, sagte er. „Aber ich habe trotzdem einmal alles aufgenommen. Es ist gut, dass Sie gekommen sind, für alle Fälle.“

Bohrmann erhob sich langsam. Er deutete auf die Klarsichthülle auf dem Tisch.

„Ich habe es eingepackt, bevor ich nach Wien gefahren bin. Vielleicht müssen Sie es noch in einen versiegelten Umschlag geben. Ich weiß nicht, wie man das bei Ihnen macht.“

„Ach so, das“, sagte der Polizist. „Können Sie wieder mitnehmen.“

„Was? Sie wollen das nicht?“

„Derzeit nicht. Aber passen Sie gut darauf auf. Falls wir es noch brauchen, melden wir uns bei Ihnen.“

Mein Dank gilt:

- Bettina Riedler und Ulli Silberschneider, meinen Beraterinnen für menschliche Abgründe,
- Christine Wiesenhofer für ihre Fähigkeit, aus unglücklichen Autoren glückliche zu machen,
- Martin Kleindl, dem Stadtbauern in Graz, der die kleinsten Erdäpfel hat, wenn man dem alten Spruch glauben mag,
- Jakob Isselstein und Margit Steidl für abenteuerliche Fotoshootings,
- dem Grazer Landeskriminalamt für die Einblicke in die Arbeit der echten Grazer Mordgruppe,
- Inken für ihre Geduld und ihre Weigerung, sich von irgendetwas, das ich tue, beeindrucken zu lassen.